茅盾研究
八十年書系

錢振綱・鍾桂松◎主編

唐紀如◎著

30

茅盾的創作個性

花木蘭文化出版社

國家圖書館出版品預行編目資料

茅盾的創作個性／唐紀如 著 — 初版 — 新北市：花木蘭文化
出版社，2014〔民 103〕
目 2+168 面；19×26 公分
（茅盾研究八十年書系；第 30 冊）
ISBN：978-986-322-720-5（精裝）
1. 沈德鴻 2. 中國當代文學 3. 文學評論
820.908 103010325

ISBN-978-986-322-720-5

9 789863 227205

茅盾研究八十年書系
第三十冊

ISBN：978-986-322-720-5

茅盾的創作個性

本書據廈門大學出版社 1993 年 12 月版重印

作　　者　唐紀如
主　　編　錢振綱　鍾桂松
總 編 輯　杜潔祥
副總編輯　楊嘉樂
編　　輯　許郁翎
出　　版　花木蘭文化出版社
社　　長　高小娟
聯絡地址　235 新北市中和區中安街七二號十三樓
　　　　　電話：02-2923-1455 ／傳眞：02-2923-1452
網　　址　http://www.huamulan.tw 信箱 hml810518@gmail.com
印　　刷　普羅文化出版廣告事業
初　　版　2014 年 7 月
定　　價　60 冊（精裝）新台幣 120,000 元

茅盾的創作個性

唐紀如　著

作者簡介

唐紀如，江蘇宜興人，生於 1938 年 1 月。1961 年畢業於南京師範學院（今南京師範大學）中文系，留校從事中國現代文學的教學與研究。學術上不習慣爲中國現代文壇名家、偉人護短與神化之風，常常對名人、名作揭短與挑刺，對一些曾經爭論不休的「疑難雜症」的定論提出異議。如《敵乎友乎，豈無公論？——重評徐懋庸關於抗日戰線問題的爭鳴》、《茅盾與兩個口號的論爭》、《〈北京人〉三疑》等，尤其是《敵乎友乎，豈無公論？》，曾引發一場學術論爭。在作家專論上側重於茅盾創作個性的思考與研究。

提　　要

　　茅盾嶄露文壇，便引人矚目而又生爭議。他有明確的理論導向，有豐富的創作經驗，還有獨具慧眼的作品評論。他目標明確，思維縝密，頗具藝術野心。這一切都體現於他鮮明、獨特的創作個性；而且他很快成爲領軍人物，影響了幾代文壇。茅盾的創作個性無疑是茅盾研究不可缺少的重要課題。自有茅盾研究以來，學者相繼輩出，成果層出不窮，但遲遲未有關於茅盾創作個性的專論。唐紀如的《茅盾的創作個性》應時而出，視角新穎，頗具學術新意。

　　在茅盾心目中，創作個性體現在作者創作的各個環節和作品的方方面面。本書作者沿著茅盾的思路，對茅盾的創作個性作了全面的考察與評價。首先，評說了茅盾創作的理論導向。而後，展示了在此理論的指導下，茅盾在題材的選擇、主題的提煉、描寫對象的確定、人物命運的設計、人物性格的刻畫、作品的結構與佈局、規模與氣勢，乃至於語言格調的選定與提煉等等，以及每個環節間的配合與協調，都刻意講究，精心追求，以達到作品藝術上的完整。在此基礎上進而評說了以茅盾爲代表的小說模式的成敗與得失，最後探索了茅盾追求並形成此種創作個性的主、客觀原因。

　　本書文風平實、簡勁，與研究對象格調一致；多數章節的標題是茅盾作品中的警句名言，用此標示章節，領引論證，便於將茅盾創作的理論與實踐渾然互補，令人信服。

目

次

引言：一個引人矚目而又有爭議的作家

在卓有成就的作家中，有的悄然登上文壇，隨著時間的推移，隨著創作實踐的積累，逐步顯示特色，終於引人關注；有的一登上文壇就獨具個性，引人矚目，反響強烈，甚至見智見仁，各執一端。這後一文學現象本身往往意味著這裡有經久不衰的研究課題。茅盾就屬於這一種情況。

1916 年，茅盾結束了北京大學三年預科學習生活，進入當時著名的出版機構商務印書館工作，開始了他漫長的革命和文學生涯。他嶄露頭角就氣度不凡，獨樹一幟，令人刮目。

1917 年底，他撰寫的一生中第一篇論文《學生與社會》，作為《學生雜誌》的社論發表，與該刊以往社論內容相比面目全新。茅盾在這開宗明義第一論中，大膽脫俗，借題發揮，批判了兩千多年來封建主義的治學思想脫離社會的弊端，顯示了社會活動家的獨特眼光。他指出，學生當「有擔當宇宙之志」，「以造成高尚之人格，切用之學問，有奮鬥力以戰退惡運，以建設新業」。〔註1〕1919 年 5 月，茅盾發表了一生中第一篇文學論文《托爾斯泰與今日之俄羅斯》。當時李大釗等有志之士正在探索俄國革命的「動力」和「遠因」，茅盾試圖從文學對社會思潮影響的角度來回答這個問題。此刻，茅盾年僅二十出頭，他已確認，不管是青年學生還是文學家，作為社會的一員，都不能游離於社會，而應當密切關注社會，負起社會的責任。茅盾從小雄心勃勃，胸懷社會，這正是他自身的宣言。1920 年他參加了上海共產主義小組，繼而轉為中國共產黨的第一批黨員，參加了一系列黨內重要的活動，以共產黨人的自覺投身於社會和文學活動，這在中國現代文學大家中別無他例。

〔註1〕 《學生雜誌》第 4 卷 12 號，1917 年 12 月 5 日。

　　繼《托爾斯泰與今日俄羅斯》以後，茅盾一發而不可收，撰寫了大量的文學論文，其數量之大，理論之系統，爲現代其他文學大家所不及。茅盾論述的理論範圍極爲廣泛，然而，其核心是文藝應當反映社會，文藝必須表現時代，不管是提倡爲人生的藝術還是鼓吹無產階級的藝術，無一不滲透這一思想。茅盾儘管一生中幾易文學旗號，儘管他的文學旗號有極大的寬泛性和包容性，但是，他高高舉起的是現實主義的文學大旗，眞可謂不遺餘力，終其一生，他是我國現代文學主流──現實主義文學當之無愧的傑出代表。

　　1920 年，茅盾接受商務印書館館方委託，革新長期以來被追求「遊戲」、「消遣」閱讀效應的鴛鴦蝴蝶派把持的《小說月報》。他大膽實施，一舉見效。1921 年他進而主編《小說月報》，將它作爲新文學初期最大的文學社團文學研究會的機關刊物。他們以此爲主要陣地，大力扶植新文學，同時向鴛鴦蝴蝶派和封建的「學衡派」發起猛烈的攻勢。在攻克這個頑固文化堡壘的過程中，茅盾年紀不大，魄力不小，旗幟鮮明，措施得力，富有革新精神，初露大將風度。

　　從二十年代初期起，茅盾展開了廣泛的文藝批評。別具一格的是，他不滿足於對具體作家作品就事論事的評述，而是作高瞻遠矚的宏觀比較研究，特別注重總結新文學的得失和規律，考察文壇的趨勢和走向。《春季創作壇漫評》、《評四五六月的創作》、《中國新文學大系・小說一集・導言》、一系列作家論等之所以成爲我國新文學批評史上的典範之作，都得力於這種宏觀視角。茅盾是我國現代文學主將魯迅第一個眞正的知音，從《評四五六月的創作》對魯迅《風波》、《故鄉》等單篇作品的評論到精心製作的長篇巨製《魯迅論》，對魯迅的思想與創作深刻、系統的研究，以及後來對魯迅精神、魯迅經驗一系列的總結和闡述，無不獨具慧眼，發人深思。

　　1927 年，茅盾處女作《幻滅》等《蝕》三部曲問世，這是他文學觀念的體現，是他創作的第一次亮相，眞可謂出手不凡。作品對時代的忠實描寫，對女性心理的精緻的刻劃，引起文壇轟動，人們不禁急於打聽這第一次露面的「茅盾」究竟是誰。而後，幾個長篇、短篇都不乏令人喝彩之作，特別是《子夜》問世，以巨大的思想容量，浮雕式的人物形象，宏大的規模和令人眼花繚亂的結構，以及史詩般的氣勢與風格，贏得文壇更大轟動。魯迅斷言，《子夜》是反對者「所不能及的」。〔註 2〕瞿秋白稱「這是中國第一部寫實主

―――――――――――
〔註 2〕　《致曹靖華》（1933 年 2 月 9 日），《魯迅書信集》。

義的成功的長篇小說」。〔註3〕朱自清指出，「這幾年我們的長篇小說漸漸多起來了，但真能表現時代的只有茅盾的《蝕》和《子夜》。」〔註4〕吳組緗認爲《子夜》顯示：「中國自新文學運動以來，小說方面有兩位傑出的作家：魯迅在先，茅盾在後」，其重要標誌便是《子夜》。〔註5〕郁達夫在回答「中國目前爲什麼沒有偉大作品產生」的問題時肯定，在目前中國作品之中《子夜》與魯迅的《阿Q正傳》都是偉大的作品。〔註6〕就連新文學初期反對者「學衡派」的代表人物吳宓也欣然撰文，對《子夜》讚不絕口，稱其爲「近頃小說中最佳之作也。」〔註7〕從《蝕》到《子夜》，茅盾創作的特點已經成熟，而後一系列作品對此特點進一步充實、強化和發展，終於以引人矚目的獨特風格卓立於我國現代文壇。

然而，茅盾充滿著矛盾，人們對他的評價始終存在爭議。這種爭議幾乎從茅盾初登文壇就開始，直到今天尚未終止。所要說明的是，這裡我們說的爭議，不包括某些人出於敵對政治目的的惡意謾罵和攻擊，而是指文藝界內部的分歧，此其一；其二，這裡說的分歧，不是對茅盾的某一作品、某一具體問題的不同理解和評析，而是涉及對茅盾文學活動的總體特點、成敗得失、乃至與此有關的現代文學史上一些重要問題評價的原則分歧。

早在1922年，茅盾等文學研究會成員與郭沫若、成仿吾等創造社同人就發生爭論。一方強調客觀描寫，另一方崇尚主觀抒情；一方鼓吹文學的社會作用，另一方反對文學的功利性。這場論爭揭開了對茅盾文學活動爭議的序幕，恰恰涉及到茅盾注重客觀、強調社會功利的重要特點。

1928年創造社、太陽社倡導無產階級革命文學，把魯迅和茅盾等人作爲對立面嚴加批判，他們依據《蝕》、《野薔薇》所表現的消極、悲觀情緒，認定「茅盾先生所表現的傾向當然是消極的投降大資產階級的人物的傾向。」〔註8〕茅盾撰寫《從牯嶺到東京》、《讀〈倪煥之〉》等文，一方面承認《蝕》等作品表現的情緒顯得消極和悲觀，另一方面批評了對方標榜的「革命文學」實質上是「標語口號」文學，他們的文學批評和創作中表現的高昂情緒其實

〔註3〕 《〈子夜〉和國貨年》，《瞿秋白詩文集》。
〔註4〕 《子夜》，莊鍾慶編《茅盾研究論集》。
〔註5〕 《子夜》，莊鍾慶編《茅盾研究論集》。
〔註6〕 《中國目前爲什麼沒有偉大的作品產生？》，《郁達夫文集》第6卷。
〔註7〕 《茅盾著長篇小說〈子夜〉》，莊鍾慶編《茅盾研究論集》。
〔註8〕 錢杏邨《從東京回到武漢》，莊鍾慶編《茅盾研究論集》。

是「盲動主義」。這場轟動一時的論爭，不僅反映了對茅盾創作的特質、思想傾向評價的嚴重分歧，而且反映了對革命文學思想與藝術關係的不同理解，給人們留下許多思考不盡的問題。

三十年代，茅盾的《子夜》、《春蠶》、《林家鋪子》等作品，得到人們普遍的好評。然而卻有人指責這些作品「沒有很好從雜多的現實中，去尋出革命的契機，而把它描寫為革命的主題」，作者超階級的態度妨害了他對事件更深的理解等等。〔註9〕這種批評與1928年創造社、太陽社的思路十分相似。

1945年茅盾的《清明前後》與夏衍的《芳草天涯》在重慶同時上演，引起不同反響，以致引起一場關於文學政治傾向性與公式主義的討論。《清明前後》以當年清明前後轟動重慶洩漏黃金提價消息一案為題材，揭露了國統區政治的腐敗，經濟的危機，反映了民族資產階級的困境和出路。《芳草天涯》是愛情戲，描寫一個中年有婦之夫愛上一個青年女學生，在別人勸說下終於克制這種行為而投入抗日工作，試圖說明：「踏過旁人的苦痛而走向自己的幸福，這是犯罪的行為。」〔註10〕在論爭中，一種意見認為《清明前後》雖然存在某些不夠逼真不夠細膩的缺點，但不是標語口號、公式主義的作品，而是一部具有鮮明政治傾向的現實主義作品；《芳草天涯》儘管作者的意圖可取，然而，缺少思想力量和強烈的政治傾向。另一種意見認為現實主義的藝術所要強調的不是所謂「政治傾向」，而是「作者的主觀精神緊緊地和客觀事物溶解在一起」，然而《清明前後》是「失去了生活基礎的抽象的概念」和「勉強湊合事實的空洞口號」。〔註11〕很顯然，這次討論不只是關於這兩部作品本身的評價，而且涉及到文學的社會功能、文學創作中的公式主義與非政治傾向等問題。

新中國成立以後，對茅盾的評價隨著國內政治、思想界氣候的變化而起伏，特別是隨著思想的解放和文學觀念的更新，隨著人們對現實主義和現代主義這兩種文學流派的重新考察，人們對茅盾創作的成就和不足作了相當深入的研究，但也有人幾乎從根本上動搖了對茅盾這位現代文學大家的信任和崇拜，試圖大幅度貶低對他的代表作《子夜》乃至整個茅盾的文學道路和成就，並由此進而貶低我國現代文學史上現實主義的主流地位。他們認為，《子

〔註9〕 鳳吾《關於「豐災」的作品》，莊鍾慶編《茅盾研究論集》。
〔註10〕《芳草天涯》，《中國現代文學作品選‧多幕劇選》。
〔註11〕 王戎《從〈清明前後〉說起》，莊鍾慶編《茅盾研究論集》。

夜》思想大於藝術，甚至是「一份高級形式的社會文件」，茅盾處於既追求政治傾向又講究完美藝術的兩難境地，結果前者損害了後者，而茅盾這種傾向對現、當代作家的影響是十分深遠的。

其實，這種分歧在海外早就發生，特別表現於美籍華人夏志清 1961 年出版的《中國現代小說史》。這部著作儘管對某些作家某些作品的評析頗有藝術眼光，但是，出於政治偏見，貶低了革命色彩鮮明的作家，茅盾首當其衝；對於同一作家的作品，他認爲革命的政治傾向不明朗，就抬，反之，則貶，因此，出現明顯的抬高《蝕》、《霜葉紅似二月花》，貶低《子夜》、《腐蝕》等作品的傾向。前捷克斯洛伐克著名漢學家普實克撰文批評了夏志清這一著作中政治偏見和主觀孤立的研究方法，而後夏志清撰文反駁，引起一場轟動一時的關於中國現代文學的論爭，其中涉及較多的便是對茅盾的評價。

半個多世紀以來，人們對於茅盾不管是倍加關注還是爭議不休，都說明了一個事實：茅盾不僅僅是茅盾。他不滿足於在個人狹小的藝術天地裡默默地耕耘，他對社會對文壇有很強的參與意識和使命感，介入了新文學論壇許多重大事件，引出了諸多事端，涉及到文學觀念、文學理論、文學創作以及我國現代文學史上許多值得深入探討的問題。茅盾是我國現代文學史上的一個「典型」。

我們從人們對茅盾的關注和爭論中，還可以看到另一個事實：作爲文學家的茅盾決不是一個簡單、平庸、缺乏特色的作家，而具有鮮明、強烈的創作個性。

關於創作個性，古今中外的文論家曾作過諸多解說，王朝聞主編的《美學概論》作了頗爲明晰的論述。該書寫道：

> 創作個性就是一個藝術家區別於其他藝術家的主觀方面各種具有相對穩定性的明顯特徵的總和，它是在一定的生活實踐、世界觀和藝術修養基礎上所形成的獨持的生活經驗、思想情感、個人氣質、審美理想以及創作才能的結晶。這種創作個性，集中地表現在如下兩個方面：一是對於現實美的獨特的感受和認識，一是獨特的表現方法；這後一方面又可以將藝術構思的獨特性和藝術傳達的獨特性上加以分析。
>
> ……
>
> 這，不但表現在不同的藝術家各有其特別喜愛的取材範圍，而

且在同一取材範圍之內，也各有其特別敏感的方面，獨特的感受和
情感體驗，以及不同角度和深度的認識……藝術家的獨特的感受和
認識，要求有獨特的與它相適應的表現形態和方法。這既表現在不
同的結構方式上，也表現在對一定的物質材料的掌握和運用的特殊
方式和技巧上。〔註12〕

　　對一個作家來說，能否形成自己獨特的創作個性至關重要。如果缺乏藝
術個性，其作品必然平庸，藝術乏味，不可能贏得人們的注意和興趣，更不
可能給文學藝術增添新的活力；只有形成了與眾不同的創作個性，才能充分
顯示自己獨到的藝術實力與價值，給人們思想情感上以啟迪和美的享受，並
提供新的藝術經驗，豐富文學藝術的寶庫。

　　茅盾是一位具有鮮明創作個性的作家。他在創作之前，首先是個出色的
文學理論家，那麼，他的文學理論與他創作個性是何關係呢？茅盾的創作個
性如何表現和作用於創作的全過程和每個環節？茅盾形成這種創作個性有何
必然性？我們應當如何實事求是地評價這種創作個性的得與失、影響與地
位？等等，這一切都將是現代文學研究中經久不衰的課題，也是我在這裡所
要逐一加以探討的。

〔註12〕《美學概論》。

第一章 「什麼是文學？」

　　理論來源於實踐。但是，理論一旦形成卻對實踐產生驚人的導向作用。中國現代文學就是從文學理論的徹底更新開始的。誠然，新文學的理論隨著新文學的成長而得到充實，但是，新文學發展中每一歷史轉折都以文學理論的開拓爲先導。作爲某一作家來說，是否都得先研究文學理論以後才從事創作，則另當別論。正如茅盾所說：「一個作家並不一定要先獲得文學理論和一般文化藝術的知識，然後能創作，這是不消說的；可是，一個作家的不斷的精進，事實上卻有賴於這方面的修養……不研究文學理論，不求取廣博的知識，單單像照相師們的拿著鏡箱到社會中去攝取，對於一個作家是危險的。」〔註1〕茅盾自己不僅特別重視文學理論對創作的指導作用，而且，從時間上說，他首先是個傑出的文藝理論家，而後才是個小說家、散文家、劇作家和詩人。就這一方面而言，他與我國現代文學的發生和發展的進程十分相似。茅盾一生中在文藝理論方面的建樹，無論是論著數量之多，還是所論問題範圍之廣，理論體系之完整，乃至對現代文學發展影響之深遠，都爲我國現代其他作家所不及。茅盾是我國現代文學史上理論色彩最強的作家。

　　「什麼是文學？」或者說，對文學本質特徵的認識，無疑是文學理論的核心和基礎，每個從事文學的人都無法迴避這個問題，並在這基本觀念的影響下，懷著特定的目的參與文學活動，形成獨特的個性。不過，文學觀念對文學實踐的這種導向作用，有的明顯、自覺，有的淡弱，不夠主動。茅盾顯然屬於前者。茅盾的文藝理論的體系龐大複雜，就「什麼是文學」這個問題也有個不小的理論體系，而且，隨著社會現實和新文學自身的發展，隨著茅

〔註1〕 《創作的準備》，《茅盾論創作》。

盾從青年到老年思想的演變，對「什麼是文學」這個問題的理解和闡述不斷變化，有時還出現曲折，其中也不乏疏漏、偏頗和自相矛盾。在我們考察茅盾創作個性的時候，不可能系統總結茅盾對文學本質的認識，全面評價它的得失和發展軌跡，我們只是想探索他「什麼是文學」這個理論體系中，最爲核心的、一以貫之的、而且對他創作個性的形成直接起到理論導向作用的究竟是什麼。

一、「文學是時代的反映」

翻遍茅盾上千篇文藝論文，發現他在長達半個多世紀裡，一直在重複一句話：「文學是時代的反映」。文學爲什麼是時代的反映？對此，茅盾前前後後曾從不同角度反反覆覆地論述，其中不乏複雜性。然而，如果我們不拘泥於他那麼多具體的解釋，而著眼他的總體思路，那麼，答案卻頗爲簡單明瞭。茅盾認爲，因爲「文學不是作者主觀的東西」，「文學的目的是綜合地表現人生」，「有時代特色做它的背景」；〔註2〕「一個時代有一個環境，就有那時代環境下的文學」；〔註3〕所以，「文學是時代的反映」。〔註4〕這便是茅盾對「什麼是文學」的答案之一。

基於這一觀念，茅盾一再指出，文學不能與時代隔絕，不能「不知有時代」，不能成爲粉飾太平的「裝飾物」，有閑階級的「消遣品」，而應當「表現時代，解釋時代，而且推動時代」，〔註5〕不僅要展現特定時代的「社會情形」，尤其要傳達「時代的精神」，也就是他反覆宣稱的，要具有「時代性」。

有無時代性，是茅盾衡量作品是否表現了時代的主要標尺。對作品時代性的具體要求，茅盾在《讀〈倪煥之〉》一文中解說得最爲醒目。他認爲，首先要表現出「時代空氣」。這是指特定時代的社會思潮、風尚與習慣等等，無疑是時代性必不可少的組成部分。不過，這充其量只屬於「社會情形」、「人生實錄」之類的範疇，是時代性的表層。所以，茅盾說，作品不能以此爲滿足。在這前提下，茅盾提出兩點要求：一是要表現時代給人們的影響，二是要表現人們的集團對時代的推動作用。〔註6〕這才是時代性的深層表現。一個

〔註2〕 《文學和人的關係及中國古來對文學者身份誤認》，《茅盾文藝雜論集》。
〔註3〕 《文學與人生》，《茅盾文藝雜論集》（上）。
〔註4〕 《社會背景與創作》，《茅盾文藝雜論集》（上）。
〔註5〕 《文學家可爲而不可爲》，《茅盾全集》第19卷。
〔註6〕 《讀〈倪煥之〉》，《茅盾文藝雜論集》（上）。

時代的特點、實質、精神等等都集中於此。這裡體現出茅盾對作品表現時代的高層次的審美標準和精品意識。他評價具體作品，尤其是評價規模較大的長篇，宏觀考察文學史上某一歷史階段的文學成就，所用的常常是這一標準。如果說籠統地要求文學表現時代，展現「社會情形」，表現「時代空氣」，是茅盾同時代的許多作家也能注意的話，那麼，茅盾特別強調的這兩點要求則體現了他獨有的思路。

那麼，作品通過哪些途徑才能確保表現時代、獲得時代性呢？在茅盾的思路中，時代性幾乎無孔不入，我們今天也幾乎可以把他文學論文中方方面面都引向時代性加以理解。不過，我認為關於作品獲得時代性的具體途徑，茅盾論述最多、關係最為直接的是題材的選擇和主題的提煉，還有人物塑造中的有關方面。

首先，要選擇富有時代意義的題材。

在題材本身是否存在有無意義或意義大小之分的問題上，一向存在不同看法。比如，三十年代就有人提出題材無所謂「有意義」與「無意義」之分，曾引起一場討論。這種看法時有出現。對此，茅盾一向不表贊同，即便在論述他所崇拜的我國現代文學奠基者魯迅的小說時也不掩飾自己的看法。他說：「是否存在著本身社會意義不大的題材？我想是有的。如魯迅的《社戲》《鴨的喜劇》比起《祝福》《風波》來，社會意義就較小些。」〔註7〕茅盾一向反對選材上的「無政府主義」，主張「有意為之」，先像奸商一樣「貪多務得」，然後如稅吏似地「百般挑剔」；〔註8〕作家當然要寫自己熟悉的題材，但又不能滿足於此，應當拓寬寫作範圍，「探頭到你自己的生活圈子以外」去開拓富有社會意義的新的題材。〔註9〕

那麼，作家應當按什麼標準選擇題材呢？茅盾明確指出：「當然不能憑你個人的好惡。應當憑那題材的社會意義來抉擇。」〔註10〕何謂有「社會意義」？茅盾幾十年中曾一論再論，儘管每次論述的角度和提法不一，或人生，或社會，或時代，不過，他一刻也沒有偏離「文學是時代的反映」這一基本觀念。1935年關於題材的專論《論題材的「選擇」》一文對題材的社會意義作了嚴格的解說。他說：

〔註7〕《短篇創作三題》，《茅盾論創作》。
〔註8〕《有意為之》，《茅盾文藝雜論集》（上）。
〔註9〕《創作的準備》，《茅盾論創作》。
〔註10〕《創作與題材》，《茅盾文藝雜論集》（上）。

　　　　社會現象是創作家工作的對象，是一種素材。社會現象是形形
色色的，然而這形形色色的社會現象並不是個個都能表現（或代表）
了該特定社會的「個性」的……因此，一位創作家在他創作過程的
第一步就必須從那形形色色的社會現象中『選擇』出最能表現那社
會的特殊『個性』——動態及其方向的材料來作爲他的作品的題材。
〔註11〕

這裡，「那社會的特殊的『個性』」，顯然是指特定時代社會的特徵和性質。茅
盾還特意用「動態及其方向」對「個性」的內涵進一步作具體的解釋，說明
這「個性」不僅指現狀，而且包括發展方向。這正是茅盾關於作品時代性觀
念的核心所在。

　　與題材社會意義的大小相關的是題材的「大」與「小」。所謂「大」，是
指有關重大社會問題的題材；所謂「小」，是指與重大社會問題沒有直接聯
繫的題材。題材的大小與社會意義的大小，既有聯繫又有區別。重大題材的
作品未必偉大，平凡題材的作品未必渺小，這是文藝理論的Ａ、Ｂ、Ｃ，但
是，正如前邊所說，題材本身所包含的社會意義卻有大小之分，這也是文藝
常識。「一般來說，社會歷史進程中的巨大事件、波瀾壯闊的革命鬥爭，常
常是更集中、更充分地體現出社會生活的社會本質及其發展趨勢，因而它就
有可能發掘和表現更深廣、巨大，具有重大社會意義的主題。」〔註12〕所以，
堅信「文學是時代的反映」的茅盾竭力提倡描寫時代的大題材。這在二十年
代的許多論文中就常有表示，以後幾十年始終堅持這一看法。三十年代他巡
視了當時文壇「大世界」、大「擂臺」的五花八門、形形色色以後，發現「時
代的大題材有多多少少還沒帶上我們那些作家的筆尖！」茅盾爲之十分惋
惜。〔註13〕新中國成立以後即使在他尖銳批評題材的狹窄與單調的時候，仍
然堅持說：「反映社會重大事件，現在是，而且將來也應當是文藝作家們努
力的主要方面！」〔註14〕

　　其次，要提煉出體現時代精神的主題。

　　題材是作品描寫的對象，題材的時代性爲作品表現時代提供了極好的基
礎。但是，對這題材如何處理，能否充分發揮它這方面的優勢，從中提煉出

〔註11〕　《茅盾論創作》。
〔註12〕　王朝聞《美學概論》。
〔註13〕　《我們這文壇》，《茅盾全集》第19卷。
〔註14〕　《文學藝術工作中的關鍵性問題》，《茅盾文藝評論集》（上）。

體現時代精神的主題，對作品有無時代性的關係尤爲重大。茅盾主張爲「表現時代」而「主題至上」，「小題大做」。

1933 年茅盾在《螞蟻爬石像》一文中談了一個十分有趣的現象。一尊精美的大理石女性雕像，人們感到其美無比，然而螞蟻爬在石像上卻只覺得是「光滑滑，冷冰冰的石頭」，而且因高低不平而爬得十分費力。總之，絕無美感。爲什麼？只因爲螞蟻看不到石像的全身。〔註15〕茅盾引出了一個十分深刻的論題：作家想要正確把握時代的實質和精神就必須全局在胸，也就是他一再強調的對於社會作全般的「鳥瞰」，對題材作「一個鳥瞰式的理解」，〔註16〕要「總攬全面，鳥瞰式地來表現主題」〔註17〕等等。「鳥瞰」一詞是茅盾的習慣用語。鳥瞰是保證作品準確表現時代、獲得時代性的法寶，是「小題大做」最基本的「做」法。

社會生活本來就不單一，凝固不變，而是複雜的，有機的，不斷變化發展的。社會的本質，時代的精神，就蘊藏在這複雜的社會關係及其發展變化之中。所以，茅盾反覆指出，鳥瞰，就是把作品所寫的題材擺在全社會中考察，「目光四射」，看到它與社會方方面面的聯繫，看到它的前因後果。茅盾經常批評有些作家與時代隔絕，胸中無社會，就事論事，只滿足於對生活情景的描摹，以致作品「內容單薄，用意淺顯」〔註18〕，缺乏時代性。劇作家余上沅的劇本《回家》描寫一個士兵離家十多年回家，發現妻子偷漢生了孩子，一怒之下欲痛打妻子，然而，他父親卻出來擋架，說：「她就是你的後娘。」士兵意識到自己失去了「家」而不得不回到軍營。茅盾指出，作者的失誤在於只著眼於這個「家」，沒有考察這個「家」與全社會的聯繫，從中發現更爲深刻的社會意義。「於是一篇本來能夠反映全般社會現象的題材就變成了異常狹小」。〔註19〕

茅盾還指出，「人生中無論某一時期，大抵是光明與黑暗交織著的」，所以，要準確地表現時代，就不能「執一點」，「或以爲全明，或以爲全暗」。〔註20〕也就是說，既要暴露黑暗，又要揭示光明，對當時置身於黑暗的作

〔註15〕《螞蟻爬石像》，《茅盾論創作》。
〔註16〕《有意爲之》，《茅盾文藝雜論集》（上）。
〔註17〕《關於反映工人生活的作品》，《茅盾文藝評論集》（上）。
〔註18〕《自然主義與中國現代小說》，《茅盾文藝雜論集》（上）。
〔註19〕《讀〈上沅劇本甲集〉》，《茅盾全集》第 20 卷。
〔註20〕《螞蟻爬石像》，《茅盾論創作》。

家來說，尤其要善於透過黑暗看到光明所在，否則，作品就不可能揭示深層的時代精神。

不過，全局在胸，準確地把握時代並不容易。作家不僅需要紮實的生活，廣博的知識，尤其要有高尚的「人格」，有一個「訓練過的頭腦」，否則，即便很有價值的題材也會被你寫歪、糟蹋。這也是茅盾一再強調的。二十年代茅盾批評以「遊戲」為目的的文學：「作者自己既然沒有確定的人生觀，又沒有觀察人生的一副深炯眼光和冷靜頭腦，所以他們雖然也做人道主義的小說，也做描寫無產階級窮困的小說，而其結果，人道主義反成了淺薄的慈善主義，描寫無產階級的窮困的小說反成了訕笑譏刺無產階級的粗陋與可厭了。」〔註21〕這充分說明，作家的思想，對人生的態度，認識和分析問題的能力，對處理題材，開掘主題起著決定性作用。茅盾還經常指示作家獲得高尚的「人格」，練就「深炯眼光和冷靜頭腦」的途徑。一方面應當胸懷時代，投身社會，關心和研究社會問題，感受時代的脈搏和民眾的情緒，另一方面要學習廣泛的社會科學知識，比如，倫理學、心理學、社會學、社會經濟學等等，還有他成為馬克思主義者以後常常說的辯證唯物主義和歷史唯物主義。只要運用這些知識和立場、觀點、方法，運用這些「千里鏡」和「放大鏡」鳥瞰時代，洞察生活，那麼，就不至於產生螞蟻爬石像那種以偏概全的錯誤感受。

第三，要寫好「時代舞臺的主角」——人物。

關於人物塑造，茅盾思考、論述得相當系統，這裡所要討論的是，在他文學時代性理論體系中「人物」所佔的位置，肩負什麼樣的重任。

我們從前邊提到的茅盾關於作品時代性的要求可以看到，他幾乎把作品表現時代的重擔全部落在人物肩上。「時代空氣」，實際上是人物所處的社會環境；時代對人的影響，人們的集團對時代的推動，更是著眼於人與時代的關係。所以，茅盾一再強調作品表現時代離不開人物。茅盾這種思路真可謂抓住了要害。因為，正如茅盾所說：「人是時代舞臺的主角……我們應當從各種各樣的人的活動中去表現時代的面目。」〔註22〕

所以，茅盾指出，一個時代的文學應當選擇那些最足以體現時代精神的社會階層，他們最有資格擔任「時代舞臺的主角」。二十年代末，茅盾回顧

〔註21〕《自然主義與中國現代小說》，《茅盾文藝雜論集》（上）。
〔註22〕《八月的感想》，《茅盾文藝雜論集》（下）。

「五四」時代的文學總體成就時就指出，儘管魯迅那些出色的農村題材的小說，「在攻擊傳統思想」這一方面無愧於時代，然而「彈奏著『五四』的基調的都市人生」，那裡最最活躍的青年們，卻描寫得很少，僅有《幸福的家庭》和《傷逝》兩篇，「只能表現了『五四』時代青年生活的一角」。〔註23〕

不過，描寫了「時代舞臺的主角」未必就一定能充分表現出時代精神。「五四」時期郁達夫、張資平等作家，雖然描寫了都市青年的人生，然而，不是「社會性何其太少」就是「並沒帶上時代的烙印」。茅盾認為，「時代舞臺的主角」一旦進入你的作品，就應當最大限度地描寫時代與人物的聯繫，時代對人物命運的影響，表現人物的時代命運。

茅盾對「五四」文學中都市題材作品的評述，反映了他目光敏銳，準確地把握了「五四」時代的特徵。事實上，「五四」時期首先覺醒、最為活躍的社會階層正是都市青年，從某種意義上說，「五四」是都市青年的時代，「五四」精神在他們身上體現得最為充分，作為一個時代的文學未能在對他們的描寫上取得顯著的成就，顯然是一大缺憾。三、四十年代茅盾之所以一再號召作家應當謳歌抗日英雄，充分肯定解放區小說描寫一代新人所取得的成就，就因為他們是這個時代、這個天地的真正的主人。至於如何把人物寫成「時代舞臺的主角」，還涉及到一系列藝術上的問題，這是下一節「人物論」中所要討論的。

文學是時代的反映，這是文學本質的重要一面。但是，對這一觀念卻並非人人尊重或在此觀念指導下努力實踐，以致出一現一些有礙於文學反映時代的創作傾向。茅盾曾為扭轉這些不良傾向而作了不懈的努力。

一種是熱衷於描寫「身邊瑣事」。這種傾向在新文學初期相當嚴重，茅盾對1921年第二季度的創作作了統計歸類研究，發現描寫男女戀愛的小說竟佔了百分之九十八。當時新文學的創造者大多是小資產階級知識青年，題材的單一來之於作者生活的貧乏和取材視野的狹窄，這些作品充其量表現社會的有限的一角。茅盾曾多次批評這種取材傾向，希望他們胸懷時代，拓寬寫作範圍。

另一種傾向是「靈感主義」。這與前一種傾向往往同時出現。他們「視小說為天才的火花的爆發時的一閃，只可於剎那間偶然得之，而無須乎修煉

〔註23〕《讀〈倪煥之〉》，《茅盾文藝雜論集》（上）。

——銳利的觀察，冷靜的分析，縝密的構思」。〔註24〕他們迷戀身邊瑣事，又不加開掘，只憑「靈感來時，振筆直書」，〔註25〕結果，作品所寫的僅僅是「人生實錄」，「內容單薄，用意淺顯」。

這兩種傾向必然導致文學與時代隔絕，缺乏鮮明的社會性和時代性。

不過，茅盾卻並非「唯重大題材」論者。事實上，他在大力提倡描寫時代大題材的時候，從來沒有排斥其他平凡題材，隨著時間的推移，在題材問題上的辯證觀念越來越鮮明。在二、三十年代茅盾之所以多次批評一些作家迷戀「身邊瑣事」，一方面是因為「時代的大題材有多多少少還沒有帶上我們那些作家的筆尖」，需要他們增強時代使命感，集中主要精力去描寫，另一方面是因為他們過於迷信「靈感主義」，對題材不作深刻的思考，未能開掘出更多、更深的時代意義，未能寫出「時代舞臺主角」的深刻背景。比如，對郁達夫的小說集《沉淪》茅盾並未因為描寫「身邊瑣事」而全盤否定，肯定它是「五四」以來描寫青年生活題材「卓越」例證，但也指出：「描寫青年的苦悶，可謂『驚才絕豔』的了，然而，我們試分析主人公苦悶的背景，便要驚訝於所含的社會性何其太少！」〔註26〕茅盾明確指出，「身邊瑣事」並非不能寫，而是一要認真選擇，挑選富有社會意義的描寫；二要精心「製作」，認真地「做」，突出、深化它的時代意義。只有這樣，描寫「身邊瑣事」的作品才富有時代性。

六十多年中，茅盾一直重複這句話：「文學是時代的反映。」他用這一基本觀念嚴格衡量作品的題材、主題、人物，他從題材、主題、人物等角度來竭力強化這一基本觀念。文學作品由內容與形式兩者構成，從某種角度講內容是文學作品的靈魂。「文學是時代的反映」顯然著眼內容而言，是作品的靈魂所在，「牽一髮而動全身」。茅盾對文學時代性的刻意追求，隨之而來的是作品強烈的社會性、政治性、乃至於一定情況下的史詩性，還有鮮明的理性色彩等等。我國現代文學史上許多文藝理論家和作家，或多或少論述過文學反映時代的意義，但是，恐怕沒有第二個像茅盾這樣六十多年堅持不懈地、不遺餘力地鼓吹「文學是時代的反映」。茅盾對文學本質的特異理解，是他評價文學作品的重要標尺，尤其是他自己創作的重要理論導向之一。這是我們打開茅盾作品獨特藝術天地的一把鑰匙。

〔註24〕 《讀〈倪煥之〉》，《茅盾文藝雜論集》（上）。
〔註25〕 《關於「創作」》，《茅盾文藝雜論集》（上）。
〔註26〕 《讀〈倪煥之〉》，《茅盾文藝雜論集》（上）。

二、「文學的構成,卻全靠藝術」

當我們考察了茅盾關於「文學是時代的反映」這一文學觀念以後,不禁令人擔心:茅盾把文學推到了「時代」的峰巔,會不會忘了文學是藝術?

1921 年初,茅盾發表《小說新潮欄宣言》,以異常醒目的語言提醒人們:「文學是思想一面的東西,這話是不錯的。然而,文學的構成,卻全靠藝術。」〔註 27〕這是「小說新潮欄」的宣言,也是茅盾本人對文學本質認識的宣言。從那以後,在他浩如煙海的文學論著中,在一再重複「文學是時代的反映」這句話的同時,還一再重複另一句話:「文學的構成,卻全靠藝術。」茅盾把「文學是時代的反映」強調到幾乎無以復加卻未曾失誤,關鍵就在於他一刻也沒有忘記:「文學的構成,卻全靠藝術」。

文學與政治、法律、哲學等同屬於社會科學,都以社會為研究對象,然而,文學卻又不同於其他社會科學,其根本區別是認識、評價社會現象所用的思維和表達的方式不同。其他社會科學主要採用抽象思維,對社會現象直接運用概念、判斷、推理得出結論,而文學雖然也運用抽象思維,但主要靠形象思維,作家對社會生活的認識和評價都滲透在生動的形象之中,通過形象來顯示。早年茅盾主要從文學的功能、內容,文學與社會與時代的關係等等角度探索文學的本質,而對文學思維特徵這個至關重要而相當複雜的問題,雖然略有涉及,但畢竟未能及時從正面予以重視,作出解釋。後來,新文學發展的現實,敦促茅盾對文學之所以有別於其他社會科學的問題上昇到美學的理論層次上作深入的思考。1925 年他在《告有志於研究文學者》一文談到,構成文學的要素,一是外界事物投射於人的意識所在的意象,二是人的審美意識;意象隨外物不斷投射而方生方滅,忽起忽落,經審美意識這位「審美先生」選擇、「整理」、「編製」,成為「和諧」的「集團的意象」,然後用文字表現便成了文學。〔註 28〕這裡茅盾儘管未用「抽象思維」和「形象思維」等字眼,然而,已基本上表述了文學的思維特徵。茅盾所說的作者在審美意識制約下一系列選擇、「整理」、「編製」的過程,無疑離不開抽象的概念、判斷和推理,但是,這種抽象的思維活動始終依附於意象而展開,最後終於形成了「和諧」的「集團的意象」,即完整、有機的形象。可見,儘管抽象思維貫串創作的始終,但是,形象是本體,形象是目的,形象是根本。茅盾一

〔註27〕《茅盾文藝雜論集》(上)。
〔註28〕《茅盾文藝雜論集》(上)。

且涉及了這個深奧的美學問題以後便時有論及，特別是專談創作的《創作的準備》、《從思想到技巧》以及粉碎「四人幫」後撥亂反正中寫的《漫談文學創作》等，一再強調形象思維的重要性，提醒作家千萬不能用抽象思維替代形象思維，否則即便對社會的認識和評價正確無誤，他的作品也只能是「穿上文學作品外套的美麗的社會科學論文」。〔註29〕作家創作過程中兩種思維呈現獨特的結合形態，它們「結伴而行」，互相制約，互相滲透，「形象」固然受「思想」支配，但「思想」必須依附於「形象」。茅盾充分重視藝術思維的規律，注意了「思想」對「形象」的依附性。他說：「文學創作上所謂『思想』是離不開『形象』的，一個作家腦海中出現了一個『主題』的時候，『形象』必伴之而來，在創作過程中，決沒有什麼不與形象相伴隨的光桿的所謂『思想』。」〔註30〕也就是說，在文學作品中，離開了「形象」便失去了「思想」。茅盾嚴格區分了文學在思維和表達方式上與其他社會科學的不同，就從根本上防止了將文學混同於其他社會科學的可能。

既然作家對生活的認識和評價必須通過對具體事件的描繪，通過鮮明生動的形象來表現。那麼，作家就必須具備一套描繪事件、塑造形象的能力和技巧，即通常說的「藝術修養」。對此，茅盾一生中用了相當多的精力作過探討，形成許多精闢的見解，成為他文學理論中十分精彩的部分。

「藝術修養」是相當複雜的論題。顧名思義，它是指「藝術」方面的修養，但又不是單純的藝術技巧問題，然而，卻總有人把它錯當作與思想無關的技巧。針對這種偏見，茅盾一再提醒文學家，尤其是初涉文壇的青年，藝術修養決不僅僅是單純的藝術技能、技巧，不能離開了作家的思想修養孤立地談藝術修養。茅盾討論一系列文學現象，評論大量作家作品，從來不把藝術與思想機械地分為兩家，總是談思想不忘藝術，談藝術不離思想。茅盾這種提醒和示範至關重要。因為文學作品的思想與藝術，就如一張紙的兩面，不能截然分開，優秀的文學作品要求兩者完美的統一。作家對富有社會意義題材的發現，對體現時代精神的主題的開掘，對人物性格的準確把握，對情節結構的合理安排，乃至一些相應手法的巧妙運用等等，究竟是屬「思想」還是「藝術」？豈能簡單地歸屬於「藝術」？為了強調作者的藝術修養與思想修養的不可分割，茅盾甚至說：「作品思想上的成熟，同時也應該是技巧上

〔註29〕 《創作的準備》，《茅盾論創作》。
〔註30〕 《從思想到技巧》，《茅盾論創作》。

的成熟。」〔註31〕嚴格意義上說,此話不無疏漏,似有以思想取代藝術之嫌,不過,如果聯繫茅盾一系列相關論述,如果我們把「作品的思想」不當作抽象的概念,而是藝術的意蘊,那麼,便會承認此話頗有深意。因爲,文學中的「思想」是與「藝術」相伴而存的,所以,沒有「藝術」的成熟,豈有「思想」的成熟?有了「思想」的成熟,豈無「藝術」的成熟?

藝術的複雜性在於它既離不開思想,但又有相對的獨立性。所以,對藝術修養,一方面不能拋開思想孤立而論,另一方面卻又可以,也應當把它作爲相對獨立的因素加以探討。茅盾一生中,特別是在新中國成立後不允許多談藝術的年代,他在強調藝術與思想不能分離的前提下,十分重視從相對獨立的角度探討作家的藝術修養問題。這方面茅盾探討的範圍極爲廣泛,其中有幾個問題,反覆論述,見解深刻,理論完整,獨樹一幟。

人物論

文學是人學。「人是時代舞臺的主角」。茅盾文藝理論中,大凡論及藝術,談得最多的是「人」。茅盾始終堅持一種觀點:「人物的塑造,是作品的中心問題。」〔註32〕由此出發,他提出一系列精闢的見解。他認爲人物是文學創作(這裡主要指敘事文學作品)的「本位」,作家應先有人物,然後由人物生發出故事,故事因人物發展。對於「人」,茅盾從來不作抽象的理解,在他心目中,人是社會的一員,階級的一員,是「時代舞臺的主角」。如果把「人」比作樹葉,那麼,他是「人生樹」上的一片,而不是從樹上摘下來的孤單單的一片。所以,寫人必須寫出人與環境的聯繫。所謂「環境」,有狹義與廣義之分,前者指場所和氣氛等,後者指特定地區的生產關係、社會制度、支配與被支配階層、文化教育、風尚習慣等等,簡言之是社會環境和政治環境。支配人物行爲的主要是廣義的環境。這樣的「人」與這樣的「環境」不是互不相干地各自存在,而是「錯綜交互」在對立統一中變化、發展。典型人物,既要體現本階級共同的意識,又要具有自己獨特的個性。爲此,不宜「單依了某一個人作爲『模特兒』,爲其拍逼眞的「小照」,而應當作更廣泛的藝術概括,以保證典型性。人物的性格不宜單一、凝固、直線,而應當多側面,複雜的,立體的,在長篇中還應當有所發展。要讓人物在特定的社會背景下,在與周圍人的矛盾關係中,以他自身的行動自我亮相。不宜一味通過「大事

〔註31〕 《從思想到技巧》,《茅盾論創作》。
〔註32〕 《漫談文藝創作》,《茅盾文藝評論集》(下)。

件」寫人，有時可以小處入手，「從側面來寫幾筆」。〔註33〕「心理解剖的精微真確」，〔註34〕是寫活人物的秘訣之一。這方面既要繼承我國古典小說通過人的行為、神情，通過細節等等間接刻劃人物內心世界的手法，又應當學習西方小說直接剖析人物心靈的手法，當然，游離作品情節的冗長的剖析不可取，等等。茅盾的人物論雖然主要著眼於小說，然而，具有極大的普遍意義，其中許多原理同樣適用於其他敘事文體作品。這正是我不把人物論納入下邊小說論而單列為一論的原因。

小說論

文學各類文體在藝術上既有相似之處，又有特殊要求。茅盾有強烈的文體意識。他認為猶如武場刀槍，各有各的操法，作家應當高度重視各類文體的特點，適應它的規律，發揮它的藝術之長。他對各類文體的特點和要求都有所論述，而且不乏創見，然而其中最為引人注目、並為他人不能企及的是小說論。這裡要說明的是，由於小說是我國現代讀者面最寬的文體，最能說明新文學的總體特徵，由於茅盾終身主要致力於小說研究與創作，所以，他的文學論文所論及的問題大多與小說有關，「小說」幾乎無處不在。此其一。其二，茅盾一再強調人物是小說的「本位」，所以，前邊說的人物無疑是小說論的重要內容。除此以外，茅盾對小說的文體特徵、創作原則、技能技巧等等還有許多獨到的見解。

由於茅盾竭力主張「文學是時代的反映」，所以，他特別強調小說務必要寫好環境，特別是社會環境，以保證作品的社會性、時代性。小說的結構要展現情節和人物性格發展的合理性，「前、後、上、下都是勻稱的、平衡的，而且是有機性的」，既要追求「局部美」，更要講究「整體美」，〔註35〕切忌「平鋪直敘」，而要「錯綜變化」；倘若頭緒紛繁，就應當「主脈」清晰，處處圍繞「中心軸」。茅盾非常重視小說隨篇幅長短而來的不同的藝術要求。他基本上贊同前人關於「長篇小說寫人生之縱剖面，短篇所寫則為人生之橫斷面」的區分法，但是，他再三提醒人們，「世界上並無一成不變的法規」，千萬不能「作繭自縛」，長、短篇的區別主要看「從怎樣的角度去取材，以怎樣的手法去處理」。〔註36〕從總的偏向看，茅盾對長篇更追求「規模開展，

〔註33〕《創作的準備》，《茅盾論創作》。
〔註34〕《近代文學體系的研究》。
〔註35〕《漫談文藝創作》，《茅盾文藝評論集》（下）。
〔註36〕《對於文壇的又一風氣的看法》，《茅盾論創作》。

氣象雄偉」,對短篇更講究「以小見大,舉一隅而三反」。對於短篇小說之「短」,茅盾特有研究。他多次指出,唯其「短」,就尤其要從難從嚴「剪裁」,否則,即便內容「豐富」,也成了「壓縮了的中篇」,倘若內容「單薄」,就成了「拉長了的特寫」。〔註37〕文體特徵是文學藝術特徵的重要方面。茅盾強烈的文體意識,特別是對小說文體特徵的深入思考,反映了他對文學是藝術這一本質特徵的把握是毫不含糊的。

風格論

「風格,這是藝術所能企及的最高境界。」〔註38〕堅信「文學的構成,卻全靠藝術」的茅盾,當然不會怠慢這藝術最高境界的攀登。茅盾初登文壇就呼籲:「創作須有個性」。以後,多次撰文專題論述文學「獨創」之貴,「因襲」之弊。他指出:「真正的作家必有他自己獨具的風格」,「文學所以能動人,便在這種獨具的風格」;〔註39〕創作之所以「冠之以『創』字,就包含『靈機獨運,不落前人窠臼』的意思」。〔註40〕在茅盾看來,沒有獨創,形不成個性與風格,便稱不上完美的藝術。

何謂「風格」,因玄乎深奧而歷來眾說紛紜。茅盾雖未從正面下過明確的定義,但是,卻常有頗得真諦的論述。早在他發出「創作須有個性」呼籲時就指出:「文學作品最重要的藝術色也就是該作品的神韻。」他用許多外國文學作品為例說明,在我們翻譯中,不能把「灰色」譯成「紅色」,把「神秘而帶頹喪氣」譯成「光明而矯健」,把以「音」為主的譯成以「色」為主,不能失去原作的「神氣」、「句調」等等,總之,不能失去原作「特別的藝術色」。〔註41〕在茅盾的藝術心靈裡,這「藝術色」是由作品的內容、手法、思想傾向等等綜合形成的「神」、「氣」、「色」等總體特色,還是用茅盾所說的「神韻」來表述最為妥貼。茅盾不是在給風格下定義,但我認為,這「神韻」正是人們常說的「風格」。茅盾後來仍然沿用這一說法。時隔四十年,他說:「所謂風格,亦自多種多樣,有的可以全篇的韻味著眼」,「有的則可以從佈局、謀篇、鍊字、鍊句著眼。」〔註42〕顯然,這裡的「韻味」就是早年提出的「神

〔註37〕 《談最近的短篇小說》,《茅盾文藝評論集》(上)。
〔註38〕 歌德《自然的單純摸仿‧作風‧風格》,歌德等著《文學風格論》。
〔註39〕 《獨創與因素》,《茅盾文藝雜論集》(上)。
〔註40〕 《關於「創作」》,《茅盾文藝雜論集》(上)。
〔註41〕 《新文學研究者的責任與努力》,《茅盾文藝雜論集》(上)。
〔註42〕 《一九六○年短篇小說漫評》,《茅盾文學評論集》(上)。

韻」。茅盾提出的兩種把握作品風格的路子，顯示了兩種把握角度，前者著眼總體，後者著眼局部；兩者相輔相成，前者以後者爲基礎，後者最好昇華爲前者。茅盾一生中研究、比較過大批作家作品的風格，總是不僅發現他們題材、形象、手法、語言等獨特的個性，而且常常一語道破他們整體的、內在的、昇華狀態的「藝術色」──「韻味」和「神韻」，表現出他把握風格的敏銳性。在六十年代極「左」思潮橫行文壇的年月裡，茅盾仍然堅持探索風格與民族化、群眾化的關係，探索風格形成的主要客觀原因，特別是時代精神、時代風格對個人文學風格的影響。他指出：「個人風格必須站在民族化、群眾化的基礎上。」「個人風格上，一定有時代精神的烙印。」〔註43〕風格是作家藝術成熟的標誌，茅盾對作家風格的重視，再一次證明他沒有忘記文學是藝術這一本質特徵。

文學既離不開思想，又離不開藝術，完美的文學需要思想與藝術的統一。這是文學的常識。然而，在具體解釋文學現象時，在文學創作實踐中，眞正把握準這兩者的關係卻決非易事。新文學成長的道路上，在思想與藝術之間，曾多次出現顧此失彼的偏向，然而，主要偏向是對藝術的忽視，其結果是公式化、概念化的創作和批評。茅盾不僅多次從正面宣傳文學的構成全靠藝術，而且對忽視藝術的傾向展開了嚴肅的批評。1922 年新文學尚處初創階段，茅盾考察二季度創作成就時就指出人物描寫普遍存在公式化、概念化的弊病。這也許是我國現代文史上對這一問題的最早提醒。1925 年在《論無產階級藝術》這篇重要論文中，明確提出無產階級的藝術「形式與內容必相和諧」。1928 年關於革命文學討論中，對革命文學早期作品嚴重忽視藝術的傾向展開了嚴厲的批評，這種批評持續了好幾年。抗戰期間茅盾再次批評某些抗日文學急功求利而忽視藝術的傾向。即便在新中國成立以後，在那正氣受到壓制，爲公式化、概念化邪氣大開綠燈的情況下，茅盾仍然沒有放鬆對忽視藝術傾向的批評。在這過程中，茅盾就文學的構成全靠藝術問題發表了一系列精闢的意見，極大地豐富和完善了我國現代文學理論。

茅盾針對文壇的實際，概括出新文學忽視藝術的公式化、概念化的弊病，主要表現爲人物形象的「臉譜主義」和故事情節的「方程序」。

「臉譜主義」就是從某些政治思想概念出發，將現實生活中的的人分類

〔註43〕 《反映社會主義躍進的時代，推動社會主義時代的躍進》，《人民文學》1960
　　　　年第 8 期。

編譜，然後照譜寫人，結果是同類人物同一臉譜，如同一個「印板」裡印出來。他們界線分明，互不影響，從不轉移。這種人物根本不是有血有肉的、生動感人的形象，而是乾巴巴的某種政治思想概念的「傳聲筒」。最有代表性的是蔣光慈。他早期不少「作品中許多革命者只有一張面孔——這是革命者的『臉譜』，許多反革命者也只有一張面孔——這是反革命者的『臉譜』」。〔註44〕

「方程序」，就是作者從主觀確定的主題出發，無視生活實際，隨意編造故事，安排情節，配置人物，形成固定格式；主題類似，則格式劃一。茅盾對我國二、三十年代那些「革命文學」作品的「方程序」曾作過絕妙的描述：

> 結構一定是先有些被壓迫的民眾在窮苦憤怒中找不到出路，然後飛將軍似的來了一位『革命者』——一位全知全能的『理想的』先鋒，熱剌剌地宣傳起來，組織起來，而於是『羊群中間有了牧人』，於是『行動』開始，那些民眾無例外地全體革命化。人物一定是屬於兩個界限分明的對抗的階級，沒有中間層，也沒有『階級的叛徒』；人物性格也是一正一反兩個『模子』，劃一整齊到就像上帝用黃土造的『人』。故事的發展一定就是標語口號的一呼一應，人群的對話也就像群眾大會裡的演說那樣緊張而熱烈，條理分明。〔註45〕

茅盾還指出：作品最後往往還要硬紮上一條光明的「尾巴」，以體現「革命意識」。

茅盾研究問題習慣於尋根究源，不滿足於只擺病情，不究病根，不開處方。他對公式化、概念化的批評，決不是只羅列表現，而重在剖析這種傾向的形成原因和根治措施。茅盾指出，產生公式化、概念化不良傾向最根本的原因是作家徒有「革命熱情而忽略於文藝的本質」，誤把文學當作狹義的「宣傳工具」，〔註46〕他們違背了文學的藝術規律，忘記了「作品的主題思想，不是由作者用抽象的說教方式來表白，而必須是通過人物的活動，運用形象思維來表現。」〔註47〕一旦忘記了文學這一基本特徵，當然就不可能尊重文學的文體特徵，更不會尊重創新，追求風格。治病要治本。要克服公式化、概念化的惡劣傾向，就必須在思想上真正確立一個觀念：文學的構成全靠藝術。

〔註44〕《〈地泉〉讀後感》，《茅盾全集》第19卷。
〔註45〕《〈法律外的航線〉讀後感》，《茅盾全集》第19卷。
〔註46〕《從牯嶺到東京》，《茅盾論創作》。
〔註47〕《漫談文藝創作》，《茅盾文藝評論集》（下）。

　　不過，有些作品之所以出現公式化、概念化傾向，並非作者對這一觀念的「忽視和成見」，而是「缺乏了文藝修養」。缺乏文藝修養而強做革命文學，這是「空肚子頂石板」。所以，要克服公式化、概念化傾向，不僅要確立文學是藝術這一觀念，而且要刻苦地磨煉藝術，學習「人類有史以來的全部智慧作爲他的創作的準備」，這種學習當然不是「生吞活剝地剽襲其形骸」，而是吸取精華而創新。〔註48〕

　　茅盾指出，「『生活』的偏枯，結果是文學的偏枯」，〔註49〕公式化、概念化的病根還在於作家不熟悉生活，對生活缺乏眞情實感。文藝既然是生活的反映，那麼，無論是主題的確定，還是故事的發展，或者是人物性格的描寫等等，都必須來自生活，酷似生活，而且與生活一樣「包羅萬象，多姿多采」，豈能有「譜」有「式」？然而，熱衷於公式化、概念化的作者，卻往往憑一點「耳食」材料，按既定「臉譜」和「方程序」「向壁虛造」。茅盾提倡作家描寫自己熟悉的題材；即使爲了盡時代的使命而擴大自己的創作題材，也必須努力去熟悉這新的生活。作家對生活不能滿足於一知半解，千萬不能憑一時衝動倉促動筆，應當如產婦分娩「十月滿足」。〔註50〕只有這樣作品才符合生活邏輯，入情入理，生動活潑，而不陷入僵死的「臉譜」與「方程序」。

　　茅盾早在二十年代初就說：「批評主義在文藝上有極大之權威，能左右一時代文藝思想。」〔註51〕所以，他一生中一直重視文藝批評對文藝思想、文學創作的影響。在我國新文學史上公式化、概念化傾向，不僅表現在文學創作上，而且反映在文學批評上。這種不良傾向的文學批評，使文壇思想混亂，對公式化、概念化的創作起到推波助瀾的作用。對此，茅盾曾多次加以批評。二十年代末太陽社、創造社同仁，不仔細考察中國的社會實際，不尊重文學藝術規律，單憑一股革命熱情和一些馬克思主義的詞句，對魯迅、茅盾等進步作家妄加指責，全盤否定他們的作品。這便是公式化、概念化文藝批評的突出表現，茅盾曾據理反駁。這種傾向後來還時有出現，茅盾常有批評和剖析。他指出，這種不良的文藝批評的特點是，無視文學的藝術規律，對作品的思想和藝術不作實事求是的分析，而是把一大堆漂亮的、革命的「術語當作符咒」，生搬硬套，亂加指責。他們又不熟悉作家所描寫的生活；單憑自己

〔註48〕　《創作的準備》，《茅盾論創作》。
〔註49〕　《〈中國新文學大系・小說一集〉導言》，《茅盾文藝雜論集》（上）。
〔註50〕　《公式主義的克服》，《茅盾文藝雜論集》（下）。
〔註51〕　《〈小說月報〉改革宣言》，《茅盾文藝雜論集》（上）。

的想像強求作品，這就「免不了誤解，主觀，以及隔靴搔癢」。這種批評的後果惡劣：「空洞，高調，貌似『前進』而實迴避現實」，使作家不僅得不到「具體的指導而只感到迷惘」。茅盾呼籲我們需要懂得藝術、熟悉生活的腳踏實地的批評家。〔註52〕

　　六十年中，茅盾一再重複「文學是時代的反映」的同時，再三申明：「文學的構成，卻全靠藝術」。這兩句話成為茅盾藝術心靈世界中的「二重唱」，兩者配合緊密，和諧，失去其一，便失去了文學的平衡，失去了文學的身份。茅盾的文學理論之所以具有很強的生命力，茅盾之所以不是竭力追求文學思想性、革命性的蔣光慈們所能比擬，其重要原因就在於他深得這文學「二重唱」的真諦。從某種角度講，「文學的構成，卻全靠藝術」是茅盾唯一的文學標尺，因為，他始終將文學當「藝術」，認為文學的「思想」必須融化在「藝術」之中。他憑這一文學觀念在新文學園地裡辛勤耕耘，宣導理論，批評他人，並身體力行，在自己的創作中實踐，追求，努力使自己的作品既有強烈的社會性、時代性，又不失為藝術，獨樹一幟，自成風格。如果因為茅盾竭力將反映時代作為文學重要的特徵，就以為他不把文學當「藝術」，那麼，不是對茅盾的誤解，就是自己對「文學是思想一面的東西」存在偏見。

三、「我們是功利主義者」

　　前邊說的「文學是時代的反映」和「文學的構成，卻全靠藝術」，著眼於文學自身的思想與藝術兩個方面。那麼，作為觀念形態的文學對於客觀社會究竟有何功能？如何理解和發揮這種功能？這也是每個文學工作者面對「什麼是文學」這個難題無法迴避的問題。對此，古往今來的文學家往往各執己見，我國新文學興起之時便是如此。一方面如鴛鴦蝴蝶派的一些人不顧文學的社會影響，將文學當作遊戲和牟利的工具，另一方面如陳獨秀、李大釗、魯迅等人不滿於文壇死氣沉沉，無所作為，高舉起文學革命的大旗，他們有的說：「今欲革新政治，勢不得不革新盤踞於運用此政治者精神界之文學」，〔註53〕有的說：「我也並沒有要將小說抬進『文苑』裡的意思，不過想利用他的力量，來改良社會」〔註54〕等等。茅盾與這些新文學先驅者取

〔註52〕《需要腳踏實地的批評家》，《茅盾文藝雜論集》（上）。
〔註53〕陳獨秀《文學革命論》，中國人民大學《中國現代文學史參考資料》第1卷。
〔註54〕魯迅《我怎麼做起小說來》，《魯迅全集》第4卷。

同一步調，懷著鮮明的社會功利目的登上文壇。他一生中第一篇文藝論文，試圖從文學對社會思潮影響的角度探索俄國革命的「動力」和「遠因」，其文學的社會功利觀已初露端倪。接著第二篇文學論文《現在文學家的責任是什麼？》，其論題指向不言而喻。1927年他就懷著這種目的開始創作，五年後回顧自己創作體會時，引以自慰的是「未嘗敢忘記了文學的社會的意義」。〔註55〕1959年有位國際友人對我國現代文學功利觀有所疑慮，茅盾直言：「我們不諱言，我們是功利主義者。」〔註56〕直到晚年，會見法國作家蘇珊娜‧貝爾納，回顧自己半個多世紀的文學生涯，感慨萬千，他說：「文學如果不能反映生活，指導生活，那就沒有什麼用處；儘管自己未能當上職業革命家而當了作家，但仍然沒有忘記通過文學對歷史、對人民應盡的責任。」〔註57〕如果不忌諱表達的呆板和重複，那麼，我們完全可以說，六十多年間，茅盾除了重複「文學是時代的反映」和「文學的構成，卻全靠藝術」這兩句話以外，還重複第三句話：「我們是功利主義者」。

在我國現代作家中儘管不少人肯定和注重文學的社會功能，然而，各人的具體理解卻不盡相同，甚至差異很大。茅盾的文學社會功能觀具有鮮明的特色。

首先，他認為，文學不能超然於階級，所以，其社會功能必然受階級意識的支配，不要害怕與政治粘連。他指出，「自來文學只做了當時的統治者階級保持其特權的工具」，許多國家的經驗證明，文學是「趨向於政治的或社會的」，這決非文學的「墮落」。〔註58〕我們新文學的功利對象不是「特殊階級」，而是「平民」，是「被損害者和被侮辱者」，是無產階級和人民大眾，其是非標準是要對他們有「功」有「利」。

其次，茅盾對文學社會功能的解釋，儘管曾用過「反映人生、指導人生」、「充分人生的空泛」等抽象的表述，但是，他總是以促進社會變革、推動時代前進為最終目標。這一目標，隨著他馬克思主義者世界觀的逐步確立而越發明朗、強烈、遠大，直到明確提出無產階級的文學要「以助成無產階級達到終極的理想」──「建設全新的人類生活」。〔註59〕

〔註55〕《我的回顧》，《茅盾論創作》。
〔註56〕1959年3月22日《致馬爾茲》，《茅盾書簡》。
〔註57〕蘇珊娜‧貝爾納《回憶茅盾》，《憶茅公》（上）。
〔註58〕《讀〈倪煥之〉》，《茅盾文藝雜論集》（上）。
〔註59〕《論無產階級藝術》，《茅盾文藝雜論集》（上）。

再次，在文學對社會的近期效應與長遠效應的關係上，茅盾說：「我們首先是從作品對於當時當地所產生的社會效果來評價一部作品的；但是，我們也反對只看到眼前的效果而忘記了長遠的利益。真正有價值的作品應當是在當時當地既產生了社會影響而且在數十年乃至百年以後也仍然能感動讀者。不過，這樣的作品，在短時期內不會大量產生。」〔註60〕可見，茅盾一定程度上肯定近期效應，但又反對急功求利，不主張為追求近期效應而犧牲藝術。

再其次，茅盾認為，文學社會功能的大小不在於表面的「劍拔弩張」，而在於文學本身的「力」；缺乏藝術的「宣傳大綱」不會有感人的力量，真正有「力」的作品應該是「上口溫醇的酒」。〔註61〕

從以上各點我們可以看到，茅盾對文學社會功能的追求是異常強烈的，但又是清醒的，辯證的。他追求近期效應與長遠效應的統一，強調文學的社會功能必須通過藝術的手段來實現。這是革命的、美學的文學功利主義，與魯迅頗為相似，與我國文學史上曾經出現過的否認文學的社會功能或主張文學超然於階級之外的文學觀念，與那些單純追求文學的革命功利而忘了文學是藝術的文學觀念大相逕庭。

既然文學的社會功能以促進社會變革、推動時代進步為最終目標，那麼，文學通過哪些途徑來實現這種功能呢？或者說，這種功能表現為哪些具體職能呢？

（一）「鼓吹新思想」

我們多次提到的茅盾初登文壇寫的《現在文學家的責任是什麼？》可以說是一篇關於文學「鼓吹新思想」職能的專論。從此以後，他一再提倡文學應當負起這一重任。茅盾總是從社會發展的思想高度來肯定文學「鼓吹新思想」責無旁貸。在茅盾看來，社會的進步離不開新思想作先導，而這新思想固然要有哲學為理論基礎，但也少不了借助文學的手段來傳播，這是被許多國家成功的經驗所證實了社會發展規律。茅盾指出，「鼓吹新思想」也是現代中國社會賦予新文學的歷史重任。「中國現在正是新思潮勃發的時候，中國文學家應當有傳播新思潮的志願，有表現正確的人生觀在著作中的手段」。〔註62〕「新思潮勃發」，這是對「五四」為起點的中國現代社會特色極

〔註60〕1959年3月22日《致馬爾茲》，《茅盾書簡》。
〔註61〕《力的表現》，《茅盾文藝雜論集》（上）。
〔註62〕《現在文學家的責任是什麼？》，《茅盾文藝雜論集》（上）。

深刻的概括。「五四」前夕，中國社會猶如絕無窗戶的鐵屋子，空氣沉悶，消息閉塞，觀念僵化。後來，死氣沉沉的社會之所以發生大動盪，進入新的歷史階段，其重要原因之一，正是來自西方的新思想、新觀念的衝擊。茅盾把「鼓吹新思想」作為文學的重要職能，既借助於人類社會和世界文學發展的經驗與規律，又回應了現代中國社會的召喚。茅盾一生中，一直號召作家要以新的眼光、新的觀念觀察和反映生活，「把新理想新信仰灌到人心中，這便是當今創作家最重大的職務」。〔註63〕

　　（二）「辟邪去偽」

　　進步的、革命的文學總表現出抑惡揚善的傾向。茅盾一向主張作家在描寫社會人生的過程中應當明確表示自己正義的愛憎，「辟邪去偽」便是這種愛憎的重要一面。他從中外古今文學中發現了一個重要的規律：「『怨以怒』的文學正是亂世文學的正宗」。〔註64〕我們應當繼承世界文學反映時代的優良傳統，正視現實的黑暗，同情「被損害者和被侮辱者」，揭露社會貧富階級的不平及其病根。新文學初倡時期被茅盾肯定和讚賞的就是那些「表示對於罪惡的反抗和對於被損害者的同情」的作品。〔註65〕當時，有人指責新文學「以不健全之人生觀示人」，又有人曲解自然主義即「左拉主義」的弊病是「專在人間看出獸性」。對此，〔註66〕茅盾一一加以澄清，捍衛文學「辟邪去偽」的職能。在抗日戰爭和解放戰爭的年代，社會的黑暗暴露得尤為充分，茅盾更是大聲疾呼，文學對於那種「投降的理論和失敗的心理，應當加以不容情的抨擊」，〔註67〕「我們必須把敵人滅絕人道的暴行有力地暴露出來。」〔註68〕新中國成立以後茅盾不再強調文學「辟邪去偽」的職能，這是比較複雜的現象。一方面由於人民已當家作主，社會上正氣居主導地位，「邪」與「偽」已大大減少，文學的社會職能理應適當轉移，另一方面由於政治氣候很不正常，「左」的思潮佔了上風，壓制了文學的「辟邪去偽」的職能，茅盾也受到影響；在這種情況下，即便談及這一職能也必然是拘謹而論。

〔註63〕　《創作的前途》，《茅盾文藝雜論集》（上）。
〔註64〕　《社會背景與創作》，《茅盾文藝雜論集》（上）。
〔註65〕　《春季創作壇漫評》，《茅盾文藝雜論集》（上）。
〔註66〕　《「寫實小說」之流弊？》、《「左拉主義」的危險性》，《茅盾文藝雜論集》（上）。
〔註67〕　《向新階段邁進》，《茅盾文藝雜論集》（上）。
〔註68〕　《展開我們的文藝戰線》，《茅盾文藝雜論集》（下）。

（三）「指出未來的希望」

茅盾儘管十分重視文學「辟邪去僞」的職能，但是，從來不是消極被動者，既然文學以促進社會變革、推動時代進步爲終極目標，所以，茅盾認爲文學不僅要「鼓吹新思想」、「辟邪去僞」，而且要給人們「指出未來的希望」，〔註69〕要給人們描繪出「更完善的將來究竟是一個何等的世界」。〔註70〕這是作家愛憎的另一側面。所以茅盾提出「無產階級藝術的目的並不是僅僅的破壞」，而應當表現無產階級崇高的理想——「建設全新的人類生活」。〔註71〕在文學思想基調上，反對跌入「傷感主義的圈子」，〔註72〕要透露黑暗中的光明，提倡「樂觀的文學」。〔註73〕在苦悶徬徨的空氣籠罩文壇的情況下，茅盾持這種觀點眞是難能可貴。更爲可貴的是茅盾很早就大力提倡弘揚民族的美德。他精闢地指出，一個民族的文學之所以爲「民族的文學」，其關鍵之一便是反映了這民族的國民性，而「所謂國民性並非指一國的風土民情，乃是這一國國民共有美的特徵」。他「相信一個民族既有了幾千年的歷史，他的民族性裡一定藏著善美的特點；把他發揮光大起來，是該民族義不容辭的神聖的責任」。〔註74〕所以，他反對作家「把忠厚善良的老百姓，都描寫成愚騃可厭的蠢物，令人誹笑」。〔註75〕人們幾乎公認，新文學的許多作家，包括魯迅、老舍、巴金、曹禺等文學大家，在表現我們民族性上所取得了傑出成就，不過，他們（尤其是前期）都特別偏重於國民性中落後、消極面。在中華民族倍受欺凌的年代，在人們偏重於描寫國民精神弱點的文壇氣氛中，茅盾呼籲作家歌頌光明，弘揚民族美德，不愧爲獨具慧眼，不同凡響。

茅盾對文學的社會功能不僅從正面作了多方面的闡述，而且對形形色色錯誤的文學功能觀念加以嚴肅的批評。

一是「文以載道」。

茅盾多次撰文指出，這是中國文學史上長期存在的十分有害的文學觀念。他們「拋棄眞正的人生不去觀察不去描寫，只知把聖經賢傳上朽腐了的

〔註69〕 《創作的前途》，《茅盾文藝雜論集》（上）。
〔註70〕 《文學者的新使命》，《茅盾文藝雜論集》（上）。
〔註71〕 《論無產階級藝術》，《茅盾文藝雜論集》（上）。
〔註72〕 《什麼是文學》，《茅盾文藝雜論集》（上）。
〔註73〕 《樂觀的文學》，《茅盾文藝雜論集》（上）。
〔註74〕 《新文學研究者的責任與努力》，《茅盾文藝雜論集》（上）。
〔註75〕 《創作的前途》，《茅盾文藝雜論集》（上）。

格言作爲全篇『柱意』，憑空去想像出些人事，來附會他『因文以見道』的大作」。〔註76〕「文以載道」重「道」，確實重視文學的「功」與「利」，然而，這種「功」與「利」「代表了治者階級的意識」，對民眾卻非「功」非「利」；而且，這種文學離開生活實際，違背藝術規律，牽強附會地載「道」，從根本上失去了藝術，這並非「純文學」。在革命文學中常常有人用粗糙的所謂「藝術」來宣傳空洞的革命道理，或者目光短淺，粗製濫造，圖解眼前形勢和臨時性的政策法令，追求「立竿見影」的社會效應。凡此種種，在文學功利觀上與祖傳的「文以載道」一脈相承。茅盾對這種狹隘的機械的文學功利主義曾不遺餘力地加以批評。

二是「遊戲消遣」。

茅盾認爲這也是我國文學史上常見的有害的文學觀念，影響一時的「鴛鴦蝴蝶派」便是其代表。與「文以載道」觀相反，他們棄文學社會效果於不顧，憑自己「『吟風弄月文人風流』的素志，遊戲起筆墨來，結果也拋棄了真實的人生不察不寫，只寫了些佯啼假笑的不自然的惡札；其甚者，竟空撰男女淫欲之事，創爲『黑幕小說』，以自快其『文字上的手淫』。」〔註77〕困難當頭，有人還用「玉腿酥胸」、武俠迷信的影片來麻醉人心，消磨抗日救國的壯志。〔註78〕「遊戲消遣」文學不顧作品的社會影響，卻十分貪圖作品對自己的金錢效益，把作品當「牟利的商品」。〔註79〕這是十足的庸俗的文學功利觀。茅盾還十分關注這種「遊戲消遣」文學對新文學的影響。「五四」以後新文學隊伍中有一些人竟然也一副「名士」派頭，「身處污泥而閉目空想」，「以注意政治現象爲卑瑣」，一味「風流自賞」，「吟風弄月」，「醉罷，美呀」等等。〔註80〕茅盾斷言這種文學只能使人生空虛，對人類無益，他對此一聲棒喝，希望他們及早轉變。

三是「爲藝術而藝術」。

我國新文學史上還有一些人標榜「爲藝術而藝術」的唯美主義，前期創造社便是一例。他們一方面主張「真正的藝術品當然是由於純粹的主觀產出」，另一方面說什麼「對於藝術上的功利主義的動機說，是不承認它有成立

〔註76〕《自然主義與中國現代小說》，《茅盾文藝雜論集》（上）。
〔註77〕《自然主義與中國現代小說》，《茅盾文藝雜論集》（上）。
〔註78〕《玉腿酥胸以外》，《茅盾全集》第19卷。
〔註79〕《自然主義與中國現代小說》，《茅盾文藝雜論集》（上）。
〔註80〕《「大轉變時期」何時來呢？》，《茅盾文藝雜論集》（上）。

的可能性」。〔註 81〕茅盾在《〈創造〉給我的印象》和幾封編者答讀者問的公開信裡，肯定文學必須通過現實生活的客觀描寫來保證積極的社會作用，在對創造社諸君作品的評論中，一方面肯定這些作品的成功之處及對社會的積極作用，另一方面批評《沉淪》等作品「靈與肉衝突」的描寫給社會帶來消極影響。〔註 82〕到 1928 年關於革命文學的論爭中，茅盾再次批評創造社成仿吾等人當年非難文學功利觀、標榜「爲藝術而藝術」的主張，在新文學初期所造成的不良影響，並剖析了他們當年標榜這種主張而現在又拋棄這種主張的社會和個人的原因。茅盾歡迎他們這種轉變。創造社的文學主張與創作實踐都顯示出明顯的矛盾，就文學的社會功利而言，在理論總體傾向上排斥功利，但有時卻又承認功利，再創作實踐中，總體上追求社會功利，但也沾染了「名士派」文學的影響。不過，他們「爲藝術而藝術」的主張畢竟有礙於文學社會功能的正常發揮，茅盾的批評是必要的。

注重文學的社會功利，既是文學本質的體現，又有利於增強文學家的社會責任感。一個對人民對社會負責的文學家，在創作上就不能不慎重考察文學的社會影響，就不能犯「自由主義」，而應當投身於時代，感受時代的、社會的、群眾的要求，完善「作家的人格」，「刻苦地磨煉他的技術」，自覺地並且有效地完成「社會的訂貨」，即人民所要求的作品。茅盾一生公開宣稱「我們是功利主義者」，表現出高度的社會責任感和時代使命感。茅盾的文學功利觀體現了我國現代文學的一大特點，影響了一批作家，尤其成爲他自己創作的指南。他是在剖析社會性質、推動時代發展的目的指導下嚴格選擇題材、提煉主題、塑造人物，乃至選擇相應的藝術形式、藝術手法，表現出鮮明的理性色彩。在茅盾的文學活動中，發揮文學的社會作用，既是出發點，又是歸宿。

〔註81〕 郭沫若《論國內的評壇及我對創作上的態度》，《沫若文集》第 7 卷。

〔註82〕 《茅盾全集》第 18 卷。

第二章 「抉取偉大的時代意義的題材」

　　生活對每個作家來說是公平的，是一樣的複雜，同等給予。然而，作家對於生活卻帶有極大的主觀性與選擇性。生活如萬花筒，作家對生活的方方面面、形形色色所激起的反應大不一樣，有的無動於衷，感受平淡，有的卻全神貫注，百感交集，於是成為他創作的題材。這種選擇，正是作家獨特的審美意識所致。作家的創作個性往往首先表現為對創作題材的習慣性的選擇。

　　茅盾在文藝思想上，對題材的重要性百般強調，在自己的創作實踐中，對題材真可謂「百般挑剔」，從不怠慢。1932 年底，他總結自己五年來創作的得失和感受，其著眼點不是別的，正是題材，他詳細回顧了自己前五年創作題材幾經轉換的情況，以及內心的苦惱和追求。可見，題材的選擇在他心目中至關重要。茅盾在大約二十年的創作中，儘管題材幾經轉換，但卻形成了相對穩定而且與眾不同的選擇趨向和習慣。由於茅盾刻意追求文學的時代性，強調文學要最大限度地反映特定時代的社會特色，所以，他要求自己在創作中「抉取偉大的時代意義的題材」，〔註 1〕尤其是「時代的大題材」。〔註 2〕這便是茅盾選擇題材最基本的特點，也是他創作個性的重要方面，在很大程度上影響了他作品獨特的風格。

一、政治風雲癖

　　政治歷史風雲對作家來說，決非人人喜愛或個個敢於落筆。有的因擔心文學與政治沾邊「墮落」而不屑下筆，有的因它過於複雜，自感思想、生活

〔註 1〕　《創作不振之原因及其出路》，《茅盾全集》第 19 卷。
〔註 2〕　《我們這文壇》，《茅盾全集》第 19 卷。

不及而不敢輕易涉及。然而，茅盾出於對文學與社會政治關係的獨特理解，同時具有出眾的膽識和筆力，敢於正面描寫與政治關係密切的題材，其中包括重大的政治歷史事件。1932 年回顧自己創作中題材轉換情況時就表示，他很想描寫 1928 年以前那幾年裡震動全世界、全中國的幾次大的「歷史事件」。茅盾對政治歷史風雲懷有特殊的癖好。這種癖好最突出的例子是《蝕》與《腐蝕》。

　　《蝕》取材於第一次大革命，這是我國現代史、黨史上一次重大的政治歷史事件。小說對這一事件的許多側面與情景作了逼真的描寫。比如，北伐戰爭轟轟烈烈而半途夭折；夏斗寅部隊叛變轉向；工農運動勢不可擋而又受到「左」右干擾；土豪劣紳投機鑽營瘋狂破壞；國民黨中那些領導人畏畏縮縮，動搖妥協；而一些共產黨員也忽「左」忽右，貽誤了革命；青年知識分子不斷地追求不斷地幻滅，在嚴重的白色恐怖中，仍然想有所作為而終於無所作為，精神極度痛苦等等。由於作者對這一段政治鬥爭生活有著得天獨厚的經歷，所以他敢於正面落筆，大膽描寫。儘管由於作者被一時的悲觀情緒所支配，使三部曲在忠實於時代上受到影響，但是，作品仍然使中國革命史上這一重大的歷史事件得以形象的記載。其中不少情節，再現了歷史上實有的事件，具有珍貴的歷史價值。《幻滅》發表時，單題材的新穎，就足以令人驚歎。葉聖陶自愧不及，其重要原因就是茅盾對題材的大膽突破。他說：「不說他精力彌滿，單說他擴大寫述的範圍，也就可以大書特書。在他三部曲以前，小說哪有那樣大場面的，鏡頭也很少對準他所涉及的那些境域。」〔註3〕《蝕》問世不久，毀譽不一，可是誰也無法否認他再現時代的成就，連竭力非難《蝕》的錢杏邨也稱道《動搖》「不僅可作小說讀，也可以作史的側面觀。」〔註4〕當代美籍華人夏志清出於政治偏見，竭力貶低茅盾，然而也不得不承認：「在中國現代的小說中，能真正反映出當代歷史，洞察社會實況的，《蝕》可算是第一部。」〔註5〕《蝕》的題材的時代性幾乎成了茅盾研究中經久不衰的課題。對《蝕》因為描寫重大政治事件而贏得的聲譽，茅盾本人更是心領而自慰。晚年他說，他的作品之所以引起轟動，「我敢涉及他人所不敢而又是人們所關注的重大題材，是原因之一。例如直接反映一九二七年大革命的作

〔註 3〕　《略談雁冰兄的文學工作》，莊鍾慶編《茅盾紀實》。
〔註 4〕　《茅盾與現實》，莊鍾慶編《茅盾研究論集》。
〔註 5〕　《中國現代文學史》。

品，除了《蝕》，似乎尙無其他。」〔註6〕

　　《腐濁》取材於四十年代國民黨統治中心重慶的特務統治，其政治色彩比之《蝕》有過之而無不及。特務機構是國民黨反動統治的核心與要害部門，其罪惡目的便是直接陷害與殘殺共產黨人和革命群眾，以至與日本侵略者、漢奸汪僞勢力暗中勾結，籌畫反共勾當；對內，反革命紀律森嚴，一旦陷入便失去自由，略有不忠便朝不保夕。以蔣介石爲首的國民黨反動統治的絕滅人性集中暴露於此。此可謂當時政治生活中的尖端題材。而茅盾又把此題材擺在震驚中外的蘇北事件與皖南事變的背景下，甚至還懷著崇敬的心情披露了周恩來同志的光輝題詩，使這題材的政治色彩強烈到觸目驚心的程度。這種歷史性的政治事件和歷史性的不朽詩篇被及時寫進文學作品，在現代文學史上除了《腐蝕》別無其他。在國統區，郭沫若的歷史劇，借古諷今，曾震撼了一代文壇，敵人膽顫心驚，而直接取材於恐怖現實的優秀作品，毫無疑問首推《腐蝕》。

　　茅盾對政治歷史風雲的癖好，不只表現於《蝕》和《腐蝕》，而且表現在他絕大多數的作品中。《子夜》並非政治題材，然而卻也糅進了不少政治內容。黨領導的工農革命鬥爭，「五卅」運動五週年紀念日群眾示威遊行，黨內「左」傾路線的干擾，甚至毛澤東、朱德、彭德懷、方志敏率領的紅軍步步挺進的軍事形勢等等，佔有相當多的分量。從「五四」運動至四十年代近代史上一系列政治鬥爭生活成了茅盾作品的中心題材之一。如：《虹》展現了五卅運動的壯劇，《泥濘》描繪了大革命失敗不久國共兩軍拉鋸戰在落後農村引起的風波，《路》、《三人行》鋒芒指向國民黨反動派的殘暴統治，表現了一代青年走共產黨指引的革命道路。《第一階段的故事》、《走上崗位》，《鍛鍊》以及許多散文，對「八‧一三」抗戰作了多方面的描繪。短篇小說涉及反蔣抗日題材也較爲普遍，僅寫及「一‧二八」戰爭的，就有《右第二章》、《大鼻子的故事》、《林家鋪子》、《一個眞正的中國人》等。可以說，不管是否典型的政治題材，在茅盾的視野中總是與政治密不可分，總是染上濃烈的政治色彩。

　　茅盾描寫政治歷史風雲有幾點值得注意：第一，從內容上說，不僅包括民族矛盾和階級鬥爭，而且往往涉及國共兩黨的生死搏鬥以及共產黨內部正確與錯誤路線的鬥爭，因此帶有鮮明的黨派鬥爭的色彩；第二，從時間上看，茅盾無須經過較長的歷史沉澱的過程；憑他敏銳的政治嗅覺和鑒別能力，在

〔註6〕外文版《茅盾選集‧序》，《光明日報》1981年4月7日。

事件剛剛發生甚至正在行進之中，就能意識到它非同一般的社會意義，並能對事件的複雜現象和問題及時作出準確的評價，表現出少有的超前意識。這兩點都表明茅盾具有政治家和共產黨人特有的視野和敏感，這尤其爲一般作家望塵莫及。

二、社會經濟迷

茅盾認爲作家創造的準備是多方面的，如思想、生活、技巧等，他特別指出，必須閱讀「指導我們瞭解中國社會經濟結構的書籍」。〔註7〕在現代作家中如此重視閱讀關於社會經濟結構書籍的並不多見。茅盾對社會經濟結構的關注，必然導致對社會經濟題材特別迷戀。必須指出的是，茅盾所寫的經濟問題，不是一般的經濟生活狀況，比如，剝削階級生活的豪華奢侈，勞動人民遭受慘重的經濟剝削在死亡線上掙扎等等，這些，在其他作家筆下容易見到。茅盾所寫的是與特定時代的政治局勢直接關聯的社會政治經濟；茅盾不是就經濟寫經濟，而是通過經濟題材揭示社會政治問題。在茅盾的藝術天地裡，政治與經濟是互相滲透，相輔相成的。

打開他的作品，舊中國各行各業蕭條破產景象迎面而來，而且他總是習慣性地從政治的角度揭示經濟破產的前因與後果。這種特殊的視角，顯示出茅盾政治家思想家的思想風貌。《子夜》、《多角關係》、《林家鋪子》、「農村三部曲」、《當鋪前》等小說，生動地描繪了三十年代舊中國都市、集鎮、農村社會經濟全面崩潰的悲慘景象。不過給人以教育的主要不是這些情景，而是造成這種慘相的社會原因。老通寶說：「銅鈿都被洋鬼子騙去了」；「新朝代」的年輕人登臺後不喊「打倒洋鬼子」的口號了。這位老年農民樸素的生活感受恰恰道出了舊中國各行各業經濟破產的最根本的原因：帝國主義的侵略，國民黨新軍閥與帝國主義狼狽爲奸。這一思想貫串在茅盾所有經濟題材的作品中。這些小說還表現了人民群眾被經濟破產所激起的反抗的情緒與呼聲，有的已經在黨的領導下攻下有數萬人口的鄉鎮。翻遍茅盾三十年代抗戰前的散文，沒有吟風弄月的文字，全是令人思考社會問題的篇章，而其中占絕對優勢的中心題材便是社會經濟的破產。《故鄉雜記》、《香市》、《鄉村雜景》、《陌生人》、《大旱》、《戽水》、《桑樹》、《人造絲》、《「現代化」的話》、《農村來的好音》等，這一組散文告訴人們：「一‧二八」炮火使蠶廠停業，

〔註7〕《創作的準備》，《茅盾論創作》。

借作兵營。集鎮上衣衫襤褸的市民滿目皆是,當年興旺的大鋪子意外地紛紛倒閉。時髦女郎身上人造絲驅逐了蘇緞杭紡,香噴噴的女人身上嗅到火藥味,這不是因爲製造人造絲的原料、首道工序與製造無煙火藥相似,而是由於這些人造絲來自與中國槍炮相見的東洋。由於中國經濟受到排擠,作爲農民第二生命的蠶絲被關進鬼門關。當鋪前鄉下人手捧破衣爛衫拼命爭當。雜貨店半死不活,把希望寄於一年一度的香市,然而在飢餓線上掙扎的鄉下人早已無錢逛香市。內河小火輪,捲起巨浪,衝擊河岸農田,如橫行鄉里的土豪劣紳,鐵軌上的「爬蟲」(火車)像蚊子一樣吸著農民的血。洋蠶種和肥田粉如兩個陌生人來到農村,前者未必都好,後者雖好,但價格昂貴,農村金錢從這一裂口流入城市,流到外洋。這裡是聞名天下的「魚米之鄉」和「天堂」,可是碰上天旱,熱鬧的鄉鎮成了半死不活的荒島。米商忙於牟利,公安分局謀劃鎮壓鬧事鄉民,洋水車雖然威力極大,但是村民們卻無「福」消受。不錯,農村出現了一些「現代化」的徵象,然而,「從前高利貸者的兼併土地還不過是『蠶食』,現在農村資本主義的手腕是『鯨吞』了。」凡此種種表明:「現代化」實爲「殖民地化」的代名詞。鄉村與集鎮如此,都市又怎樣呢?《上海大年夜》、《「現代化」的話》、《交易所速寫》等,爲我們展現了都市經濟的種種敗相:年關前,公債庫券價格連連飛漲,過不了年關而關閉的商店比比皆是,偌大的上海市到處找不到過年的節日景象,所見的是濃妝的野雞在招徠生意。比之農村,上海「現代化」的徵象更多,比如工廠煙囪林立,但全靠外資開發,又如大銀行裡辦事人員熟練地點著花紙片,可是,這不是鈔票,而是公債庫券。公債交易所,人們生死搏鬥。娛樂也已「現代化」,然而,都是些供細腰粉腿玩樂的跳舞場和展覽歐美現代淫靡生活的電影罷了。以政治的眼光看經濟,從經濟的角度看政治,而且政治衰敗總與帝國主義的入侵聯繫在一起。這是茅盾這一時期散文創作的重要特點。茅盾散文所描繪的社會經濟狀況,往往成爲他同題材小說極好的注腳,有些事件引伸爲小說的主要情節,有的人物充當小說主人公的模特兒。散文與小說互相印證,匯合成了三十年代舊中國社會經濟破敗不堪的全貌。這種關係,就如魯迅的雜文與小說,互相滲透、印證、補充,組成完整的藝術天地。有意思的是,茅盾唯一的劇本《清明前後》仍然沒有放鬆對社會經濟的注意。劇本取材於當時重慶轟動一時的「黃金案」。它告訴人們,經濟問題與政治息息相關。請看,官僚資本、政客、流氓,趁國家與民族之危,營私舞弊,加劇經濟恐慌,加緊社會經濟的壟斷。對舊中國社會經濟的描寫,如此全面,

準確，不遺餘力，「無孔不入」，在現代作家中絕無僅有。茅盾曾說：「現實主義的傑作常常是社會科學家研究的好資料。」〔註8〕他自己許多作品就具有極高的認知價值。難怪經濟學家錢俊瑞在《怎樣研究中國經濟》一書中，特意把《子夜》推薦給經濟學家作為研究資料，認為要研究中國的經濟問題，「第一步先要讀茅盾的《子夜》」。〔註9〕

三、時代「主調音樂」有「和聲」

茅盾曾說：「反映社會重大事件，現在是，而且將來也應當是文藝作家們努力的主要方面！但這，不等於說，我們就排斥了其他的題材……在現在生活中，我們需要煉鋼廠，需要水閘，但也需要美麗的印花布，需要精製的手工藝品；在文化娛樂方面，如果我們只供給抒情詩、圓舞曲、翎毛花卉，群眾就會有意見，但如果朝朝暮暮只給清一色的表現重大社會事件的作品，而且從形式到內容又不免於千篇一律，那麼，群眾也會有意見，而且事實上已經有意見。自古以來，人民所創造的文藝就不是單調、生硬，而是包羅萬象，多姿多彩的。」〔註10〕茅盾的這番話是對整個文藝界所提出的要求。他並不強求每個作家都非描寫多種題材不可。每個作家完全有權側重於某一方面，選取自己最感興趣的題材。不過，就茅盾自身而言，他雖然有自己的選材重點，專心於政治、經濟等重大題材，但是，他卻不惜騰出一部分精力描寫眾多的平凡題材。如果我們把茅盾全部創作比作「主調音樂」，那麼，政治、經濟的「時代的大題材」就是其中的「主聲部」，而其他題材便是其「和聲」。以重大題材為主，但又注意題材的多樣化，不放棄其他富有社會意義的非重大題材，把它作為重大題材的補充，豐富了他作品的題材。茅盾題材的豐富性與多樣化，在短篇小說創作中表現得特別明顯。他把許多一時不便寫進中長篇小說的題材用短篇小說的形式靈活地反映。早期短篇小說的題材比較單一，以寫小資產階級知識分子為主。到了三、四十年代，隨著他大規模地描寫中國社會現象這一宏大計劃的全面實施，短篇小說的題材大幅度開拓，除了上邊說的政治與經濟題材以外，其他題材繁多。人們每每談到農村題材，很少提及《水藻行》；前些年即使有人談及，也習慣於用反映農民所

〔註8〕 《創作的準備》，《茅盾論創作》。
〔註9〕 莊鍾慶編《茅盾研究論集》。
〔註10〕 《文學藝術工作中的關鍵性問題》，《茅盾文藝評論集》（上）。

受的階級壓迫來解釋。其實，這篇小說與茅盾其他農民題材小說大不一樣，它既沒有《泥濘》式的政治鬥爭，也沒有「農村三部曲」式的經濟破產，它寫的是一個家庭內部的戀愛糾葛。通過這個平凡的故事，側重描寫農民感情生活中的追求與煩惱，並著力刻畫了「兩個性格、體魄、思想、情感截然不同的農民。」〔註11〕它與《泥濘》、「農村三部曲」、《當鋪前》等相呼應與補充，使農民題材短篇小說系列更加完整。茅盾有一組短篇小說描寫了城市小職員、教師、公務員等小知識分子、小市民生活的形形色色，比如《搬的喜劇》、《第一個半天的工作》、《夏夜一點鐘》、《煙雲》、《小圈圈裡的人物》、《有志者》、《尚未成功》、《無題》等。鄉下土地主混入城市企圖投機度日的情景，被寫進《趙先生想不通》、《微波》。《虛驚》等取材於作者自己實有的生活經歷，而《耶穌之死》等則借基督教故事來「指桑罵槐」揭露蔣介石的。茅盾的短篇小說為數不小，題材廣泛，角度靈活，彌補了他的中長篇小說反映生活的某些不足與空白。如果我們再聯繫茅盾大量的散文速寫，那就更有理由說，茅盾實現了他大規模地描寫中國社會現象的宏大計劃。這種計劃的實現，當然首先得力於他主攻重大題材，但是，兼顧其他題材也是原因之一。

四、「題材決定論」辨

茅盾如此迷戀於政治、經濟題材是不是「題材決定論」作祟呢？利弊如何？

作品的成敗得失主要不決定於描寫何種題材，從這個角度講，討論題材的利與弊沒有多大的必要。然而，題材畢竟有其相對獨立的意義，否則，它便沒有單獨存在的價值。茅盾把主要精力投向「時代的大題材」完全出於他「文學是時代的反映」這一基本觀念。誠然，作家可以通過多種題材的描寫來反映時代的某些特點，然而，描寫重大的政治歷史事件和社會經濟現象，是反映時代特點特別有效的途徑，比之其他題材具有更多的優勢。

人類社會發展的進程告訴我們，在階級社會裡，政治是社會生活的集中表現形態，尤其是政治激化導致的重大的政治事件更為集中地反映著這個時代的社會特徵。近代社會發展的歷史還告訴我們，政治往往離不開政黨，離不開黨內黨外的矛盾和鬥爭。茅盾曾說：「文藝作家以表現時代為其任務，要

〔註11〕《我走過的道路》（中）。

而言之，亦無非表現時代的特徵，亦無非表現了從今天到明天這一戰鬥的過程中所有最典型的狂瀾伏流方生方滅以及必興必廢而已。」〔註 12〕社會生活中政治、政黨的鬥爭正是這時代「狂瀾伏流」的典型表現。如果我們承認人類社會發展的這些基本規律，如果我們承認文學應當反映生活，那麼，茅盾敢於正面描寫人們十分關注而許多人都不敢涉及的重大的政治歷史事件包括政治黨派之爭，不僅不該受到指責，相反，應當敬佩他的膽識和勇氣。我們再從中國現代社會實踐狀況來看，茅盾迷戀於「時代的大題材」適應了時代的要求。從「五四」運動到新中國成立，是黑暗與光明激烈搏鬥，新舊社會制度交替的時代；光明戰勝黑暗，新制度代替舊制度，表現為一起起重大的政治歷史事件，即「最典型的狂瀾伏流」，而其中基本的內容之一並起主要作用的便是國、共兩黨的鬥爭。這就是整個新民主主義革命時期的主要特徵。以「表現時代的特徵」為崇高使命的茅盾，把自己的眼光牢牢盯住這種政治歷史風雲理應得到理解和肯定。

人類社會發展的歷史還告訴我們，政治雖然是階級社會特點的集中表現，然而，政治的基礎是經濟，從根本上說，社會特點與性質決定於經濟。恩格斯早就說過：「一切社會變遷和政治變革的終極原因，不應當在人們的頭腦中，在人們對永恆的真理和正義的日益增進的認識中去尋找，而應當在生產方式和交換方式的變更中去尋找；不應當在有關的時代的哲學中去尋找，而應當在有關的時代的經濟學中去尋找。」〔註 13〕難怪茅盾把閱讀「指導我們瞭解中國社會經濟結構的書籍」作為創作準備的重要一面，難怪他成了社會經濟迷。讓我們也回到中國社會的實際狀況上來。中國現代文學所經歷的三十年間，社會的各個經濟環節紛紛崩潰的狀況正是舊中國進一步殖民地化的主要徵兆和必然結果。茅盾以敏銳的政治目光注視這種經濟的破產及其前因後果，同樣出於「表現時代的特徵」崇高使命。

茅盾一手抓住政治歷史事件，一手抓社會經濟現象，就等於抓住了決定和顯示社會特點的兩個主要環節，使他的作品在表現時代特點上，與其他作家相比具有很大的優勢。我國現代文學史上幾位出色的小說家在題材的選擇上各有自己的側重與偏愛。葉聖陶主要取材於中小學教育界，郁達夫偏愛於抒寫小資產階級知識分子個人不幸的遭際與感傷，巴金主要描寫封建大家庭

〔註12〕 《談技巧・生活・思想及其他》，《茅盾文藝雜論集》（下）。
〔註13〕 《社會主義從空想到科學的發展》，《馬克思恩格斯選集》第 3 卷。

的崩潰，也描寫了不少小資產階級知識分子愛情生活的苦惱，老舍以描寫城市下層人民生活見長。他們以不同的題材，從不同的角度，描繪了社會的不同側面，在反映時代特點上都取得了引人矚目的成就。可是，他們的小說在顯示時代的特點、揭示社會的性質上缺乏更大的分量和魄力。魯迅的小說描繪了社會的病態，尤其是揭露落後國民性所達到的深度，包括茅盾在內的許多作家難以企及，但是，在展現時代風雲時，缺乏茅盾小說的規模、氣勢和廣度。重大題材的優勢，在世界文學史上並不少見。比如，托爾斯泰的《戰爭與和平》，以 1812 年衛國戰爭爲中心，描寫 1805～1820 年間俄國一系列重大歷史事件，反映了各個階級、階層人物的生活和心理，提出許多重大的社會問題，具有宏大的史詩氣魄。這種舉世矚目的成就顯然與時代的大題材有著直接的關係。重大題材的優勢不僅表現在文學作品，而且常常反映到其他藝術領域。比如，俄國巡迴展覽畫派代表人物蘇里科夫的作品，大多取材於俄羅斯歷史事件，善於處理龐大的群眾場面和刻畫人物性格，《近衛軍臨刑的早晨》、《女貴族莫洛卓娃》、《葉爾馬克征服西伯利亞》等代表作都因取材於重大歷史事件而具有特別強烈的時代色彩和歷史感，成了歷史性的畫卷。更何況茅盾在牢牢抓住政治和經濟這兩大題材的同時，並沒有放棄其他雖不重大卻不乏社會意義的題材，使他譜寫的時代的樂曲，既有鮮明強烈的「主聲部」，又有豐富協調的「和聲」，增強了反映社會生活的「全般性」和細密度。

第三章 「鳥瞰式地來表現主題」

　　以上說的是茅盾創作中選擇題材的習慣與偏愛。不過，實際上是從選材的角度談了他確立作品主題的特點。因為，題材對主題有很大的制約性。題材本身所顯示的社會意義就是作品主題的重要方面。從根本上說，作者對題材選擇的目的不在題材而在主題。而且，在創作實踐中，作者對題材的取捨與主題的提煉很難截然分開，兩者總是同步進行，渾然一體。茅盾在論述題材的時候從來沒有把主題思想撇在一邊，他所說的題材的社會意義很難與主題截然分開。不過，題材對主題的制約畢竟是相對的。作者的創作個性不僅表現在他獨特的、相對穩定的取材範圍，而且表現在對這題材「特別敏感的方面，獨特的感受和情感體驗，以及不同角度和深度的認識」，〔註 1〕進而採取何種藝術手段將這一切強化，得到最大限度的表現。這就導致了同一題材在不同作家筆下會顯示出不同的甚至相反的主題。這一方面茅盾有他特有的構思目標和最拿手的筆力。

　　茅盾一向反對「內容單薄，用意淺顯兩個毛病」，〔註 2〕不願泛泛地描敘社會風俗人情，更不肯陶醉於抒寫個人的感觸與情懷，也不滿足就事論事地描述社會政治、經濟狀況的「人生實錄」。他刻意對題材「細細咀嚼，從那裡邊榨出些精英、靈魂」。〔註 3〕那麼，他從自己精心選來的題材中要「榨」出何種「精英、靈魂」呢？茅盾的主攻方向十分明確：籠統地說就是時代性，具體地說就是要大規模地表現中國社會半封建半殖民地的特點和性質。

〔註 1〕　王朝聞《美學概論》。
〔註 2〕　《自然主義與中國現代小說》，《茅盾文藝雜論集》（上）。
〔註 3〕　《歡迎〈太陽〉！》，《茅盾文藝雜論集》（上）。

　　茅盾主張，主題一旦確定，就應當「主題至上」，「小題大做」。〔註4〕為了大規模地表現中國社會半封建半殖民地的特點和性質，他有一系列的「做」法，其中最根本的「做」法就是「總攬全局，鳥瞰式地來表現主題」。〔註5〕

一、把握縱、橫

　　在談到短篇小說的選材要求時，茅盾曾說：

> 　　在橫的方面，如果對於社會生活的各環節茫無所知，在縱的方面，如果對於社會發展的方向看不清楚，那麼，你就很少可能在繁複的社會現象中恰好選取了最有代表性、典型性的，即是具有深刻的思想性的一事一物，作為短篇小說的題材。〔註6〕

其實，這不只是談短篇小說的選材要求，尤其是談了如何理解題材與開掘主題。把握「縱」、「橫」是鳥瞰法的基本要求。

　　在橫的方面，把握「社會生活各環節」，這就不能孤立地理解生活，而應該從社會的總的連帶關係上作全面的考察。他曾舉例說：表現落後分子的轉變，我們可以不從一二個積極分子帶頭的方式來寫一二個落後分子的轉變，而是從工廠管理民主化這樣大鬥爭大事件中表現落後分子成群的轉變；甚至可以不僅從一個工廠增加生產等角度，而是提高到創造我們國民經濟的觀點上寫落後分子的轉變。「我們筆下所寫的，儘管還是局部，但我們胸中所蘊蓄，眼光所射及的，卻是愈廣闊愈好，愈深厚愈好。」〔註7〕這就是說，盡量從廣度和深度上把握所寫的的局部與整體社會的內在聯繫，從而最大限度地顯示它的社會意義。茅盾稱之為「大處著眼，小處落筆」，又稱之為「小題大做」。茅盾絕大多數中長篇小說，那些最能體現他創作個性的優秀短篇，乃至他唯一的多幕話劇《清明前後》，總是以主人公為中心，形成一張蜘蛛網式的社會關係網，以此來帶動作品主要人物和事件的廣泛的社會聯繫。這張網往往成為進入作品廣闊藝術天地的門徑。《子夜》之所以具有出類拔萃的廣度、深度、規模、氣勢，主要原因是由於作者不是孤立地考察民族資產階級，而是鳥瞰了這個階級上下左右的社會聯繫，這種聯繫具體體現為吳蓀甫所紐結的種種

〔註4〕　《創作的準備》，《茅盾論創作》。
〔註5〕　《關於反映工人生活的作品》，《茅盾文藝評論集》（上）。
〔註6〕　《茅盾選集‧自序》，《茅盾論創作》。
〔註7〕　《關於反映工人生活的作品》，《茅盾文藝評論集》（上）。

矛盾和糾葛。試看：吳蓀甫與帝國主義、買辦資產階級的關係，反映了帝國主義對中國政治、經濟的侵略與控制，中國民族資產階級的困境，在帝國主義支持下的各派軍閥的混戰，公債交易所的生死搏鬥；吳蓀甫與工人的關係，反映了資本家對工人的殘酷剝削，工人群眾罷工鬥爭的情景，工人運動中的兩條路線的鬥爭，黃色工會與工賊陰謀活動；吳蓀甫與雙橋鎮的聯繫，表現了我國資產階級與農村的特殊關係，透露著農民革命運動星火燎原之勢，還展示了地主階級的種種掙扎；吳蓀甫與其他中小民族資本家的關係，反映了當時國際性的資本主義經濟危機，資本家大魚吃小魚、小魚吃蝦米的情景；吳蓀甫與賓客親友的往來，傳遞著知識階層的種種信息；吳蓀甫與家族的關係，暴露了資本家家庭生活的空虛、苦悶、畸形，從一個特殊的角度反映了民族資產階級的不順心和不景氣。總之，作品就靠這張社會關係網使一個吳公館通向中國的都市、集鎮、農村、戰場等許多社會的角落，一個吳蓀甫牽動著工人、農民、買辦資產階級、民族資本家、地主、軍人、經濟學家、律師、詩人、交際花、太太、小姐、少爺、地下工作者、工賊以及其他種種人，就在吳蓀甫與這些人的廣泛聯繫中，充分顯示了這個歷史時期複雜的社會矛盾和時代特點。一個吳公館，通向全社會。倘若沒有這張社會關係網，那麼作品便失去了深刻、豐富的社會意義和強烈的時代性。《子夜》的日文譯者尾板德司說得好：《子夜》是「以現代的大都市上海為舞臺而描寫出來的中國社會的鳥瞰畫」。〔註 8〕注重總的連帶關係的鳥瞰法，也保證了優秀短篇小說《林家鋪子》、「農村三部曲」具有極大的社會容量。林家鋪子的規模當然遠遠不如吳蓀甫的企業，但是，它也充當了種種社會矛盾的紐結點。它紐結著鎮上商業競爭者、轉手批發戶、錢莊、存錢戶、中學生、國民黨官僚等，它聯繫著農村廣大破產的農民顧客，它還關係著大都市上海進貨單位東升字號和難民。而上海「一‧二八」戰爭牽動著所有這些關係「戶」，使它們全部聚集到林家鋪子這個紐結點上。就這樣，這個小小鋪子的悲劇，在極大的廣度和深度上反映了時代特點：農民破產，商業蕭條，「一‧二八」戰爭加劇了民族危機，人民群眾抗日情緒日益高漲，但國民黨反動派卻假借抗日美名敲詐勒索，直接導致了商店倒閉，店主潛逃，而更不幸的人們呼告無門。

由於茅盾不甘就事論事，不讓自己的目光局限於事件本身，而是「目光

〔註 8〕 松井博光《黎明的文學》。

四射」，射向「社會生活的各環節」，所以他那些優秀的小說總能展現廣闊的社會圖景，達到茅盾努力追求反映「社會全般」的目的。

鳥瞰，除了橫向全面考察社會的各個環節，還必須對「社會發展的方向」作縱向的展望。相對地說，在茅盾創作中，縱向把握比之橫向考察略顯單薄，不過，還是有多方面的體現。處女作《蝕》三部曲，由於當時作者被暫時的黑暗遮住了視線，心境悲觀，未能透過黑暗透露亮色。而後，茅盾吸取了教訓，決意用發展的眼光，揭示時代潮流和社會趨勢。他常常在矛盾衝突中通過幾種力量的對比來顯示社會發展的趨勢。儘管吳蓀甫頗有英雄氣概，可是偏偏敗於無賴趙伯韜，這種結局表明，在買辦資產階級的鉗制下，民族資產階級決無發展的前途和希望。革命者與工人群眾對資本家的鬥爭雖然歸於失敗，可是，在令人窒息的黑暗如「子夜」的年代，畢竟顯示出某些生機和即將來到的曙光。茅盾還常常通過人物性格的發展來表現社會的亮色和前途。《虹》、《路》、《三人行》都表現了青年人人生道路坎坷，然而總有人覺悟成長，走向革命，標誌著一代青年的必由之路，當然，後兩部作品由於種種原因藝術感染力不強，相比之下，倒是「農村三部曲」、《林家鋪子》、《腐蝕》等作品頗為成功。作者一方面真實地描寫了多多頭為代表的青年農民不斷地覺醒與反抗，另一方面表現了守舊的老通寶也並非頑固不化，臨終前儘管舌頭僵硬而不能說話，然而，明朗的眼神似乎在對多多頭說：「真想不到你是對的！真奇怪！」安分守己的林老闆面對強暴竟然也敢於逃之夭夭，信神拜佛、平素不斷家庭大事的林大娘居然斷然決定將女兒許配給店員壽生，以此對抗局長的糾纏，還有朱三太、張寡婦一群老實百姓也發出憤怒的呼喊，表現了對不平世道的抗爭。趙惠明經歷了人性的異化、墮落終於又轉向人性復歸與蘇生，從一種特殊的角度顯示了時代青年向善向上的方向。此外，《第一階段的故事》、《走上崗位》、《鍛鍊》、《清明前後》等，或通過力量的對比，或通過人物性格的發展來顯示社會的方向，儘管世道混亂，人生多艱，鬥爭曲折，然而總是在這樣那樣的人們身上透露出時代的希望。茅盾三、四十年代的作品，從不令人壓抑、絕望，相反，總是給人鼓舞與啓示，領悟出「未來的途徑」。

寫好典型環境是現實主義小說成功的前提。典型環境絕不只是指某些局部的自然環境，更重要的是全局性的社會環境。把握「縱」，「橫」，從根本上保證了以社會環境為核心的典型環境的構成，從而確保作品的時代性。

二、點染

　　鳥瞰，當然必須提煉出典型的情節、矛盾和人物，進行正面的描寫。但是，作品的篇幅畢竟是有限的。爲了在有限的篇幅裡最大限度地反映時代氣息和社會風貌，茅盾常常將那些不便組織進情節作正面鋪陳的但與作品情節、人物關係重大的社會環節，當作背景從側面進行巧妙的點染。

　　其具體方法靈活多樣。有時作者直接敘述介紹。比如，《子夜》第一章正面描寫的是吳蓀甫到輪船局迎接從鄉下來的吳老太爺，然而在交代吳老太爺趕赴上海的原因的時候，卻點明了重要的時代特點：「此番因爲土匪實在太囂張，而且鄰省的共產紅軍也有燎原之勢。」而後，隨著作品情節的發展，對這時代特點一再點染，給人以強烈的印象。有時借助人物對話。由於作者擅長設置代表社會上各種階級階層的人物，所以就有可能通過他們的嘴，道出形形色色的社會動向與消息。比如，《子夜》中關於紅軍星火燎原之勢：「共產紅軍彭德懷所部打進岳州」，「取岳州的不是張桂軍，是共產紅軍」，「這日前，賀龍在沙市、大冶進出，方志敏在景德鎮，朱毛窺攻吉安」，「這幾天聽說紅軍打到吉安，長沙被圍，南昌，九江都很吃緊」等等。這些前線軍事情報全都出自有關人員的交談。關於南北軍閥混戰的局勢也來自人們的議論。由於這些人物與這些政治、軍事形勢利害攸關，所以由他們說出，十分自然妥貼。茅盾作品的背景大都確鑿無疑，唯有《霜葉紅似二月花》不很明朗，然而，卻也通過人物幾次對話，透露了故事發生在 1923 年左右，而且點明當時那些保守人物仍然在非難陳獨秀（陳毒蠍）「誹謗聖人，鼓吹邪說，竟比前清末年的康梁還可怕」。這些談話，成了研究者論定作品時代背景重要的依據。有時通過環境描寫與氣氛渲染達到點染目的。《子夜》開頭描寫了蘇州河畔富有特徵性的景物，突出外灘公園炒爆豆似的銅鼓聲，浦東怪獸式的巨大洋棧，還有那洋房頂上龐大的洋文霓虹燈廣告，這一切無不顯示上海半殖民地大都會的特點，而這五月的傍晚，有三輛一九三〇年式的雪鐵籠汽車像閃電一般駛過了外白渡橋，又巧妙地點明故事發生的具體時間。《腐蝕》揭露皖南事變之前，先以象徵性的自然現象渲染氣氛：「大風暴之前，一定有悶熱」，蚊子、蒼蠅、蜘蛛、壁虎等一齊出動，「世界是他們的」，造成山雨欲來之勢。茅盾有時還通過人物的心理活動點染時代特點。老通寶坐在「塘路」邊那番心理活動，交代了豐富、複雜的故事背景，其中最核心的是：「上海不太平，絲廠都關門」；「銅鈿都被洋鬼子騙去了」，「五年前」（即 1927 年）「新朝代」

「不喊『打倒洋鬼子』了」。這番心理活動儘管斷斷續續，時現時隱，對世道的推測時進時退，然而，給作品故事提供的時代背景卻十分清晰。茅盾還常常通過典型的細節巧妙地點染時代。《子夜》描寫地主馮雲卿對女兒授以「美人計」以後，在大門旁牆上看到兩條觸目的標語：「參加五卅示威！」「擁護蘇維埃！」這一細節似乎順手拈來，其實匠心獨運，它所點染的時代特點與氣氛不言而喻。

點染，原是繪畫的重要手法，具有神韻濃烈、以少勝多的特點。藝術本來就是相通的，文學創作也常常運用類似手法。它不求情節的連貫、完整，不求正面展示，儘管零零碎碎，一言半語，然而所要點染的特點鮮明，氣氛濃烈。由於茅盾高瞻遠矚，鳥瞰生活，胸中有時代，而且藝術手法又靈活多樣，因此，在他筆下時代無處不現，他可根據需要，對時代特徵隨意點染，得心應手，所點所染，互相映襯，前呼後應。我們前面說過，茅盾那些描寫社會經濟題材的作品常常糅進許多政治因素，在他筆下經濟與政治總是互相交織、映襯，從題材處理、主題提煉的角度說，正得力於這種點染手法。茅盾依靠這種手法，不管正面描寫哪一方面的題材，總能巧妙地引進許多其他社會信息。我國現代許多小說作家，儘管很想表現時代的特點，然而作品的時代性往往不及茅盾的小說，恐怕與作者不注意或不善於巧妙地借機點染有關。

三、象徵

象徵是文藝創作的常用手法之一，它可以使作品的思想表現得更為含蓄、豐富，以致深遠無窮。現代許多作家長於象徵手法，各有各的用意與特點。茅盾早年就非常注意象徵在文學創作中的特殊作用，常常提醒人們不要被作品描寫的事件表象所迷惑，而要透過表象深入理解潛在的象徵、暗示的意義。有的學者對茅盾作品運用象徵的用意、特點、手法等等作了相當深入的研究和討論。這裡只想指出的是，茅盾運用象徵的重要目的，便是增強和深化作品的時代性——揭示時代的特點，預示時代的趨勢。在這一方面，茅盾常用的有三種途徑：

其一、書名與標題象徵

這種象徵常常利用自然現象。《幻滅》等三部曲側重於表現社會的陰暗面，流露了作者消極的思想情緒。對此，作者不久便懷有悔意。在集為一書

時特意命名爲《蝕》。「無論日蝕、月蝕，黑暗是暫時的，光明是常在的。我藉此比喻革命的失敗是暫時的，勝利是必然的。同時亦藉此自我表白：對於革命暫時失去的信心現在又恢復了。」〔註9〕經這命名，一定程度上挽救了書中描寫的不足，有「起死回生」之力。此外，《虹》、《子夜》、《霜葉紅似二月花》等都是。這些書名與作品內容表面上並無直接聯繫，然而其內在的相通之處卻令人人深思，它引導讀者去思考作品的事件、人物所顯示的時代特點，具有奇妙的點化作用。

其二、人物象徵

茅盾習慣於設置象徵性的人物，通過他們特定時代下獨特的思想和性格暗示時代的特點。這種人物中，象徵色彩最爲顯露的無過於《創造》中的嫻嫻和《子夜》中的吳老太爺。作者告訴我們，他寫《創造》明確採用了象徵手法。嫻嫻經丈夫的精心「創造」擺脫了舊名教的束縛，決心追隨時代勇往直前，中庸之道的丈夫已無力挽留。嫻嫻的思想演變過程暗示了「革命既經發動，就會一發而不可收，它要一往直前，儘管中間要經過許多挫折，但它的前進是任何力量阻擋不住的。被壓迫者的覺醒也是如此」。〔註10〕吳老太爺的象徵意義也頗爲明朗，象徵中國封建社會，已如「古老的殭屍」；他一進入上海，在洋場氣息刺激下便一命嗚呼，象徵著中國封建社會在資本主義的衝擊下必然崩潰。

其三、情景象徵

茅盾作品中某些情景往往別有一番含意，細細品味往往蘊含著鮮明的時代特點。最爲突出的例子便是他許多作品中反覆出現的內河小火輪。散文《故鄉雜記》，短篇小說《春蠶》、《當舖前》都描寫到這種小火輪如何衝擊河堤，威脅農田，農民恨之深深，自發反抗而遭災。這種情景到了長篇小說《霜葉紅似二月花》中鋪陳爲作品的主要情節。其時代寓意是：資本主義經濟無情的衝擊著農村自然經濟，個體農民無力抵抗，難免遭災破產；地主階級與資本主義勢力雖有矛盾，但易於勾結。這正是半封建半殖民地社會的基本特徵。這一象徵猶如一首主題歌，在茅盾許多作品中反覆迴盪，使作者所要揭示的時代特點與社會性質異常鮮明強烈。

茅盾散文中象徵手法的運用更是俯拾皆是，舉不勝舉。或標題象徵，或

〔註9〕 外文版《茅盾選集・自序》，《光明日報》1981 年 4 月 7 日。
〔註10〕 《我走過的道路》（中）。

情景象徵，或兼而有之。《暴風雨》、《沙灘上的腳跡》、《霧》、《冬天》、《雷雨前》、《虹》、《黃昏》、《白楊禮讚》、《風景談》等等，這些作品從標題到情景無不涉及自然現象。然而，醉翁之意不在酒，作者的真正用意並不是這些自然現象本身，而是它所象徵的時代特點和作者對新時代的呼喚。茅盾一向謙遜過人，不願自我推薦作品，可是晚年卻破例自我推薦散文《雷雨前》、《沙灘上的腳跡》和神話小說《神的滅亡》作為中學語文教材。為什麼？因為這些作品運用象徵手法描寫了整個時代的政治與社會矛盾，預示了時代發展的方向。〔註11〕可見，茅盾醉心於時代的象徵，以達到自得自樂的地步。

　　茅盾曾說過：「通常我們說某一作品寫得深刻，但深刻到如何程度呢？要看它暗示的輻射有多少廣闊，要看它透視的深度有多麼深遠。」〔註12〕茅盾頗有藝術魄力與「野心」，他刻意追求作品反映時代的廣闊性與深刻性。把握「縱」、「橫」，再配以點染與象徵，便保證了作品輻射的廣闊和透視的深遠，並具有宏大的規模與氣勢。這種「大處著眼」、「小題大作」的「做」法，與題材的重大性是相適應合拍的。

四、「主題先行」辨

　　主題是文學作品的靈魂，絕大多數作家都公開承認主題對自己創作的主宰作用。茅盾在他的文藝論著中竭力強調「主題至上」，那麼，在他自己的創作實踐中，主題「至上」到何種程度？是否主張「主題先行」呢？在廣大讀者和研究者中，閃現過這種想法的恐怕不在少數，當然也有人持否定的態度。我認為，主題先行不僅是茅盾創作中確鑿無疑的事實，而且是他藝術構想中一個重要的特點。

　　請看事實。茅盾的處女作《蝕》三部曲，是先感受了複雜人生以後而創作的作品，但是，這並未影響到作品主題思想的明確性。作者是要表現現代青年在大革命壯潮三個時期中不同的思想精神面貌：「（1）革命前夕的亢昂興奮和革命既到面前的幻滅；（2）革命鬥爭劇烈時的動搖；（3）幻滅動搖後不甘寂寞尚思作最後之追求。」〔註13〕幾乎同時創作的《野薔薇》中的幾個短篇，雖然都穿上「戀愛」的外衣，但「作者是想在個人的戀愛行動中透露出

〔註11〕　《茅盾短篇小說集・序》。
〔註12〕　《有意為之》，《茅盾論創作》。
〔註13〕　《從牯嶺到東京》，《茅盾論創作》。

各人的階級的『意識形態』」。〔註14〕這些寫於早年的作品，儘管出於真切的生活感受，尚未形成明顯的「主題先行」的傾向，但是，已經滲透了主題在創作過程中的領先作用。而後，這種作用不斷明朗，經過《虹》、《路》、《三人行》、《子夜》和《春蠶》、《林家舖子》等短篇小說的創作，茅盾終於形成了自己獨有的相對穩定的構思習慣，並上昇到自己創作規律和原則的高度加以總結：「我寫小說，大都是這樣一個構思的過程」，「生活經驗的限制，使我不能不這樣在構思過程中老是先從一個社會科學的命題開始」。〔註15〕他後來一系列作品的創作，主題思想的領先性，儘管或明或隱，或強或弱，但是，始終存在，這裡無需一一列舉。

　　既然茅盾自己明確了的，為何人們卻要諱言或否認呢？這無非是因為此說有違背藝術創作規律之嫌，而且擔心與我國十年動亂中「四人幫」所鼓吹的「主題先行」沾邊。其實，這種諱言或否認是多餘的。

　　主題有無藝術生命，關鍵不在於是否先行，而是在於是否來自生活，是否符合生活本身的邏輯，是否反映了生活本質。正如老作家夏衍所說：

　　　　創作方法的問題是十分複雜的，一個作家假如先有了一個創作
　　的意念，先有了一個要寫的主題，而立即能夠聯想起許多符合於、
　　適用於這個主題思想的生活素材、社會知識，以至適合於表達這個
　　主題思想的人物性格，那麼，主題的「綱」一提，潛藏在作家感情
　　深處的生活素材和人物形象就很自然地隨之而至。〔註16〕

　　讓我們來看看茅盾的「從一個社會科學的命題開始」是怎麼提出來的。他先是從家庭、社會環境等方面談了自己從小對蠶農的生產、生活、命運的認識，對「葉市」、「繭行」情況的熟悉，然後概括《春蠶》構思的過程，說：「先是看到了帝國主義的經濟侵略以及國內政治的混亂造成了那時的農村破產」，而蠶絲業的破產和蠶農的貧困又有其特殊原因——中國絲在國際市場受日本絲的壓迫，絲廠主、繭商、葉行對蠶農的加倍剝削。「從這一認識出發，算是《春蠶》的主題已經有了。」〔註17〕茅盾就是在這樣的前提下總結出「先從一個社會科學的命題出發」的經驗。可見，茅盾所說的「主題」、「社會科

〔註14〕　《寫在〈野薔薇〉的前面》，《茅盾論創作》。
〔註15〕　《我怎樣寫〈春蠶〉》，《茅盾論創作》。
〔註16〕　夏衍《生活・題材・創作》，《夏衍論創作》。
〔註17〕　《我怎樣寫〈春蠶〉》，《茅盾論創作》。

學的命題」決不是游離生活之外的抽象的概念，而是來自生活的感受。它既是思想，更是生活。從根本上說是生活在先，「主題」或「社會科學命題」在後，所以，他立得住，有生命，寫得活。《春蠶》先從社會科學的命題開始，但獲得了成功，原因就在這裡。《子夜》成功的經驗也是這樣。作者先從帝國主義的壓迫下中國「更加殖民地化了」這一命題開始。由於這一命題紮根於現實，因此對作者的創作發揮了有力的制約作用，從總體上保證了主題的確定與深化。茅盾創作的「社會科學命題」，不僅在形成之前，已有堅實的生活感受爲基礎，而且在形成之後，並非將生活擱置一邊，而是再回到生活中去體驗，去僞存眞，進一步提煉情節，配置人物，使之更符合生活的邏輯。比如：作者開初寫作提綱中是寫紗廠與火柴廠。他說，「我進一步研究當時的中國經濟現狀，決定將紗廠改爲絲廠。因爲，當時中國的工業產品以外銷爲主要業務的，唯有廠經（即機器繰成的絲），而且在法國里昂，美國紐約市場早已站穩腳跟，但此時受日本絲之競爭而漸趨於失利之地位。」他在與同鄉故舊（他們大多是辦廠的銀行家、商人、交易所投機家）的交談中恰好證實了他的想法。「這堅定了我的以絲廠作爲《子夜》中的主要工廠的信心。」交談中還得知火柴廠也紛紛破產，因此保留了寫火柴廠的原計劃，使自己的認識更符合生活實際。〔註18〕

可以說茅盾全部小說大都呈現不同程度的「主題先行」的傾向，大凡成功者都有堅實的生活基礎。《子夜》、《春蠶》等如前所說。茅盾大革命期間的社會實踐，加之夫人孔德址工作關係接觸大量小資產階級的知識女性，保證了《蝕》、《野薔薇》、《虹》的成功，其中《虹》還得力於茅盾的知心人秦德君女士提供的女友胡蘭畦的經歷作爲素材。《腐蝕》之所以如此出色，一方面基於茅盾對國民黨特務統治的瞭解和熟悉，另一方面在於主人公趙惠明與茅盾爛熟於心的大革命中的時代女性實屬同一類型。相反，茅盾還有一些作品，如《路》、《三人行》、《第一階段的故事》等，儘管以大革命的主題率先作用於構思，然而卻未能避免平庸乃至失敗，其主要原因就在於作者缺乏眞切的生活感受而強行創作。

主題有無藝術生命，還在於是否通過種種藝術手段化爲生動的形象。我們統觀茅盾全部文藝論文，發現他一方面反覆強調主題思想在藝術構思中的決定性作用，甚至肯定「先從一個社會科學命題開始」的構思程序，但另一

〔註18〕《我走過的道路》（中）。

方面又一再呼籲通過形象表現主題，力避從概念到概念。茅盾那些優秀的作品，雖然帶有不同程度的從社會科學命題開始的傾向，但是，總能塑造出一個個栩栩如生的人物形象，描繪出一幅幅生動鮮明的生活圖景。捷克斯洛伐克漢學家普實克說：「就在他那些最迫切、最符合現實要求的一些短篇裡，也不曾聽到任何宣傳提綱式的說教或議論。」〔註19〕所以，創作伊始的「社會科學的命題」不再是抽象的社會科學概念，而已經化為藝術的意蘊。然而，茅盾那些平庸乃至失敗之作，從藝術的角度說，無論是故事的生動性，還是人物性格的鮮明性，都沒有達到優秀作品的要求。那麼，出於同一茅盾之手，為什麼有的能將主題化為形象，而有的卻未能達到這一水平呢？茅盾曾反覆告誡青年作家，藝術修養決不是單純的藝術技巧問題，而是與作家的思想、生活直接相關。就茅盾來說，有些作品之所以未能將主題化為鮮明的形象，其根本原因不是他缺乏藝術的技能，而是缺乏真切的生活感受。對一個藝術上已經成熟的作家來說，有無真切的生活感受是作品成敗的關鍵。

　　「主題先行」未必違反藝術創作的規律，作家在創作過程中尤其是在作品主題提煉上，本來就離不開理性的制約與支配。中外文學史上許多著名作家總是用極其明白的語言宣稱自己的創作帶有明顯的目的，列夫・托爾斯泰、契可夫、魯迅等都不止一次地說過。當然也有一些作家下筆時對作品的主題思想並不十分明確。曹禺說過他創作《雷雨》時對作品主題未經思考，「我並沒有明顯地意識著我是要匡正、諷刺或攻擊些什麼」。〔註20〕不過，儘管周、魯兩家階級和血緣的關係，歷史和現實的糾葛，複雜到眼花撩亂，可是作家對分屬於兩個營壘的人物的評價仍然相當明朗。這裡可能反映了作者主觀思想與作品客觀效果存在距離，但也令人懷疑曹禺對當時創作心理的表白是否真實和準確。沈從文強烈否認自己創作有何種思想用意：「我是試圖用不同方法學習用筆，並不有什麼一定主張」，「不可能一面寫些什麼，一面還聯想什麼」等等。〔註21〕這些說法，一定程度上反映了沈從文創作的某些特點，然而，是不是也表現出他決意「從文」、反對「從政」的某種逆反心理。藝術創作的規律和中外古今文學的經驗告訴我們，藝術創作受主題的制約，只有明顯與不明顯、自覺與不自覺之分，而不存在有與無的差別。藝術的構思受主

〔註19〕捷克版《茅盾短篇小說選・後記》，李岫編《茅盾研究在國外》。
〔註20〕《雷雨・序》。
〔註21〕《沈從文談自己的創作》，《中國現代文學研究創刊》1980 第 4 期。

題制約既然是藝術規律，那麼有些作家，特別是如茅盾這樣一種社會思想敏銳的作家，有意識地從實際生活中發現社會科學命題，作為自己創作的主題，於是就從這主題出發，調動自己已有的思想和生活的積累而創作，這樣的「主題先行」不僅是允許的，而且是優於其他作家的重要區別。從這個意義上講，「先從一個社會科學命題開始」，或「主題先行」，並未違反藝術創作的規律。這與「四人幫」出於篡黨篡政的反革命政治目的，違反生活實際，胡編亂造的所謂「創作」純屬是兩回事。

茅盾的作品大多帶有不同程度的「主題先行」的特點，所以，大多具有特別強烈的社會性，啟發人們思考非常實際的社會問題，然而，其藝術價值的高低卻大不相同，其原因，並不在於「主題先行」本身，而在於主題是否來自生活，是否化為藝術。背離生活，不可能獲得富有生命力的主題；生活感受不真切，藝術功力不足，主題即便正確，也只能停留在概念本身，認定這樣的主題強做小說，任你怎樣「做」，也注定要失敗的。茅盾創作的成敗與得失，從正、反兩方面給我們深刻的啟示。

第四章 「時代舞臺的主角」

　　人類社會氣象萬千，其核心是人，離開了人，社會便不復存在。難怪，人們說文學是人學。作家對社會的感受、評價、描寫都集中於人。人，是作家創作個性的交匯口。考察作家對人的獨特的態度和感受，描寫人物的特殊的技巧和功力，是研究作家創作個性的重點工程。所以，我們研究茅盾在人物塑造上所表現的創作個性要用三個章節，就三個主要問題分別加以討論。這裡我們首先要討論的是，茅盾在創造中一刻也沒有忘記「人是時代舞臺的主角」。

一、「『人』——是我寫小說時的第一目標」

　　儘管無論是現實世界還是藝術世界，人都處於核心位置，但是，並未受到每個小說作家的鍾愛。在小說發展史上，開初著眼的就並非人物而是故事，人物只是依附於生動的故事而存在。後來，隨著小說觀念的更新，把刻劃人物性格放到了小說的中心。不過，小說觀念並未到此為止。後來又有人出於種種想法，試圖淡化小說中人物因素。不同的小說觀念導致了在不同作家筆下人物處於不同的位置。所以，在人物塑造問題上，作家的創作個性首先表現在對這個問題重視到何種程度，作出了何種努力。我國現代許多小說大家、名家，都十分重視人物，而且都創造性地塑造了出色的人物形象，魯迅、巴金、老舍、丁玲、張愛玲、錢鍾書等無不如此。尤其是他們那些影響深遠的優秀之作，都毫無例外地塑造了引人矚目的人物，如《狂人日記》有狂人，《孔乙己》有孔乙己，《阿Q正傳》有阿Q，《祝福》有祥林嫂，《激流三部曲》有高覺新，《駱駝祥子》有祥子與虎妞，《莎菲女士的日記》有莎菲，《金鎖記》

有曹七巧,《圍城》有方鴻漸等等。但是,也有的作家卻未必把人物創造作爲自己首要任務,他們著眼於描寫人情世態、生活情景、奇風異俗等等。還有的作家雖然作品數量不小,人物品類繁多,但是,未能竭盡全力,刻劃出具有獨特風采和足夠思想、藝術分量的人物形象。在優秀人物畫廊中沒有他們的成果,就難以進入大家名家行列。

在我國現代小說大家、名家中,對人物的迷醉莫過於茅盾。由於他堅信「文學是時代的反映」,而「人是時代舞臺的主角」,所以,人物塑造在他小說創作中居頭等重要的位置。「『人』──是我寫小說時的第一目標」,〔註1〕「創作的最高目標是寫典型事件中的典型人物」,〔註2〕「構成小說的主要成分,我以爲首先便是『人物』」,〔註3〕「我們所要明白的,即小說中不能沒有人物;一篇小說能給人以深刻的印象,大抵因爲它有特殊的人物的緣故」〔註4〕等等。類似說法舉不勝舉。茅盾眞可謂「人物迷」、「人物癖」。把人物塑造作爲「第一目標」、「最高目標」是茅盾小說創作的重要特點。

「人是時代舞臺的主角」觀念,必然導致茅盾創作「第一目標」、「最高目標」的人物大多處於社會矛盾的中心,時代的前哨,而不是與時代相去甚遠的人們。下邊將要討論的時代女性、民族資產階級、農民全是「台」前、「台」中心的人物自不必言,即便其他人物,茅盾也常常不忘記他們的「主角」身份。比如,《大鼻子的故事》中那個大鼻子小癟三,在現實生活中人們往往會忽略他與時代的關係,在「時代舞臺」上沒有他的位置,但是,茅盾卻毫不含糊地把他請到「台」前,不只寫他野狗般的生活,而且寫他受到愛國市民精神的感染,加入了紀念「一‧二八」遊行隊伍。就這樣,茅盾一再以調侃的口氣戲稱的「我們這裡的主角」,理所當然地當上了「時代舞臺的主角」。

茅盾充分意識到,社會是個眼花撩亂的複雜世界。這樣的「舞臺」,「主角」不可能太少。爲了充分表現生活的複雜性,他的「第一目標」、「最高目標」決不限於刻畫少數幾個人物。姑且不說他那些規模宏大的長篇小說,即便是如「農村三部曲」、《林家鋪子》等短篇也活躍著成群結隊的人物。這與郁達夫等作家每篇只描寫一兩個人物的做法迥然有異。而且,茅盾所寫的眾多人物,社會成分複雜,社會類別齊全,代表了社會上多種力量,紐結著錯

〔註1〕 《談我的研究》,《茅盾論創作》。
〔註2〕 《八月的感想》,《茅盾文藝雜論集》(下)。
〔註3〕 《關於小說中的人物》,《茅盾文藝雜論集》(下)。
〔註4〕 《小說研究ABC》,《茅盾全集》第19卷。

綜的矛盾。他們在「時代舞臺」上演出的「戲」，角色多，「戲劇衝突」複雜而緊張，而不是郁達夫式的少數角色的抒情戲。郁達夫的小說不只每一篇人物少，而且全部小說加起來，也主要是郁達夫式的一個人。茅盾與郁達夫的小說恰好代表了兩種類型，顯示出兩種創作個性。

茅盾對人物的迷醉，還表現在有目的、有計劃地塑造系列形象。在同一時期、甚至某一作品中，故意構成系列，而且，他認定了系列目標，在漫長的創作年代，在眾多的作品中，不斷地刻劃同類人物，使這些系列形象得到充實，更加完整。他一生中給我國現代文學人物畫廊，提供了時代女性、民族資產階級、農民這三組人物形象系列，無不獨具風采。這是他長期將塑造人物當作「第一目標」、「最高目標」而取得的重大成果。

「人是時代舞臺的主角」觀念，引導茅盾嚴格處理「舞臺」與「主角」的關係，牢固地樹立了「舞臺」適應「主角」的指導思想。儘管茅盾小說題材重大，而且大多事件複雜，但是，從來沒有讓題材和事件壓倒、淹沒人物。茅盾小說中的人物體系大致有兩種情況。一種是沒有明顯的主人公，所寫的是多種人物群體，如《動搖》、《追求》、《霜葉紅似二月花》、《鍛鍊》等，另一種不僅有眾多的人物群體，而且有明顯的主人公，有的主人公占絕對優勢的位置，如《幻滅》、《虹》、《子夜》、《腐蝕》、《春蠶》、《林家鋪子》等。不管是何種類型，由於作者都十分注意人物社會背景的描寫，所以，無論是群體還是主人公，都能顯現出時代舞臺主角的身份。前邊提到的《大鼻子的故事》，儘管作者集中筆力寫這個小癟三，但是，讀者可以清晰地感受到他不是孤零零一個，他周圍活動著許多人，各種人，他有「舞臺」，是這個「舞臺」上的主角。總之，茅盾描寫的社會環境，實際上就是人物的「舞臺」。所以，有的作品儘管事件複雜，矛盾紛繁，但人物依然醒目。就茅盾的實踐效果來看，背景越是廣闊複雜，人物便越有時代色彩和血肉。吳蓀甫、趙惠明、老通寶、林老闆之所以成為茅盾筆下眾多人物形象中的佼佼者，其重要原因就在於作者給他們提供的「時代舞臺」最為充分，因此，他們作為「時代舞臺」的「主角」身份也最為明確，最為醒目。

總之，在現實生活中，「人是時代舞臺的主角」，在茅盾的藝術思維中，人是「第一目標」、「最高目標」，在他創造的藝術天地裡，人同樣是「主角」。

衡量一個敘事文學作家的總體成就和地位，可以取許多角度，但是，都離不開人物。從這個角度講，能否給一時代文學提供獨具風采的人物形象，

是作家獨特貢獻的重要標誌。這一方面，魯迅、曹禺是佼佼者，他們作品數量不多但傑出形象卻有一群；茅盾的貢獻也不可謂小。吳蓀甫、老通寶、林老闆、屠維岳，還有一群時代女性，尤其是正在艱難而又堅定地向人民走來的趙惠明等等，都是我國現代文學人物畫廊中的精品。

二、「不做拜倫，而做莎士比亞」

　　面對現實世界中五花八門的人，不同作家有不同的興趣投向。在這個問題上首先涉及到作品人物與作家自我生活經歷的關係。這不外有兩種情況，一種偏重於寫自我，帶有自敘傳性質，另一種偏重於客觀，是嚴格的寫實。「五四」以後的小說大體存在這兩種類型，有的明顯屬於前者，有的明顯屬於後者，當然也有介乎兩者之間。前者如創造社的郁達夫、郭沫若，文學研究會的廬隱等，其中以郁達夫尤為突出。在郁達夫為數不少的小說中，除了《她是一個弱女子》、《迷羊》、《出奔》等少數幾篇外，幾乎都寫了自己，作品中占重要位置的于質夫、文朴、黃仲則、伊人、「我」，還有一些作品中的「他」等等，都是郁達夫的化身。這些人物的經歷往往以作者自己的經歷為依據，他們的性格、氣質、感受、乃至外貌特徵都與郁達夫自身十分相似。

　　那麼，自敘傳的人物與嚴格寫實的人物究竟孰優孰劣呢？這當然不能絕對化。因為作品人物塑造的成敗得失不取決於是自敘傳還是客觀描寫，而取決於多方面的因素，尤其是與作者的生活體驗和藝術功力的深淺關係極大，所以，對具體作家乃至具體作品應具體分析。比如，郁達夫等作家的自敘傳小說，由於作者個人的生活感受並非他們的「專利」，而是當時青年知識分子共有的，是某種社會現象，因此，如實寫來，便會引起許多同病相憐者的共鳴，其他讀者也能從這種社會現象中悟出許多道理。再加上，這批作家大多不乏藝術功力，能將這種感受化為藝術，產生感人的力量。但是，個人的生活感受畢竟是有很大的局限性，特別是個人的生活經歷更為有限。而且，這批作家大多不在時代漩渦的中心，他們所寫的大多有「身邊瑣事」的傾向。他們的經歷與感受對大社會、大時代來說僅僅極小的局部、側面和角落。因此，他們的作品在人物類別上，在反映現實的層面、廣度、乃至深度上都有很大的局限性。比如，郁達夫小說的人物，雖然真切動人，那愁眉苦臉，那憂鬱病態的心境，那變態荒唐的行為等等，一一如在眼前。但是，這些人物所顯示的生活天地未免狹窄，時代氣息也不夠濃烈，而且，讀多了，難免單

調，呈現出一副面孔，一種腔調。嚴格寫實的人物卻不同。由於不受作者自身經歷的限制，不受個人性格、感受的束縛，由於著眼於廣闊的社會生活，以眾多的人物素材的基礎概括提煉而成，所以，可引進不同社會階層、不同性格氣質的人物，反映生活更加靈活，就有可能更有廣度和深度。

茅盾在《雜談文學修養》一文中引用普希金關於莎士比亞與拜倫在人物塑造上不同特點的論述。普希金認爲，「拜倫寫人物不如莎士比亞。莎士比亞寫的人物，一個個是活的人，在社會中可以找出來；而拜倫寫的人物，往往是他自己的化身，往往以拜倫自己的性格的一部分賦予一個人物。拜倫的性格包括得很廣，他拿一部分給這個人物，又拿另一部分給那個人物，所以他的人物雖然有多種性格，然而只是拜倫之化身」。茅盾贊同普希金的看法，他指出：「我們要寫一些不同性格的人物，並不困難，但要不做拜倫，而做莎士比亞，就很不容易。」〔註5〕「人是時代舞臺的主角」觀念，必然促使茅盾在人物塑造上捨棄自敘傳模式，走嚴格寫實之路。茅盾有幾篇小說帶有自敘傳性質。比如，《牯嶺之秋》寫大革命風暴中退下來的五個青年打算去南昌未成而上了廬山牯嶺，實際上是作者本人的經歷，《列那和吉地》寫 1940 年 5 月茅盾一家離開迪化前夕的事實，《虛驚》、《過封鎖線》寫第二次世界大戰中日本侵佔香港前後茅盾等近兩千名文化人士在東江游擊隊護送下脫險的經過，《一個理想碰了壁》是寫作者與兩位朋友試圖解放一個妓女的理想碰壁的經歷。這一類小說在茅盾大量小說中畢竟是少數，而且遠不能體現茅盾小說的特點。這些作品儘管有一定的的社會意義，藝術上不是全無可取之處，然而並非嚴格意義上的小說，正如茅盾自己所說是「特寫」，無論是數量還是特點而言，在茅盾整個小說創作中都不占主導地位。從總體上說，茅盾小說中的人物屬嚴格寫實一類，茅盾在自己的創作實踐中刻意「不做拜倫，而做莎士比亞」。

茅盾總是把自己的視線投向社會，投向那些足以代表社會的某種力量、時代的某種精神的人物。即使是創作起步時的《蝕》三部曲，雖然滲透了自己對複雜人生的深切感受，但是，那些時代青年並不是自己，他們的經歷、性格與茅盾之間，沒有郁達夫小說中「于質夫」們與作者之間那種「原版」式的相似之處。至於《蝕》以外作品的人物，與作者之間就更無相似相通可言。

〔註5〕　《茅盾論創作》。

茅盾之所以決意「不做拜倫，而做莎士比亞」，無非是爲了確保人物有更強的社會性、時代性和典型性。出於同一目的，他不僅不寫「自己」，而且即使在寫「別人」的時候，還不以一個人爲模特兒。他筆下這麼多有名有姓有性格的人物，只有《幻滅》中的連長強猛是明確地以顧仲起爲模特兒以外，其他人物都不是以某一人爲原型，而是面對許多人觀察、綜合、藝術加工而成。

三、「時代舞臺」三「主角」

茅盾在他長達二十年的創作生涯中奮力描寫的是三組人物，即時代女性、民族資產階級、農民。很顯然，他們都不是茅盾的化身。對這三組人物作者興趣最濃，體驗最深，費心最多，也最有藝術分量，觸發人們思考的社會、時代、人生問題不同尋常。他們以鮮明的獨創性卓立於我國現代小說優秀的人物畫廊。

人們不禁要問：茅盾爲什麼特別迷戀於這三組人物呢？其奧秘就在於他從這三組人物身上感受到特別強烈的時代性，在茅盾心目中，時代的風雲直接影響著他們的命運，從這個意義上說，他們都是理所當然的「時代舞臺的主角」。茅盾的這種感受和選擇不是沒有理由和原因的。

先看時代女性。婦女問題從來就是社會問題。在我國，到了「五四」這個歷史的轉折時期，婦女問題紐結著更多的社會矛盾和時代特點，所以引起許多作家的關注。不過，茅盾有他獨特的視角。當時，許多作家側重於描寫婦女在封建重壓下的人生苦難和爲擺脫這種苦難衝出封建家庭的鬥爭。魯迅「娜拉走後怎樣」一聲驚呼，提出了婦女衝出家庭走向社會以後「怎樣」，這是「五四」以後許多婦女所遇到的非常嚴峻的新的社會問題。茅盾走出校門一踏上社會就開始關注婦女問題，撰寫大量論文闡明婦女解放與社會解放的關係。在婦女問題上，茅盾與魯迅的思路十分一致，不只是表現婦女爲爭取個性解放、婚姻自由走出家庭，尤其是要表現婦女衝出家庭走向社會以後該「怎樣」。毫無疑問，婦女中首先覺醒、首先經受「娜拉走後怎樣」嚴峻考驗的是青年知識女性，所以，茅盾以極大的興趣密切關注青年知識女性走上社會以後的人生選擇，特別是她們在時代洪流中的追求和煩惱。這就是茅盾之所以稱她們爲「時代女性」的特殊含義。儘管茅盾當初啓用「時代女性」這一提法是指《蝕》三部曲所描寫的大革命浪潮中的女性，然而，他後來一系

列作品中的女性，如《野薔薇》中嫻嫻等五女性、《虹》裡的梅行素、《路》中的杜若、《子夜》中的林佩瑤，張素素、《腐蝕》裡的趙惠明、《鍛鍊》中的嚴潔修、蘇辛佳等等，作者都似乎誠心要考察她們面對時代洪流的態度，她們都是特定時代中的女性，所以，實質上都可統稱為「時代女性」。如果失去了她們與時代的直接聯繫，失去了她們身上強烈的時代特點，那麼茅盾便失去了描寫她們的興趣。僅此一點，茅盾便有別於魯迅、冰心、廬隱、許地山、巴金、曹禺、沈從文等許多描寫女性的作家。這批作家中，或專注於「老中國的暗陬的鄉村」〔註6〕的勞動婦女，或擅長於寫都市高樓深院的大家閨秀和花花世界的交際花，或傾心於三、五成群的女性小圈子，或同情於借助宗教教義度生的女子，他們從不同的視點注視著婦女的命運，顯示著時代的特點和信息，然而，比之茅盾筆下那些見過大世面的「時代女性」，她們都缺少江河湖海、大風大浪般的時代氣息。在刻劃女性形象上，思路相似態度相仿者恐怕只有丁玲可以與茅盾相提並論，不過，在數量上和表現歷史事件、時代氣息的筆力上，比之茅盾，丁玲還遠所不及。

　　再看民族資產階級。如果說女性是我國現代許多作家所熟悉的話，那麼，民族資產階級對這些作家來說卻是十分陌生的。所以，新文學過去了十多個年頭，遲遲無人敢於涉及這一對象。然而茅盾卻不畏陌生。他一方面得力於豐富的社會科學知識，一方面借助與同鄉故舊中企業家、銀行家的頻繁交往，很快就熟悉了這個階級，意識到他們在中國社會的特殊的地位和作用。從社會發展的觀點來看，資產階級比之封建階級是個新興的階級，在他們身上交匯著許多社會的新舊信息。而民族資產階級又是半封建半殖民地的社會環境裡，在帝國主義和封建主義的雙重束縛中艱難成長起來的，所以，他們處在這個社會重大矛盾的焦點。事實上，近代中國，尤其是國民黨右派建立獨裁統治以後，帝國主義對我國政治、經濟乃至軍事的侵略和控制，與國內封建主義、官僚資本主義結成聯盟，各派軍閥連年內戰，工農大眾急劇破產等等，這種種社會動盪無疑影響到社會的各個階級階層，然而，民族資產階級可謂首當其衝，處於特殊的位置。1929年轟動一時的關於中國社會性質的大論戰，民族資產階級的出路問題成為論爭的焦點，足以說明這個階級在中國社會舉足輕重。在後來每一歷史階段的每一社會動盪，不管是階級的還是民族的矛盾，都牽動著這個階級，逼得他們作出歷史的選擇。一向密切

〔註6〕　《讀〈倪煥之〉》，《茅盾文藝雜論集》（上）。

注視社會和時代動向的茅盾對這樣的階級豈能漠然處之？特別是當他確立了「大規模地描寫中國社會現象」的企圖以後，更不可能輕意放棄這一描寫對象。這一目標認定以後，茅盾便不遺餘力，廣泛深入地走訪調查，盡最大可能熟悉和把握這一階級，並竭盡他藝術全力，創作了以民族資產階級為主人公的長篇巨著《子夜》，取得了舉世矚目的成就。這一成功，進一步激發了他以這一階級為目標來表現社會矛盾，揭示時代特點的興趣和信心。在他後來創作生涯中，把主要精力用來描寫這個階級的人物，不僅創作了《多角關係》、《林家鋪子》、《第一階段的故事》、《走上崗位》、《清明前後》、《鍛鍊》等作品，描寫了這個階級在吳蓀甫年代以後的遭遇，而且創作了《霜葉紅似二月花》，補充描寫了吳蓀甫年代以前，他們初創時期的經歷。可見，茅盾決意寫出我國民族資產階級艱難發跡、畸形成長的全部歷史。茅盾對民族資產階級的描寫，是他「大規模地描寫中國社會現象」龐大藝術工程中的重點工程，同時彌補了中國現代文學人物畫廊的空白。

最後看農民。只要略知中國國情的人，大概不會不明白農民在中國的重要性。中國是以農民為主體的農業大國。這個古老國家的政治、經濟、文化、道德等等幾乎都與「農業大國」這一特點捆綁在一起。近代中國半封建半殖民地的社會性質很大程度上基於這一特點，也反映於農村這個中國最大的地域。所以，中國社會的發展的根本問題是農民問題。魯迅思想深刻性的重要標誌之一便是對這種國情的準確把握，而且以畢生的主要精力用於對農民問題的思考，他塑造的眾多出色人物形象中最最出色的就是農民。農民也成為其他許多現代作家描寫的對象。茅盾這位頗具社會思想、追求文學時代性和社會效果的作家當然不可能忽視中國人民的這一主體。不過，他有自己特殊的視角和興趣。人們一提到農村大概念就會與停滯、閉塞、愚昧等等聯繫在一起，這不無道理。然而，這僅僅是農村的一個側面。茅盾最感興趣的不是這一側面，而是二、三十年代起時代洪流對這樣的農村的衝擊和影響，農民在這年代的騷動和抗爭，即便描寫他們的愚昧和頑固，也是動盪年代中的愚昧和頑固。在茅盾心目中，他們不是與世隔絕的農民，而是特定時代風浪中的農民，在他們身上透露出許多時代動向。無論是《動搖》中縣城近郊令右派勢力膽顫心驚的農民自衛軍戰士，還是《泥濘》中對革命認識混沌如「泥濘」的黃老爹，無論是《子夜》中一舉攻克雙橋鎮的農民協會會員，還是「農村三部曲」中頑固的老通寶、自發反抗的多多頭，乃至《水藻行》中面對苦

難人生決意大膽進取把握自己命運的財喜，他們無一例外的與時代有特別密切的關係。總之，茅盾的興趣是時代與農民，農民與時代。正由於此，他描寫農民題材的小說儘管爲數不多，然而卻頗有分量，反映了相當豐富的社會容量和時代特點。

當然，引起茅盾創作興趣的不限於以上所說的三組人物。除此以外還有許多其他社會階層的眾多人物，如工人、黨的工作者、各式知識男性、買辦資產階級、地主豪紳、地主階級中的開明的改良主義者、國民黨政工人員、政客、軍人、特務、都市各式小市民、小癟三、交際花等等。值得注意的是，這些人物在作品中並非無關緊要的陪襯，而是非他不可的重要角色，其中許多人物在不同作品中分別擔任過主角。這麼多不同階層、不同職業、不同文化層次的人物所顯示的社會問題遠不是作者「自敘傳」人物所能比擬的。

第五章 「『人物的命運』深深思索」

　　在人物塑造上，作家的創作個性不僅表現在他習慣於寫什麼人，而且表現在側重於寫他們哪些方面。匈牙利美學家盧卡契說：「真正的敘事藝術作品的懸念永遠在於人物的命運。」〔註1〕許多文學大家都深知這一道理，茅盾也不例外。他在《創作的準備》中說，優秀的文學作品，必須「使讀者不但在掩卷以後對於書中的『人物的命運』深深思索，並且對於周圍的活人的（連同自己的）『命運』也深深思索。」〔註2〕不過，茅盾自己在表現人物命運時還有其獨特之處。由於他熱衷於描寫重大的政治歷史事件和社會經濟現象，由於他選取「時代舞臺的主角」作為主要描寫對象，這就決定了他筆下人物的人生追求及其結局直接關連著時代的風雲、社會的重大矛盾，也就是說，他所表現的是特定時代直接制約下的人物的時代命運。由於時代女性、民族資產階級、農民的社會地位、經濟狀況、文化教養等等各不相同，所以，他們的人生追求及其結局便各具特點。

一、「野薔薇」園命運女神的選擇

　　所謂時代女性，實際上是一群小資產階級青年知識女性。她們出身於中等以上家產的家庭，接受過中等以上的文化教育。她們不必為溫飽而擔憂，但有更高層次的精神嚮往，追求向上向善的人生價值。她們擁有知識，思想敏銳，討厭腐朽與醜惡，對新思想、新事物特別敏感，追隨時代潮流，渴望自己的生活對社會、對大眾、對民族更有意義。這是「五四」以來一代青年

〔註1〕　《盧卡契文藝論文集》第1卷。
〔註2〕　《茅盾論創作》。

的共同願望,也是我國現代婦女解放運動的重要方面。她們是渴望把握自己命運的女神。

這群青年知識女性首先遇到的是婚戀這個令人嚮往而又難解的人生難題,她們幾乎都嘗夠了這方面的酸甜苦辣。靜女士小心翼翼地掀起戀愛這一「莊嚴、聖潔、溫柔的錦幢」,與抱素初戀上當受騙留下了「終身的隱痛」,直到青年革命軍人強猛出現才令她獻出神聖的「女子的深情」。慧女士爲擺脫封建婚姻曾作過出色的反抗,今天之所以抱定「男子都是壞人」,而且如男子對付女子那樣,不存好心地玩弄男子,是由於嘗夠了兩性關係的苦酒。孫舞陽、章秋柳儘管在兩性關係上放蕩不羈,然而這是她們正當追求未能實現的變態,正如章秋柳所說,她們是「含著眼淚,浪漫,頹廢」。《野薔薇》中的姐妹們,「戀愛」外衣下藏著一顆追求純潔人生的心。方羅蘭太太陸梅麗和吳蓀甫太太林佩瑤雖然有了物質條件優裕的家庭,有了人品並不壞的丈夫,但是,她們不滿足於此,她們需要夫妻間心靈相通,難忍同床異夢的精神苦楚。梅行素女士爲擺脫庸俗的婚姻曾作過一番抗爭,終於衝出了「柳條的牢籠」;到瀘州川南師範學校以後,不乏追逐她的男子,然而,她決不讓庸俗的男子沾汙自己純潔的心靈;最後遇上革命者梁剛夫才令她崇敬,不僅在政治上受他影響,而且「在她心深處發動了久蟄的愛戀」。《鍛鍊》中的蘇辛佳也面臨這種人生難題的選擇。半年前她不問外界大事,與表兄羅求知親近相好,而現在,由於她熱心於民族安危,而羅求知對時局態度卻十分曖昧,所以,她與表兄的親近已變得「相當遙遠」。總之,時代女性在婚戀與兩性關係上,都不是一群俗物。她們有思想,懂情感,渴望以積極的、有意義的人生目的作爲男女間的感情基礎,互相理解,眞誠相愛。

茅盾筆下的時代女性,不是「五四」時代的子君們所能比擬,她們的人生追求並不停留在婚戀問題上,更體現在對社會變革、政治鬥爭的態度上。這批「娜拉」一旦走出家門奔向社會,大多不再「回來」。她們懷著滿腔熱情,渴望社會變革,有的以極大的勇氣投身於轟轟烈烈的政治鬥爭和革命運動。梅行素以反抗庸俗婚姻開始,經過一番曲折終於來到了上海,迎來了第一次大革命高潮。在她人生的道路上,初步完成了從追求人格獨立、婚戀自由向謀求社會解放的轉變。《蝕》三部曲中的女性們繼續著梅行素未走完的人生之路。靜女士懷著初戀的心靈傷痛,隨著大革命洪流到了革命中心漢口,決心「洗去嬌養小姐的習慣,投身於革命的工作」,儘管一時難以適應

這複雜的環境，但是，她一直艱難地努力適應。孫舞陽比靜女士老練、成熟得多，在複雜的政治漩渦中經受了磨煉，目光敏銳，應變自如。相比之下，堂堂「黨國柱石」方羅蘭和省特派員史俊也黯然失色。至於章秋柳，別看她眼下如此浪漫、頹廢，然而，在大革命高潮中，也有過光彩的年代；即便如今，為了繼續「向善」，比誰多「焦灼」，熱心於組織社團，向黑暗抗爭。《創造》中的嫻嫻雖然起步較晚，未趕上大革命浪潮，然而，一旦被發動而覺悟，就不滿足於對丈夫的百依百順，而要衝出家庭，走向社會，闊步向前。這批女性大多留下心靈的創傷，這心靈中最深重的創傷不是因為飲了兩性關係的苦酒，而是來自社會變革的大起大落，尤其是大革命的陡然失敗。她們之所以無愧於「時代女性」這個美稱，主要在於她們曾經嚮往、甚至投身於「時代的壯劇」。

時代女性在人生道路上還遇上了尖銳的民族矛盾。向上向善的人生態度決定了她們熱愛祖國，不能忍受自己的同胞慘遭帝國主義的侵犯和踐踏，愛國與反帝是她們人生追求的重要方面。《蝕》三部曲由於主要描寫進步青年與軍閥統治的矛盾，所以未能正面表現時代女性對帝國主義的抗爭。《虹》正面描寫了梅行素女士在人生道路上艱難求索，最後面對帝國主義屠殺中國工人的暴行，終於作出了歷史性的選擇，加入了振奮人心的「五卅」反帝愛國的群眾運動。她相信：「今天南京路的槍聲，將引起全中國各處火焰，把帝國主義，還有軍閥，套在我們頸上的鐵鍊燒掉！」到了三十年代，如何對待日本帝國主義的對華侵略，更嚴峻地考驗著每一個時代女性。《鍛鍊》中的嚴潔修、蘇辛佳便是這個時代的女性代表。她們為民族災難所振奮，既不留戀於優裕的家庭生活，也不沉湎於男歡女愛，她們不畏風險，四處奔波，或宣傳抗日道理，或慰問戰時難民，或護理傷患，這一切，對這兩個優裕家庭的青年女子來說，儘管不那麼得心應手，然而卻樂以為之，即便被反動當局無理拘留，仍然理直氣壯，義無反顧。

我們分述時代女性人生追求的三個主要方面的時候，時時想到《腐蝕》主人公趙惠明，覺得時代女性人生追求的每一方面都與她有關，但將她擺在某一方面卻並不妥當，這是因為趙惠明全面體現了時代女性人生追求的方方面面。兩性關係、社會革命、民族解放，這些嚴峻的人生難題都有待於趙惠明作出毫不含糊的選擇。有些評論者習慣於把趙惠明當作「鬼」與「人」的混合體，既指責她自私、墮落、作惡多端，又肯定她人性未泯，不滿黑暗。

這種評判無疑是不錯的。但是，趙惠明心靈活動的焦點是什麼呢？我認爲是在最最黑暗的環境中對光明如饑似渴的追求。這既體現在兩性關係上，又體現在政治鬥爭中，還體現在民族解放問題上。當初，趙惠明與小昭結合是以嚮往革命爲思想基礎的。今天，她深切感受到了反動特務統治的黑暗與罪惡，悔悟自己以前的糊塗，正在恢復對革命者的正確認識。所以，她再次理解、熱戀、並一心搭救小昭，最後還不顧風險搭救她逃出火坑。舜英、希強等漢奸對她誘騙、拉攏，面對這大是大非，她清醒地保持民族氣節，自信「我雖不夠做一個十足的好人，但還不至於無恥到漢奸手下去討生活」。正由於趙惠明追求光明的良知尚未泯滅，所以，環境越是黑暗，心靈越是受害，追求便越爲強烈，越發感人。這一方面趙惠明與曹禺《日出》中的陳白露頗爲相似。作者刻意表現的正是趙惠明在特殊境遇中懷著特殊的心境對光明如饑似渴的追求。趙惠明第一則日記，開宗明義：「把過去的我深深埋葬，一個新生的我在光天化日之下有說有笑」，決心「打破重重魔障，挽救自己」。這是她的宣言。全部日記就是她打破魔障、挽救自己的心靈歷程。趙惠明糾纏在革命者、特務、漢奸這三種政治人物之間，面臨著革命與反動、愛國與賣國的鬥爭。對趙惠明來說，人生態度的選擇是十分嚴峻的。我們雖然不能說趙惠明已經回到了革命的道路，但是，我們清楚地看到，這個帶著深重心靈創傷的女子，在「塵海茫茫，狐鬼滿路」的漆黑世界裡，痛苦地呼喊，掙扎，痛惜自己失去了光明、自由的過去；懷著急切的心情，冒著生命的危險，渴求光明，敬崇革命，並作出了超出常態的努力。她心靈深處，對光明、對革命的追求意識正在不斷復甦，不斷滋長。如果我們不理解趙惠明對光明、對向上向善人生追求的一番苦心，那就不可能準確地把握這一形象的真正的內涵和意義。

茅盾著重從婚姻戀愛、社會革命和民族解放這三方面表現時代女性的人生追求是成功的，既符合時代女性的特定身份，又體現了鮮明的時代特點。

不過，茅盾的成功還在於深刻地表現了時代女性這種人生追求的艱難和痛苦。這種艱難和痛苦首先在於社會的黑暗和醜惡。正如茅盾所說「人生便是這樣的野薔薇」，有色香，但多刺；〔註 3〕「人生中無論某一時期，大抵是光明與黑暗交織著的」。〔註 4〕時代女性追求美好人生的道路上也充滿著「刺」，充滿著光明與黑暗的鬥爭。就男女婚戀而言，在長期封建社會中，女

〔註 3〕 《寫在〈野薔薇〉的前面》，《茅盾論創作》。
〔註 4〕 《螞蟻爬石像》，《茅盾論創作》。

子當然無婚戀自由可言，到了「五四」以後，儘管時代為女子人格的獨立和婚戀的自由開了小小的缺口，然而，舊的社會力量和傳統觀念還依然存在，而且新的社會條件又滋生了新的邪惡。所以，女性的這種抗爭不可能是一帆風順的。茅盾把握了這種時代特點，他筆下的女性大多嘗過婚戀的苦果，留下難言的創傷，甚至鬱鬱夭折，含恨自盡。男女婚戀尚且如此，社會革命和民族解放更不待言，光明與黑暗、善良與邪惡鬥爭的複雜性和尖銳性遠遠超過男女婚戀問題。正如《虹》的主人公梅行素的一位女友所說：「實在是社會還沒有替我們準備著理想的地方。」具體而言，革命來到之前，有如四川地方軍閥惠師長那樣的冒牌新派人物，滿嘴新名詞、新口號、新措施，然而骨子裡「還是吃軍閥的飯」，至於瀘州師範那群高唱「打倒舊禮教」的教師全都庸俗不堪。革命高潮既到，社會上種種黑暗邪惡勢力必然更為瘋狂、狡猾，既有反動店東奸商，又有地痞流氓，更有胡國光那樣的土豪劣紳，他們相互勾結。尤其是胡國光如積年的老狐狸，玩弄反革命兩面派，偽裝進步，投機鑽營，搖身一變為黨國要人，而後便利用職權製造混亂，使革命慘遭挫敗。孫舞陽他們就面臨如此狡猾的對手。待到潛藏的反革命勢力叛變革命、建立反革命政權以後，章秋柳等女性更處在「魑魅魍魎大活動的環境」中，本想以「剩餘的勇氣和精神來追逐最後的一個憧憬」，但都無一例外地失敗。在中華民族生死存亡的緊急關頭，有愛國，也有賣國；有反抗，也有投降。蘇辛佳、嚴潔修面臨的是日本強盜瘋狂的狂轟爛炸，她們周圍除了愛國者與革命者，上有嚴伯謙那樣一邊鼓吹「和平」論調，一邊阻撓工廠內遷，隨時準備投敵的國民黨政府要員，下有剋扣難民糧款、置難民生死不顧的難民收容所官員；既有胡清泉那樣的「日本通」漢奸，又有羅求知式的變節投敵敗類。她們熱忱宣傳愛國抗日，卻遭到國民黨特務機構的拘留審訊，她們慰問難民又受到管理人員的無理阻撓。總之，她們為愛國一腔熱血，但愛國卻如此艱難曲折。至於已經誤入國民黨特務魔窟的趙惠明身邊，更是「塵海茫茫，狐鬼滿路」，「在這樣的環境中，除非是極端卑鄙無恥陰險的人，誰也難於立足」。趙惠明作為渴望光明、追求正義的「好人」，想要「打破重重魔障，挽救自己」，豈不百倍艱辛和危險？總之，茅盾充分展示了時代女性所處環境的黑暗和邪惡，她們追求光明正義的人生，卻為這社會所不容，處處碰壁，不僅這種追求目標難以實現，而且帶來諸多精神的痛苦。

　　時代女性人生追求的艱難與痛苦，不僅來自黑暗與邪惡的社會，而且在於她們作爲小資產階級青年知識女性自身的思想、性格的弊病。相比之下，茅盾更專致於這一方面的描寫。她們儘管思想活躍，追隨時代潮流，然而，卻都「太少閱歷」，不瞭解社會的醜惡和鬥爭的艱難，好幻想，易興奮，一遇挫折，思想情緒易於波動，甚至幻滅，消沉，頹廢。這就決定了她們在充滿「刺」的人生道路上更是步步艱辛，萬般坎坷。她們人生追求的失敗，她們時代命運的悲喜，很大程度上決定於自身思想性格的差異。茅盾將自己塑造的時代女性分爲軟弱型、剛毅型、特異型，其區分的依據主要就是她們對待人生道路上困難、挫折、失敗的態度。由於這方面態度的差異而命運各不相同。靜女士、方太太、環小姐、張女士、瓊華、林佩瑤等，由於受舊的傳統、觀念、習慣的影響太深，由於思想單純，性格軟弱，遇事優柔寡斷，以致面對複雜的社會，碰上挫折和失敗便易於煩惱、幻滅，止步不前，甚至自殺以求解脫。而嫻嫻、桂奶奶、梅行素、嚴潔修、蘇辛佳等，由於不斷擺脫傳統觀念和習慣的束縛，大膽，倔強，而且敢於面對現實，善於總結教訓，悟出人生道理，所以，就能正確對待失敗和挫折，變被動爲主動，逐步把握自己的命運，一往直前。她們有的較少煩惱，有的雖有煩惱，卻能及時排除，她們越來越接近自己的追求目標，並從而不斷完善自我。至於慧女士、孫舞陽、章秋柳、趙惠明等，則介於兩者之間。她們很少舊的思想束縛，潑潑辣辣，無所顧忌，就此而言，她們與軟弱無緣，絕對剛毅。然而，她們感情浮動，激烈得快，也頹廢得快，猶如鋼化玻璃，雖然堅硬，卻一遇碰擊就易破碎。她們精神上易於崩潰，就此而言，她們剛而不毅，堅而又脆。她們雖然敢於涉世，而且總結人生，然而，往往引出消極教訓，走向極端，變態。她們就是這種剛毅與脆弱的混合物，痛苦地存在於剛毅與脆弱之間。她們的人生追求，無論是婚戀還是事業，都毫不例外地告吹，至於精神和心靈的傷痛更是難以言狀。茅盾試圖通過三種不同類型的女性描寫告訴人們一個深刻的人生哲理：對光明的、向上的人生追求，固然需要社會提供必要的條件，然而，追求者自身良好的思想素質更是這種追求成功的關鍵，否則就把握不了自己的命運。

二、「命運注定了要背十字架」

　　民族資產階級與時代女性不同。他們已不是某一社會階層，而是作爲一

個全新的階級卓立於中國社會，與長期以來僵守於中國社會統治地位的封建階級相比，充滿了生命力。他們追求的不是時代女性那種精神上向上、向善的人生價值，而是發展足以體現這個階級生命力的經濟實力，具體地說，他們要積累資金，發展實體，擴大產品市場等等。爲此，他們在不同時代作了不懈的努力。

《霜葉紅似二月花》儘管只是未完成的多卷本長篇巨著中的第一部分，許多矛盾尚未得到充分展開；儘管作者未能將王伯申推至全書矛盾的尖端，以致影響了這個人物的行動目標、思想性格的展示，然而，我們從現有的描寫中已經不難發現二十年代中國民族資產階級力圖發展的許多信息與特點。

王伯申與他的父親生活在新舊並存、新舊競爭的年代，一方面封建勢力還十分頑固，雖然有張恂如這樣的封建大戶沒落，但是，仍然有如趙守義這樣的封建地主繼續發跡，另一方面民族資本主義正以引人注目的勢頭崛起。在這樣的年代，王家父子頗有適應新潮、發展自己的能耐。聽聽張家幾代人的議論：「王家兩輩子，人都精明」；「王伯申的老子實在能幹」；「王家三代到如今的伯申都是精明透了頂的，只有他家討別人的便宜，不曾見過別人沾他家的光」；「王伯申現在是縣裡數一數二的紳縉了」。值得注意的是，王伯申不是因襲趙守義那種土地主的盤剝模式，而是適應時代潮流，大力發展資本主義經濟。他利用家鄉經濟比較發達的優勢，選中了中國民族企業中最早興起的航運業，創辦了惠利輪船公司，精心經營，已初具規模。這不僅壯大了王伯申自己，「賺進一大筆錢」，而且振興了當地的市面，使上海市面新巧的東西及時引來縣城與鄉間。王伯申並不以此爲滿足。作品所寫的是他在此基礎上爲進一步發展自己的事業所作的不懈努力。他想方設法增開航班，尤其爲擴充資金，竟敢於選中封建勢力的代表人物趙守義爲目標，一心啓用趙守義所掌握的地方公款，創辦新的實業——貧民習藝所。王伯申頗有心計，善於借用各種社會力量打開自己的局面。他大造輿論，聲明他創辦輪船公司是「服務桑梓」，籌辦中的貧民習藝所也屬社會公益。他深知不宜樹敵過多，根據趙守義同盟中各類人員的特點，分化瓦解，各個擊破：對本意爲公、多少有幾分傻勁的朱行健和錢良材，或登門拜訪，或特意宴請，一一當面解釋；對「趙守義夾袋裡的人物」出爾反爾的縣校校長曾百行，則揭露其桃色醜聞，將其搞臭；對主要對手趙守義，則向官方上告其高利盤剝，吞人良田，誣陷良民。爲了打擊對手，爲了自己公司的輪船暢通無阻，他甚至串通縣警署的高署長、

李科長，動用武力鎮壓鬧事鄉民。王伯申還深知廣結社會名流的重要性，強令兒子民治娶馮梅生妹妹馮秋芬爲妻，因爲馮梅生的伯父馮退庵是稱霸上海的「馮買辦」，而且秋芬又認馮退庵的二姨太爲乾娘。王伯申思想解放，傾心於外國教育，打發民治赴日留學吸收新知，以適應新的時代潮流。總之，王伯申追求的目標及其手段、方式，無不抹上資本主義的色彩。這一切，儘管伴隨著資產階級唯利是圖的階級屬性，儘管還顯示出中國民族資產階級特有的軟弱和初創階段的稚嫩，然而，卻顯示著新興階級的雄心和活力。

歷史進入三十年代，中國民族資產階級已有相當實力，在當時中國最具現代色彩的大都會上海已成爲舉足輕重的社會力量。《子夜》中裕華絲廠老闆吳蓀甫便是他們中的佼佼者。無論是發展資本主義的目標還是實現這一目標的實力、手腕、方式、決心、毅力等等，吳蓀甫都遠遠超過了二十年代江南縣城小小的輪船公司經理王伯申。他以西方資產階級爲榜樣，雄心勃勃，「像頭搜食的獅子」，「渾身充滿了大規模地進行企業的活力和野心」，一心創建吳記托拉斯。他把理想的觸角伸向四面八方，同時拉開幾條戰線。首先抓工廠。這是他的理想所在。在裕華絲廠，他延長工人工時，剋扣工人工資，並破格提撥精明強幹的親信，強化經營管理。爲了擺脫金融界對工業界的經濟鉗制，他與同仁孫吉人、王和甫等人組織實業界銀團益中信託公司，作爲發展工業的經濟後盾，並趁人之危廉價併吞八個小廠。他自己還略施小計，單獨收買了陳君宜的綢廠和朱吟秋的絲廠。其次，投資農村。他在家鄉雙橋鎮，苦心經營，試圖把那裡建設成爲吳記「雙橋王國」，作爲上海吳記總店的分店。吳蓀甫本來專注於實業活動，不屑於買空賣空的投機交易，可是，爲了給自己的實業提供更多的資金，他竟然違背初衷，冒險開闢了第三條戰線──公債交易。他加入了趙伯韜一手策劃組織的公債秘密公司，從此在這條戰線上越陷越深，難以自拔。就這樣，吳蓀甫把農村和交易所當作兩個重要的經濟血庫，爲他工業戰線源源不斷地輸送經濟血液。吳蓀甫信心百倍，腦際不時浮現他苦苦追求的理想的工業王國的藍圖：「高大的煙囪如林，在吐著煙；輪船在乘風破浪，汽車在駛過原野」，幾個工廠的產品，「燈泡，熱水瓶，陽傘，肥皂，橡膠套鞋，走遍全中國的窮鄉僻壤！他們將使那些新從日本移植到上海來的同部門的小工廠都受到一個致命傷！」爲了這一目標，吳蓀甫眞可謂全神貫注，全力以赴，敢作敢爲，剛毅果斷，表現出十八世紀法國資產階級上昇時期的英雄性格。

隨著歷史的推移，日本帝國主義對中國發動了瘋狂的武裝侵略，國民黨政府對內統治越發腐敗，對日抵抗消極無能，日本投降以後再次挑起內戰。在這樣的年代，民族資產階級已難以生存，還談何發展？然而，他們卻仍然渴望擺脫困境，有所作爲。有的如《第一階段的故事》中橡膠廠老闆何耀先丟掉「主和」幻想，力主「本位救國」，決心應戰時所急，「把他的橡膠廠弄得再好些」，有的如《鍛鍊》中國華機器廠廠長嚴仲平、《清明前後》中更新機器廠廠長林永清，爲適應戰時形勢，歷盡艱難將工廠遷到內地。他們一方面以實際行動支持抗戰，一方面把振興實業的希望寄託於民族的解放。

中國的民族資產階級是個複雜的社會力量，而且從他誕生的那天起，在不同的歷史階段對人民的態度各不相同，但是，他們爲發展民族工業的努力卻堅持不懈，始終符合人民的利益，體現了社會發展的方向。茅盾充分肯定了他們這種理想的正義性，讚揚他們從二十年代至四十年代爲實現這種理想所作的艱苦卓絕的努力。如果我們聯繫茅盾筆下封建地主階級逆歷史潮流而動的頑固面貌，對照買辦資產階級背叛民族利益的醜惡行徑，那麼，茅盾對民族資產階級理想的肯定，對他們爲實現這種理想所作努力的讚揚，就更爲明顯。

中國有句俗話：「事在人爲」。這是著眼於主觀意志。中國還有句俗話：「天時、地利、人和。」這是從客觀環境和條件而言。對一個階級來說，事業的興旺發達與否，命運的有幸與不幸，很大程度上受制於所處的時代，國家的自然條件，與其他社會政治力量的關係。茅盾更醉心於從這個角度來表現民族資產階級的時代命運。王伯申、吳蓀甫、林永清等人儘管發展民族工業的努力持之以恆，儘管這種努力符合民族的利益和社會發展的動向，然而，他們生活在半封建半殖民地的舊中國，而且遇上動盪不定的年代，可以說，天時、地利、人和三者無一具備，他們即便是英雄也無用武之地。茅盾在一系列作品中以極其生動的情景反覆表明，這個謀圖發展的新興階級「命運注定了要背十字架」。

本來，中國地大物博，爲發展民族工業儲備了充裕的先天條件。然而，由於中國的封建統治長達兩千年之久，形成了根深蒂固的、分散落後的小農經濟的格局，這就給大規模地發展現代化的民族工業設下了重重障礙。茅盾構思《子夜》的最初提綱中，原擬通過一個人物的口揭示這個嚴峻的現狀：「我們中國的資產階級有什麼祖宗遺產呢？數千年來所積累的剩餘勞動現

存的形態是堤防、運河、萬里長城，以及無數祠堂、廟宇。我們太貧乏了，不能與外國比。」〔註5〕這一設想雖然在《子夜》中未能出現，然而後來在《霜葉紅似二月花》中卻得到了生動的描寫。梁子安不愧爲王伯申輪船公司帳房兼庶務，頗能理解公司的苦衷，在解釋公司爲何「水漲船高」（即輪船票因河水上漲而提價）的原因時正色地說：「你們想一想，我們這一路河道有多少橋？這些古董的小石橋平時也就夠麻煩了，稍稍大意一點，不是擦壞了船舷，就會碰歪艄樓，一遇到漲水，那就——嘿，簡直不大過得去。公司裡幾乎天天要賠貼一些修理費。請教這一注耗費倘不在票價上想法可又怎麼辦呢？」正如地方閒散紳縉朱行健所說：「治本之道，還在開浚河道，修築橋樑。但這一筆錢，自然可觀。」

　　中國長期的封建統治留給民族資產階級的不僅是以古老的淺河、小橋爲象徵的封建的經濟格局，而且有古董式的封建的政治格局，這更是民族資產階級前進道路上的攔路虎。正如茅盾所說：「老處女的中國受了帝國主義經濟侵略的強姦以後，肚子裡便漸漸孕育著半殖民地的資本主義的胎兒了。數千年的『道統』已經漸漸失去治國平天下的效能，反而成爲阻礙『新胎兒』發長的桎梏。」〔註6〕從十九世紀末起，在中國這個古老的國度裡，無論是資產階級改良還是資產階級革命，都遇上來自封建堡壘的強大阻力。《霜葉紅似二月花》中錢良材的父親錢俊人「便是個新派的班頭，他把家財花了大半，辦這樣，辦那樣……到頭來，還是一事無成」，他深感中國去舊政、行新政之艱難。他說，從戊戌以來，「我們學人家的聲光化電，多少還有點樣子，惟獨學到典章政法，卻完全不成個氣候」。難怪朱行健斷言，王伯申雖然能辦輪船公司，然而，想標新立異學習西方典章法規，觸動封建地主的權益卻未必得心應手。不出朱行健所料，王伯申企圖動用地主趙守義控制的善堂公款創辦貧民習藝所和修挖河道，不僅未能動其一款，反而惹出諸多事端。趙守義這個封建統治的代表人物，思想反動而又頑固，視一切新的思想學說如洪水猛獸，他不僅殘酷盤剝、欺壓農民，而且千方百計阻撓新興民族資本主義的發展，在與王伯申的鬥法中充分暴露了封建勢力逆歷史潮流而動的本質。他大造輿論全然否認王伯申所辦事業對開發、活躍鄉里的積極作用；他竭力主張由王伯申出資疏通河道，而自己掌管的善堂公款卻一毛不拔；他指使縣校校長曾

〔註5〕　《我走過的道路》（中）。
〔註6〕　《關於「創作」》，《茅盾文藝雜論集》（上）。

百行出爾反爾誣告王伯申侵佔學校場地；他唆使地主曹志誠煽動農民鬧事阻擋王伯申公司輪船通航以致釀成人命慘案；而後他卻大肆活動對王伯申連告三狀：死者父親祝大告其主謀行兇殺人；曹志誠牽頭以全體村民名義告其淹毀農田，激怒民眾，蒙蔽軍警，行兇殺人；他親自出面告其違反航規，釀成災荒，並活動省城劉舉人電告縣裡要求嚴懲肇事者。總之，趙守義決意將王伯申這個新的暴發戶扼殺在搖籃之中。

如果說《霜葉紅似二月花》所描寫的主要只是以趙守義為主的幾個封建地主與民族資產階級的抗衡，顯得比較單一的話，那麼，到了吳蓀甫年代，民族資產階級面臨的已是一個由帝國主義、官僚資產階級、封建地主階級結成的頑固的反動聯盟。吳蓀甫說得好：「只要國家像個國家，政府像個政府，中國工業一定有希望的！」可是，他偏偏沒有遇上這樣的國家和政府。1927年蔣介石建立政權以後，雖然曾一度表示扶植民族資本主義的發展，然而，很快便暴露了其治國無能，政權腐敗，特別是以蔣介石為首的各路軍閥連年內戰，使政局不定，經濟衰敗，民族資本主義完全失去振興和發展的社會環境。再則，國際上爆發了世界性的資本主義經濟危機，這些國家將損失轉嫁他國，地大物博、人口眾多卻又貧窮落後的中國便成了他們重要的掠奪對象。於是，他們向中國大肆傾銷商品，巨額投資，國內官僚資產階級便成了他們的代理人。吳蓀甫在這樣的國際國內的逆境中為發展自己的事業而擺開的幾條戰線不僅無法出擊，反而反過來包圍了自己，他「腳底下全是地雷，隨時會爆發起來，把你炸得粉碎！」首先，由於內戰不息，政府腐敗，導致農村經濟破產，農民暴動，使吳蓀甫在雙橋鎮的企業遭到致命的衝擊，這就搗毀了他上海吳記總店一個重要的經濟血庫。其次，由於洋貨充斥市場，由於農民破產失去購買力，吳蓀甫工廠的產品銷不出去，當初為發展自己而併吞過來的那些工廠竟成了脫不得、穿難受的「濕布衫」。為了擺脫這種困境，吳蓀甫加緊對工人的剝削，卻又導致工人怠工、罷工。工廠是吳蓀甫事業的中心戰場，工廠的衰敗、失控、癱瘓，從根本上動搖了吳蓀甫事業賴以存在的基礎。第三，吳蓀甫投身公債交易，本意是為充實自己企業的資金，豈料這一戰場的開闢反而使他自投羅網，遇上了難以制勝的對手趙伯韜。趙伯韜這個厚顏無恥的帝國主義的掮客，以雄厚的外資為後盾，操縱金融市場，扼殺民族工業，他堅信：「吳蓀甫拉的場面愈大，困難就愈多！中國人辦工業沒有外國人幫助都是虎頭蛇尾。」他驕狂欺人：「吳蓀甫會打算，就可惜還有我趙伯

韜要故意同他開玩笑,等他爬到半路就扯住他的腿!」,「一直逼到吳老三坍台,益中公司倒閉!」吳蓀甫為實現自己的理想,像一頭獅子竭盡全力,多方拼搏,而趙伯韜擺出一副流氓相,狂笑著幹了一系列故意刁難吳蓀甫的勾當,在吳蓀甫的事業道路上設下重重陷阱,使敢於冒險的吳蓀甫越陷越深,在他的狂笑聲中傾家蕩產。

舊中國民族資產階級不僅因國家不像國家、政府不像政府而起步艱難,難以騰飛,而且從三十年代中期起還遭受日本帝國主義侵略戰火的破壞,半個多世紀以來慘澹經營的民族資本主義雪上加霜。面對侵略炮火,許多民族資本家出於愛國願望響應政府號召,將工廠遷向內地。《鍛鍊》中的嚴仲平、《清明前後》中的林永清就是其代表。不過,將一個工廠的設備、人員長途跋涉遷到內地決非易事,何況在戰火之中。難怪嚴仲平曾在「遷」與「不遷」之間猶豫徘徊。嚴仲平國華機器廠總工程師周為新指導工人拆卸機器,敵機在頭頂穿梭嘶吼,工廠總庶務蔡永良帶隊押船內遷,一路上不僅生活艱苦,航道堵塞,而且不時受到敵機的狂轟濫炸,能否順利到達內地難以預測。林永清的更新機器廠好不容易遷到內地,迎接他的是什麼呢?聽聽林永清的苦衷:「統制管制,抽乾了我的血,飛漲的物價,高利貸,壓得我們喘不過氣來。」他不得已「飲鴆止渴」,冒險參與黃金投機交易,結果落得個名敗財空的結局。然而,那些「不官不商,亦官亦商」的人們,卻神通廣大,從中牟利。「政治不民主,工業就沒有出路」,林永清從痛苦的教訓中發出的肺腑之言與吳蓀甫「國家像個國家、政府像個政府」的渴望乃同一感受。

從王伯申到吳蓀甫到林永清,儘管他們處在舊中國的不同歷史階段,所面臨的具體矛盾各不相同,然而有一點卻是相同的,那就是他們都生不逢時,時代與社會未能為他們提供用武之地。主觀願望與客觀條件相去甚遠,從這個意義上說,舊中國民族資產階級謀求發展的理想和努力是不合時宜的。然而,茅盾卻並未像當年賽萬提斯諷刺在幻想指導下蠻幹的堂·吉訶德那樣,嘲笑這個階級的種種努力。茅盾一方面同情、肯定他們理想的合理性、正當性,另一方面竭盡全力表現客觀環境和時代給他們的事業設下了重重障礙以及由此而造成他們歷史命運的悲劇性。茅盾的心境是沉重的。

三、「單靠勤儉」,「熬到背脊骨折斷也是不能翻身的」

在我們分析了時代女性和民族資產階級的人生追求和歷史命運以後,再

來看看農民。農民，既不具有時代女性那種優裕的家境和知識文化，懂得那些對他們來說多少有點玄乎的人生要義，又不像民族資產階級那樣是個新興的階級，一心發展和振興自己的階級實力。就茅盾所側重描寫的對象來看，他們大多是處於社會底層的貧困農民，祖祖輩輩受盡了封建剝削。他們所追求的是人生第一要義：生存。他們大多像《當鋪前》中的王阿大那樣，肚子早已餓癟，只能收拾幾件近於破衣爛衫典當度日，即便如「農村三部曲」中的老通寶，雖然曾有過「光榮的過去」，曾做過發財的夢，然而，目前他苦苦追求的是一家老小活下去。

對這批土生土長的農民來說，傳統的求生手段無非是靠自己勤勞的雙手拼死拼活地勞動奪取豐收。無論是這種信念還是實踐這一目標的能耐和毅力，老通寶都是傑出的代表。儘管他的家產由大變小，由小變了，由了變虧，然而他仍然在這一信念鼓舞下，不惜忍痛借下高利貸買桑養蠶，帶領全家老小節衣縮食，展開了一場出色的春蠶大搏鬥。春蠶豐收成災使老通寶的精神和健康受到沉重的打擊，然而，他卻在這一信念的誘惑下又掀起了一場秋種大搏戰。老通寶身上凝聚著中國勞動農民祖祖輩輩節儉勤勞創造生活的傳統美德。

不過，作者的主要用意並不在於頌揚中國勞動農民的這種美德，而是表現農民這種奮鬥的反常結局——豐收成災，並進而探究造成這種悲劇的社會原因。對這個複雜的社會現象，社會經濟學家無疑會作出精闢的解釋，不過，與生活搏鬥了一輩子的老通寶倒也自有獨到的感受。春蠶大搏鬥前夕，他在塘路邊眯著眼睛看桑，一幕幕往事引起他對自己家業衰敗原因的思考，結論是「銅鈿都被洋鬼子騙去了」；五年前上任的「新朝代」「不喊『打倒洋鬼子』的口號了，而且鎮上的東西更加一天一天貴起來。派到下鄉人身上的捐稅也更加多起來。老通寶深知這都是串通洋鬼子幹的」。老通寶不愧為生活的積極投入者，切身的感受告訴他，國內當權者與帝國主義互相勾結，加緊對老百姓的掠奪，於是，物價上漲，捐稅繁多，這便是農民日趨貧困的真正的原因。雖然老通寶對個中奧秘自感「不很明白」，然而，作者通過具體的藝術情景對此作了極為生動、細緻而且深刻的描述。

在揭示中國農村經濟破產的社會原因時，茅盾有一獨特而且一貫的思路，那就是城市資本主義經濟無情衝擊農村小農經濟。小說《春蠶》、《當鋪前》、《霜葉紅似二月花》，散文《故鄉雜記》等都描寫到洋火輪衝擊農村河岸，

淹沒良田，甚至釀成人命大案，這洋火輪便是資本主義經濟的象徵。如前所說，作者描寫民族資產階級與封建地主、帝國主義、買辦資產階級的矛盾衝突時，充分肯定了民族資產階級的正義性，同情他們處境、命運的不幸。然而，一旦涉及到包括民族資產階級在內的城市資產階級與勞動農民的關係，作者往往將同情投向後者，城市資本主義便成了損害農民利益的禍星。這裡反映了茅盾思想情感上的複雜性和某些失誤。從社會發展的觀點看，落後的小農經濟在新興資本主義經濟的衝擊下瓦解是十分複雜的社會現象，一方面不可避免地給農民帶來某些暫時性的災難，另一方面卻有助於解放農村生產力，促進農村社會的發展。對此，茅盾同情農民在這過程中的不幸固然無可指責，然而，對落後的小農經濟在新興資本主義經濟衝擊下的瓦解表示惋惜，卻多少表現了某些落後的民粹意識。

人們幾乎公認，同樣表現農民命運，魯迅側重於揭示他們的精神創傷，茅盾則側重於描寫他們的經濟破產。這一看法概括了這兩位現代小說大家處理農民題材的重要特點。但是，這並不等於說茅盾沒有注意對農民精神世界的揭示，恰恰相反，在他為數有限的幾篇農民題材小說中，對農民的精神面貌作了持續不斷的探索，成為表現農民命運的重要方面。茅盾著重考慮的是：農民面對日趨嚴重的經濟破產持何種人生態度。對此，茅盾的感受與描寫有一個發展變化過程。

《泥濘》是茅盾創作生涯中第一次正面描寫農民的作品。當時他遠隔重洋，避難於日本京都，對國內農民的生活和思想不可能有親身感受，可是他卻欣然下筆。這於本來專注於小資產階級知識分子的茅盾，不能不說是創作思想重要轉變的起點，在茅盾創作歷程中具有特殊意義。作品描寫 1927 年大革命失敗不久，國共兩軍一進一退拉鋸交替，在一個偏僻落後的村子引起的波動。它告訴人們，共產黨帶領農民翻身鬧革命，國民黨反動派新軍閥給農民帶來新的災難。這無疑是作品思想意義的重要方面。然而，作品刻意描寫的不是這事變本身，而是這一事變中農民的愚昧、麻木與無知。這個村子死氣沉沉，共產黨領導的游擊隊進村了，宣傳革命道理，發動群眾組織農民協會，群眾聽了「像是說夢話」，認為共產即「共妻」，於是一個個惶恐不安，閉門躲避。不久，游擊隊撤走，國民黨軍隊進村，槍斃了曾經為游擊隊開農民協會花名冊的黃老爹及其第三個兒子，並搶走了農民的豬和穀子。此刻，村民們才感到一切復歸原狀而鬆了口氣。這是全村的動向。再看作者主要刻

劃的黃老爹父子兩代人。黃老爹雖然對連年軍閥混戰憤憤不平，但是，他習慣的是「還是皇帝好」，把為農民協會寫花名冊當作「壞了良心天雷打的」罪孽，終日提心吊膽。小兒子老七與父親不同，被革命運動激起了極大興奮。但是，這是怎樣的興奮呢？「共產即共妻」這個愚昧觀念在他麻木的頭腦裡引起了邪念。他歪頭咧嘴，從游擊隊宣傳畫中白臂膊的姑娘，心領神會到「共也是好」，興奮地盼望「共妻」時刻的到來，以致與村上一夥人密謀，企圖把游擊隊中的女兵「共」來「樂」它一下。最後，父親與哥哥被國民黨匪軍殺害了，他躲進樹林幸免一死，然而此刻想的仍然是「張開兩條白臂膊的花紙上標緻的姑娘。昏迷中他的嘴唇翕動，似乎在說：『原來是哄人！他媽的！』」這是個觸目驚心的故事，帶有鮮明的政治色彩。將救星與造福者誤作禍害，引起恐怖，而對禍根與劊子手，因久遭其害反而習慣與適應，這是多麼可怕而又可悲的局面！黃老爹與老七這一老一少，在革命與反革命的交戰中，態度雖然不同，然而對革命的愚昧無知、混沌如「泥濘」，沒有半點區別。

　　這個僅僅四千餘字的不知名的作品，不禁使我們想到魯迅筆下一系列農民題材的小說，特別是《阿Q止傳》。茅盾在這個時候，對農民精神面貌的看法與早年魯迅有許多相似之處。他們思慮的中心是農民精神上驚人的病態；而且在考察這個問題時，都把它與現實生活中嚴峻的革命事件聯繫在一起，從而令人吃驚地顯示著教育農民問題的嚴重性。有意思的是，我們從老七身上看到阿Q的影子。他在革命高潮中，對革命的曲解，對女人的想入非非，與阿Q對革命的胡思亂想何其相似。兩位作家的筆觸又是同樣的嚴峻，毫不留情，就在這無情之中，深藏著作者對苦難農民「怒其不爭」的苦心。

　　農民問題是中國革命的基本問題，而嚴重的又是教育農民。這個問題直到今天仍然具有深刻的現實意義。但是，這個問題被兩位作家前後提出，其思想價值卻大不相同。《泥濘》反映的時代是 1927 年夏季，而《阿Q正傳》描寫的是 1911 年前後，這中間雖只相隔十多個年頭，然而跨越了兩個時代。阿Q面臨的是資產階級領導的舊民主主義革命，當時教育農民問題沒有引起革命黨人的重視；而黃老爹們經歷了無產階級政黨領導的第一次大革命，農民問題已經提到了革命的重要議事日程，農民運動已在許多地區轟轟烈烈地展開，教育農民的問題雖然嚴重地存在，但其程度、內容、形式都應有新的特點。然而茅盾提供的藝術情景與阿Q的時代沒有多大區別。人們可以發現，在這次動盪之前，大革命時代的浪潮絲毫也沒有波及到這個村莊，影響人們

的思想,村民們對革命全無所知,這不能不說是作者對時代特點理解的偏差。正如茅盾在《回憶錄》中自我剖析的:「這篇小說中的農民太落後了……即使到了三十年代中期,還有不少落後的農民,但同時有進步的農民,還有更多的處於兩者之間的農民,而且進步的帶動處於中間狀態的和落後的農民。可是《泥濘》寫的農民全是落後的,這就不合實際情況。」〔註7〕

這與作者當時的思想狀態有關。作者寫作《泥濘》,儘管開擴題材的願望是好的,但是,未能擺脫「對於大革命失敗後的形勢感到迷茫」〔註8〕的消極思想情緒。在這種消沉的心情下,孤獨的生活中,既不能客觀地把握當時光明與黑暗兩個方面,又不能預感目前暫時的黑暗將來可能向光明轉化的發展趨勢,於是更多地看到生活中的消極面,這是十分自然的事。同時,他避難異國,「離開劇烈鬥爭的中國社會很遠」,〔註9〕這篇小說是依據國內傳來的一些消息寫成的。「這又表示僅憑國內傳來的消息而沒有自己的對農村的觀察與分折而寫農村,是注定要失敗的。」〔註10〕我們雖然不能說《泥濘》全無可取之處,然而其思想上的消極偏見是十分明顯的。

時代在前進,茅盾在總結。至1932年,在他大規模地描寫社會現象的時候,農村題材再次出現,而且占重要位置,終於寫出了現代文學史上優秀的農民題材小說《春蠶》等「農村三部曲」。作品生動地描寫了帝國主義的侵略和國民黨新軍閥的黑暗統治導致農村經濟無法挽回地破產。從這方面說,它是我國近代農業興衰史上形象的記錄。但是,我們還應看到,作者所表現的農業破產過程,正是農民不斷覺醒的過程。從這一方面說,三部曲反映了作者對農民精神面貌新的探索,是我國近代農民思想發展史上形象的一頁。

此刻茅盾強調作者對於創作題材必須鳥瞰「縱」、「橫」,這正是他三十年代對農民命運探索取得重大突破的重要原因。茅盾對家鄉地區的農民自小有所接觸,特別是對他們經濟的凋敝有很深的瞭解,這與寫作《泥濘》時的耳食消息就大不一樣。同時,當時茅盾正著手於大規模地描寫中國社會現象,對中國社會各個重要角落——農村、鄉鎮、城市等,對中國社會許多階層——工人、農民、知識分子、民族資產階級、買辦資本家、城市下層人民等,都有較為廣泛的研究。對中國社會全面的考察,有助於他對農民命運準

〔註7〕 《我走過的道路》(中)。
〔註8〕 《我走過的道路》(中)。
〔註9〕 《我的回顧》,《茅盾論創作》。
〔註10〕 《我走過的道路》(中)。

確的把握。再說，二十年代末期關於中國社會性質的論戰，又有助於他從理性的高度認識當時中國社會的性質及今後發展趨勢。這樣，他便能廣闊的視野中考察農民的思想覺悟。我們可以清楚地看到，茅盾在三部曲中，糾正了《泥濘》中孤立靜止地看問題的片面性，追溯歷史，對農民的願望、情緒，尤其是他們面對災難的態度，作了深入細緻的描寫，既有歷史的深度，又有現實的廣度。因此，三部曲中的農民形象，不再是清一色的愚昧與無知，而有了豐富而眞實的社會內容。

與《泥濘》一樣，三部曲主要以一個家庭爲中心，寫了父子兩代人的思想狀況。父輩老通寶雖然與黃老爹一樣，同是思想守舊的老年農民，而且作者同樣以主要筆墨寫了他消極落後的一面，然而在他身上卻概括了三十年代老一代農民許多思想精神特徵。老通寶深受封建思想觀念的毒害，但又不失勞動人民的本色，思想與行爲都很矛盾複雜。他守舊固執，安分守己，習慣於古有成規，深信自己有經驗，把新情況、新思想當作大逆不道，一概排斥；他相信鬼神與天命。但是，他又不屈服於悲慘的命運，想努力擺脫，表現了驚人的毅力與勇氣。然而，他卻找不到正確的方式與途徑。他無視農民無法抗拒的破產現實，近於頑固與無知，可是又重於實際，在嚴峻的現實面前，不得不承認「銅鈿都被洋鬼子騙去了」，滋長了樸素的反帝情緒。作者從許多側面細膩地描繪了這個老農的思想與心理。作爲老一代農民，老通寶比黃老爹更有典型意義。老通寶形象的成功，當然與作者出色的藝術處理有關，但也決定於茅盾對三十年代農民精神面貌全面而深刻的體察。

三部曲對農民精神世界揭示的豐富性與深刻性，還在於反映了農民的覺醒。這種亮色更是《泥濘》中絕對沒有的。這突出表現在多多頭形象的塑造上。老通寶與多多頭最根本的區別在於，前者因受舊的思想習慣的束縛，無法認識自己的命運，不能選擇正確的生活道路，而後者已從舊的精神枷鎖中解脫出來，以新的眼光總結歷史教訓，看待現實處境，選擇新生活的道路。在多多頭眼裡，「單靠勤檢工作，即使熬到背脊骨折斷也是不能翻身的」。所以，儘管他在父親帶領下也拼命幹活，但從來沒有藉此改變自己命運的奢望，因此沒有老通寶那種唯恐失敗的後顧之憂。他無憂無慮，整天輕鬆愉快笑嘻嘻，並爲父輩們的執迷不悟而暗自好笑。由於他很少舊的思想束縛，就易於接受外界新動向的影響，敢於反抗，尋求新的出路。這在老通寶的眼裡是絕大的罪惡，恨不得活埋這個「地痞胚子」，可是在多多頭心目中是一曲歡樂的

歌，越唱越興奮。你聽：「去吧！阿四呢？還有阿嫂？一夥兒全去！」「哈哈！你就是什麼眞命天子麼？滾你的罷！」作者刻劃多多頭的反抗叛逆性格，特別注意歷史的影響。遠的，有五六十年前「長毛」造反，這是我國歷史上規模最大的自發的農民造反運動；近的，有四、五年前，大革命時期「打倒土豪劣紳」，這是中國共產黨領導下史無前例的有組織的農民革命運動。老通寶說：四、五年前「打倒土豪劣紳」的時候，多多頭就按捺不住玩弄「長毛刀」；今天，他的行徑活像「長毛」了；而且，「別處地方鬧『長毛』，鬧了好幾年了」。可見，歷史上農民的革命造反精神在召喚著三十年代農民走反抗鬥爭的道路。多多頭思想是我國歷代農民反抗鬥爭精神在新的歷史條件下的發展。茅盾在自剖《泥濘》不足時說：農民中向來有先進、落後與中間狀態這三種人，而先進的會帶動中間的與落後的。多多頭形象不單體現了農民先進的一翼，而且生動地顯示了先進帶動中間、推動落後的這一生活眞理。開初，多多頭的言論與想法，在全村不僅沒有市場，而且顯得怪僻，不合正道。可是春蠶的大失敗卻證明這個古怪的小夥子竟是對的。因此在災民吃大戶搶米囤風潮中，他成了自然的領袖，陸福慶、六寶、荷花、李老虎這夥思想活躍的人都先後加入了他所率領的隊伍。老實多慮的阿四也接受這股潮流的影響，對妻子說：「有什麼法子？跟他們一夥兒去罷！天坍壓大家！」就連多多頭思想的冤家對頭老頑固老通寶，面對小兒子步步靈驗的作爲，也不時地懷疑：「當眞這世界變了？」斷氣之前朦朧地意識到還是多多頭想得對。這些動向說明，多多頭的思想發展反映了農民思想發展的歷史趨勢。多多頭形象的成就自然不能與現代文學史上一系列傑出的人物形象相提並論，與老通寶形象相比，也開掘不夠深刻，描寫不夠細緻動人，然而卻不宜低估。作者著墨不多，但一代新農民的思想、氣質十分鮮明，給整個故事帶來了新的氣息。它標誌著茅盾對農民精神世界中光明因素的重要發現，給我們現代文學增添了光彩。這樣有生氣的新農民形象，以前魯迅等人未能創造，在同時代的乃至四十年代短篇小說裡的新一代農民形象中，也無疑是數一數二的成功的形象之一。如果作者在《秋收》與《殘冬》中，對多多頭也能像《春蠶》中刻劃老通寶形像那樣，集中筆力精雕細刻，那麼這個形象一定更有血肉。

　　繼「農村三部曲」以後，茅盾對農民的精神世界還有新的探索，1936 年寫的《水藻行》便是一例。這篇小說不像《泥濘》反映的是革命事件，也沒

有三部曲中複雜社會矛盾下重大的經濟破產和自發鬥爭,可以說是個三角戀愛故事。這個故事十分平凡,然而卻始終留在你的腦際,讓你思考,越想越多。它當然使你想到農民生活上的災難:賣柏子的錢,贖了冬衣,便缺油少鹽,鄉長又來逼債,並強令秀生拖著病體應徵築路。然而它使你想得更多的卻是農民的精神面貌。這個平凡的故事,首先讓我們看到貧困的農民在愛情生活中的追求與煩惱。戶主秀生體弱多病,而媳婦卻體格健壯,充滿青春活力,從丈夫那裡得不到所需要的一切,於是與健壯能幹的單身男子秀生的叔叔財喜保持著性愛關係。因此,秀生懷著「做開眼烏龜」的窩囊氣,而財喜與秀生妻陷入了深深的內疚,但又無力擺脫。作者為我們提供了複雜的生活現象。我們說,純潔的愛情,並不等於男女肉體的結合,男女雙方體格是否勻稱,對有些人來說與愛情不產生影響,但是,在許多人之間,卻理所當然地成為建立與維繫愛情的必要條件。秀生妻與財喜的性愛關係,按傳統的家族道德觀念理應受到指責,可是,在那個時代,在這個具體家庭環境裡卻勢在必然。他們三人不可能得到更愉快、和諧的愛情生活。這種農民之間樸素的帶上野氣的性愛關係,在「農村三部曲」中多多頭、六寶、荷花之間已有所透露,這裡作者正面加以描寫,反映了農民感情生活的一角,從一個側面展示了農民精神領域中的細微末節。

這個平凡的故事讓我們真切地感到農民樸素而深厚的階級情誼。這一家可憐的三口子之間,儘管存在難以解脫的矛盾,令人傷心、煩惱,然而他們卻都懷有一顆善良的心,相依為命。財喜與秀生妻深深關切著秀生的身體、生活與精神上的痛苦。為了賠償秀生精神上的損失,妻子辛勤操作,並忍受丈夫的凌辱,財喜更是用出類拔萃的勞動來維持這苦難的一家。他們的相愛,給秀生增加了精神痛苦,可是他們對秀生的關懷與照顧,又給秀生溫暖和安慰。他們與秀生之間,兒女情與階級愛難以統一,形成了複雜的矛盾關係。我們一方面有理由指責他們的亂倫關係,但是另一方面卻又不能不為他們對秀生樸實而真誠的體貼與關心而感動。

這個平凡的故事還使我們想到,農民面對苦難,有著頑強不息、樂觀進取的精神。生活的貧困、生活的重擔、階級的壓迫,加上愛情的煩惱,紛至沓來,他們感到這些重壓。可是他們沒有垂頭喪氣,失去生活的信心。特別是財喜,他高大的身軀,厚實的胸膛,鐵桿般的臂膀,愉快的眼光、還有勝利的笑聲與歌聲,證明他胸中有團火,渾身是力量。他很機靈,有辦法,生

產經驗豐富，勞動技能高超，敢於向貧困的生活挑戰、示威，信心百倍地衝破難關，創造生活。他既有老通寶的勤勞堅韌的品質和熟練的生產技能，又有多多頭無憂無慮、敢想敢幹、創造生活的野性和樂觀進取精神。在貧困的生活裡，他是一團火，給人鼓舞與力量。財喜所做的是那麼平平常常，但是，歷代勞動人民正是靠他這種能力與精神，在困難中生存、搏鬥與創造。

如前所說，《泥濘》中有尖銳的政治鬥爭，「農村三部曲」裡有重大的經濟破產和自發抗爭，而這裡只有普通農民家庭的日常生活。這篇作品的成功，說明茅盾對農民的精神世界有了更為深入細緻的體察，不僅擅長在重大事件中發現農民的思想與覺悟，而且善於從平凡的生活中透視農民的心靈。

茅盾涉及農民命運的短篇小說當然不只是上述幾篇，我們從以上有代表性的幾篇可以看到，他在展示我國近代農民的歷史命運時，一方面高瞻遠矚，表現了帝國主義和國內反動勢力如何扼殺農業的發展，導致農民的貧困與破產，另一方面又滿懷深情，表現了在這形勢下農民的願望和品德、愚昧與覺醒，乃至豐富的感情生活，表現這些思想和精神狀態與改變本階級命運的深刻關係。

四、一群「籠裡的獅子」

在我們分別考察了時代女性、民族資產階級、農民這三組人物的人生追求以後，發現一個十分引人注目的現象，那就是他們大多是生活的強者，勇猛的「獅子」。這不僅因為他們不屈服於時代、環境的擺佈，在人生道路上有強烈的追求意識，或追求積極的人生價值，或追求階級實力的發展，或追求生存，而且在於他們精明、強幹，才能出眾。由於社會地位、生活經歷、文化教養等等條件的差異，這種才幹與能力的具體表現各不相同。知識層次較高的青年，主要表現為思想敏銳，思維周密，判斷機警。他們對外界事態和人際糾葛特別敏感，感觸特深，有時以致難免猜忌和多疑。《蝕》三部曲中的時代青年，大革命的蓬勃聲勢和無為挫敗，在他們心靈上都激起強烈反響，他們興奮，幻滅，而又不時萌發新的希望。趙惠明置身魔窟，四面布敵，防不勝防，然而，她精於識別，行為果敢，穩於周旋，潑辣而又機警。老通寶、財喜這樣土生土長的農民，不可能具備知識青年那樣較高層次的思維能力，但是，他們有豐富的生產勞動經驗和堅韌不拔的精神，在他們的群體中是出色的「行家裡手」。老通寶對蠶事的策劃，財喜為多打蘆草所使的小計，

單從生產勞動的角度說無不精明而有效。林老闆是典型的小商，有的是豐富的「生意經」，且不說他與壽生商定的「一元貨」方案是何等高明，就說他在朱三太這塊舊的藍布手巾上萌發的生財的希望，也足以表明他有驚人的生財本領，倘有好的機遇，他的家產「雪球」一定會越滾越大，舊中國不少商業資本家發家史證明了這種生意經有極大的生命力。至於吳蓀甫這個比林老闆、老通寶們高出幾個檔次的工業巨頭，具有全面的強人才幹，他留過洋，學得西方資產階級上昇時期事業爆發的經驗，有實力，有手腕，有魄力，有心計，是公認的鐵腕人物。總之，無論屬於哪個階級階層，他們在同輩中都決非等閒之輩。而且他們不肯妄自菲薄，充分估計到自己才能的優勢，相信以這種優勢可以奪取勝利，所以對自己的追求和奮鬥常常充滿著信心。

我們之所以稱他們是生活的強者還在於他們都具有勇於實踐、敢於冒險的精神。他們不是空談家，而是實幹家。他們的人生理想不是空想，不是紙上談兵，目標一旦確定，便敢於付諸行動。他們習慣於果斷決策從實而行；疑而不決、華而不實的作風與他們無關。自私多疑的杜竹齋、油滑不實的「紅頭火柴」周仲偉等人理所當然地沒有資格進入強人家族，在吳蓀甫眼裡只能是窩囊廢。這種勇於實踐的精神，還表現為不以一次失敗而告終。他們不服輸，決心從困境中突圍，尋找出路，常常經歷多次幻滅，仍然堅持追求。為達到自己的奮鬥目標，總是精心組織一系列戰役，即便步步告急，還試圖奮力轉危為安；雖然也會出現氣餒、懊喪情緒，但不久又會燃起新的希望之火，重振旗鼓。老通寶春蠶大失敗，元氣未復又打響了秋種硬仗，吳蓀甫一次又一次調整自己的戰略戰術，便是他們的榜樣。由於自信好強，求勝心切，這種一不做二不休的強勁往往會化為破釜沉舟的冒險精神。林老闆「一元貨」的大拍賣，老通寶借債買桑葉，都帶有幾分冒險性。吳蓀甫與後臺強硬的趙伯韜鬥法，近於明知不可而為之，每一步計劃，每一個戰役，都是冒險行為，如腳踩地雷，最後，孤注一擲，傾家蕩產。趙惠明一個孤身女子，身陷魔窟鬥群魔，最後大膽為誤入歧途的人開闢一條逃離魔窟的生路，這種鋌而走險的行為唯女強人能為。

我們不禁要問：作者如此醉心於這類強人，用意何在？現實生活是萬花世界，作為生活主體的「人」，不僅品類繁多，而且同一品類也千差萬別，即便某一個人其性格也是由複雜因素組合而成。面對這樣的審美客體，每一個作家在審美活動中，都有意無意地按照自己特有的審美興趣與習慣去注意、

發現自己最感興趣、感觸最深的人物及其品格側面，並按照自己的藝術規範加以表現。

魯迅痛感中國長期來封建精神統治嚴重扭曲中華民族的精神面貌，所以，一生無情地解剖我們的國民性，在他塑造的眾多人物形象中最光彩奪目的是帶著深重心靈創傷以致麻木不爭的下層人民形象。作者一方面要人們痛恨封建精神奴役的罪惡，另一方面讓人們尤其是下層百姓從這些麻木愚昧者身上照見自己的精神病態，從而淨化自己的心靈。

與魯迅不同，巴金面對我們民族的精神病態，感觸最深的不是麻木愚昧，而是清醒的軟弱。周如水、高覺新、汪文宣等，他們內心何嘗沒有熱烈的追求，是非觀念也很清楚，然而對惡勢力和舊觀念，作揖，不抵抗，違心地屈從，無為地犧牲。巴金希望我們的民族增加「鈣質」。這種頭腦清醒的軟弱者形象在現代文學人物畫廊中放射出特有的光彩。

茅盾頗具藝術「野心」，面對人的萬花世界，自有獨特的思路和視角，對由誰在他構造的藝術舞臺上充當主角有著深刻的用心。恩格斯說：悲劇矛盾是「歷史的必然要求與這個要求的實際上不可能之間的悲劇性衝突。」〔註11〕茅盾筆下強人的追求目標是合理的，應時的，總體品格健全的，然而，卻偏偏為客觀實際所不容。種種積極的人生追求的結果，或在「火與血」的包圍中痛苦地呼喊；或家業倒閉，含淚外逃；或傾家蕩產，只差自殺；或重病一場，一命嗚呼，或在罪惡深淵繼續承受心靈的折磨。總之，任憑主觀的努力，都鬥不過嚴峻的現實，掌握不了自己的命運。他們縱然是「獅子」，但被囚禁在「籠裡」，他們大多是失敗的「英雄」。英雄而終於失敗，這種反差不僅增強了人物命運的悲劇意味，而且指引人們從強人所處的社會環境中去尋找釀成這種悲劇的主要原因。茅盾苦心經營所要顯示的是，吳蓀甫、老通寶、林老闆，還有那些女強人落得失敗的結局，主要不是因為自身品格的欠缺或追求目標的不合理性，而是由於他們生不逢時，社會現實未給他們提供用武之地。舊的觀念，邪惡勢力，階級壓迫，外來侵略等等，扼殺了他們正當的要求和積極的行為。強人是同類中的佼佼者，佼佼者尚如此，芸芸眾生則更不待說，所以，不管是弱者還是強人，他們置身在這樣的社會環境，人生不樂，命運可悲，是注定的。在廣闊的背景上，通過人物的時代命運，揭示社會的性質和矛盾，是茅盾的藝術「野心」。茅盾選擇生活的強者充當他藝術世界的

〔註11〕恩格斯《致斐·拉薩爾（1859 年 5 月 18 日）》，《馬克思恩格斯選集》第 4 卷。

主角，強化了這一「野心」的藝術效果。

　　然而，茅盾並非悲觀主義者。他表現英雄失敗的用意僅在於揭露時代和社會的弊端，而不是嘲諷個人主觀追求、努力的徒勞。茅盾一向激勵人們積極向上的進取精神。早從他叩響文學大門、舉起「為人生」的文學大旗之日起，就明確宣稱自己是「熱愛人生，迷信將來的人」，鼓吹「樂觀的文學」，他指出文學的使命在於「指導人生」。他認為現實生活中的人可分為三類，一類是落後守舊的，一類是勇敢進取的，一類是介乎兩者之間的。作者不僅要反映這三類人的現象，而且要「指出未來的希望，把新理想新信仰灌到人心中，這便是當今創作家最重大的職務」。對第一類人，應該描寫，但決不能「把忠厚善良的老百姓，都描寫成愚昧可厭的愚物，令人誹笑，不令人起同情」。作家應當盡力描寫勇敢進取者，表現他們不因受挫而頹喪的奮鬥精神。〔註12〕茅盾把自己的審美興趣投向生活的強者，盡力塑造強人形象，正是他對這種文學主張的刻意實踐。其實，民族的品格，本來就由多方面的因素構成，其中不乏對立的成分：進取與妥協，清醒與麻木、剛毅與軟弱、自信與自餒等等，作家可從不同角度入手，強調某一側面，達到淨化民族品格的效果。魯迅小說中麻木的「不爭」者，巴金筆下清醒的軟弱者，更多地體現了我們民族品性中消極屈辱的一面，作者用的是反面「激將法」，來呼喚我們民族的覺醒。我們從茅盾提供的強人身上，可以感受到一股強勁和潛力，一種抗爭、上進的勇氣，還有對未來新生活的渴望和信心。他主要著眼於我們民族品性積極、剛強的一面，從正面來激勵中華民族潛在的積極進取的精神。這也是茅盾熱心於塑造強人形象的主要用意所在。如果我們把魯迅、巴金、茅盾，還有其他許多探索民族精神世界的作家的作品擺在一起，那麼，必然構成對中華民族品格的綜合的考察。儘管這未必是茅盾的本意，但起碼有這樣的客觀效果。

〔註12〕 《創作的前途》，《茅盾文藝雜論集》（上）。

第六章　「立體的複雜性的活人」

　　描寫「時代舞臺的主角」，表現人物的時代命運，無疑能增強人物形象的時代感和思想容量，不過，這未必就將人物化爲活生生的藝術形象。對此，堅信「文學的構成，卻全靠藝術」的茅盾十分清楚。所以，他一方面刻意追求人物形象的時代感和思想容量，另一方面又要求自己將人物寫活，成爲「立體的複雜性的活人」。〔註1〕由於茅盾的作品常常以廣闊的社會、複雜的矛盾爲背景，這就有可能使他筆下人物的性格顯得更爲複雜，更具立體感，或者說，他爲了表現更廣闊的社會生活，就特別要追求人物性格的複雜性和立體感。「立體的複雜的活人」當然與前邊所說的選擇「時代舞臺的主角」、表現人物的時代命運有關，但是，更決定於一系列藝術處理上的問題。

一、「性格，是不是太單純了？」

　　正如我國著名美學家朱光潛說：「世間事物最複雜因而最難懂的莫過人……西方還有一句古諺：『人有一半是魔鬼，一半是仙子』。魔鬼固詭詐多端，仙子也渺茫難測。」〔註2〕我們並不否認生活中存在性格單一的人，更不排斥作家從某種需要出發突出人物某一主要性格，將其強調，甚至誇張到變異的程度，以致呈現性格單一的形態。不過，就總體而言，性格複雜的人物反映生活更眞實、更深刻，也更微妙，更有思想內涵。所以，中外許多文學大家都不主張把好人寫得絕對的好，壞人寫得絕對的壞，都特別讚賞那些性格複雜甚至「美惡並舉」的人物形象。茅盾創作伊始就充分注視了人與人的

〔註1〕　《創作的準備》，《茅盾論創作》。
〔註2〕　《談美書簡》。

千差萬別，注意人在不同情況下尤其是不同人際關係中的千變萬化，甚至表現出互相對立的性格因素。他在介紹自己的創作經驗時，一再提到要寫出人物性格的複雜性，要檢查自己筆下人物的「性格，是不是太單純了？」〔註3〕就茅盾而言，是否寫出性格的複雜性，是他能否將人寫活的關鍵。他創造的數百個人物形象中，尤其是數十個主要人物，凡能給人留下深刻印象的，其性格大凡有很大的複雜性。比如，章靜、孫舞陽、章秋柳、吳蓀甫、屠維岳、老通寶、林老闆、趙惠明等等，都不是簡單地用幾句話就能將他們的性格表述清楚的。

這些人物性格的複雜性，常見的表現形態是善與惡、強與弱的統一。他們大多既有嫉惡如仇、嚴肅正派、奮發向上、精明能幹等等人類的優秀品格，又有不少損人利己、不明大義、愚昧守舊、脆弱退讓等等人類所要揚棄的惡習和局限，他們中有的人從某種角度說是同類中的佼佼者，但從另一角度說，卻又讓人氣憤、憎惡。有的人儘管從總體上應予否定，然而，卻又不乏令人讚賞的能耐和才幹。總之，他們是善與惡、美與醜、強與弱的混合體。

學術界對吳蓀甫究竟是「民族資本家」還是「反動的工業資本家」的爭議主要來源於這種性格的複雜性。如果我們不從特定年代裡「資本家必然反動」等簡單化的概念出發，不偏信作者在這年代裡某些違背初衷的表述，而是從吳蓀甫這活生生的藝術形象本身出發，那麼，我們就很難對吳蓀甫從總體上作「反動的工業資本家」的結論。事實上，作者對吳蓀甫描寫最動人之處，不是他的反動性，而是他性格中那些善與惡、強與弱對立因素的並存。茅盾一方面充分肯定了吳蓀甫振興民族工業的雄心、壯志、魄力、手腕，吳蓀甫簡直是個英雄，但是，另一方面卻又冷靜地表現了他作為舊中國民族資本家在半封建半殖民地的國度中形成的消極的思想與性格，在吳蓀甫英雄性格的背後潛伏著深深的軟弱性、動搖性、乃至一定的反動性。這種矛盾的性格，在不同的問題上有不同的表現。在對待帝國主義、買辦資產階級的態度上，他一方面不服壓制敢於冒險，決一死戰，但另一方面卻又時時流露畏懼、自餒的情緒，甚至中途曾打算「投降老趙」。吳蓀甫的結局更是這種複雜性格的微妙反映。在趙伯韜步步為營之中，吳蓀甫不得不慘兮兮地頂出益中八個工廠，可是他卻仍然強作好漢，說什麼「能進能退，不失為英雄」，他寧願將這些工廠頂給英、日洋行會社而不盤給自己的勁敵、以美國金融集團為後臺

〔註3〕 《創作的準備》，《茅盾論創作》。

的趙伯韜。這裡蘊藏著失敗英雄的複雜心理。在對待軍閥的態度上，他反對內戰，渴望政治民主，「國家像個國家，政府像個政府」，以利民族工業的發展，可是，當他捲入公債投機活動以後，卻希望戰爭拖延，以便在內戰炮火中渾水摸魚，甚至與趙伯韜合夥出錢買通西北軍打敗仗，又勾結汪派政客唐雲山從香港販運軍火，支持西北軍延長內戰。在對待實業活動的態度上，他一方面主張走實業發家之路，與人合作爲發展民族工業牽頭奮戰，但另一方面一遇挫折，發展實業的熱狂就在他血管中冷卻，後悔當初不該從事實業，甚至把精力轉向公債投機。在對待工農的態度上，他不滿帝國主義、買辦資產階級的束縛，不滿國民黨治國無能，渴望發展民族工業，這與工農大眾的願望和民族的利益相一致，但是，他畢竟是個資本家，唯利是圖是他的屬性，這就決定了他要剝削工農大眾，而且在這特定的年代，他不可能與國民黨反動政府決裂，所以必然仇視共產黨領導的工農革命，這方面表現出明顯的反動性。在個人生活作風上，一般情況下他嚴肅正派，無心好色，但是，當他事業上失利，心情煩躁時，卻發狂地追求性的刺激，姦污女僕，玩弄交際花解悶。總之，吳蓀甫並非完美的英雄，總體上也不是反動的傢伙，而是個多種矛盾、對立性格因素的混合體，他不是某種觀念的載體，而是活生生的人。

茅盾自塑造吳蓀甫形象以後，又竭盡全力塑造了一系列民族資本家形象，數量上足以形成龐大的系列陣勢。儘管我們應當承認他們都具有這樣、那樣的思想和藝術成就，然而，遺憾的是沒有一個達到、哪怕接近吳蓀甫形象的藝術高度。很重要的原因就在於他們主要只是吳蓀甫形象所顯示的民族資產階級時代命運、本質特徵概念的重複，作家未能充分地寫出他們獨有的、鮮明的、複雜的性格特徵。比如說《清明前後》中的林永清，作者構思中他是個「倔強」的、「精明強幹」的人，目前「他內心的彷徨苦悶已經到了逼迫他非採取某一步驟不可的關頭了。兩者必居其一：拒絕誘惑而貫徹初衷呢，還是屈伏於誘惑之下？」〔註4〕假如劇本眞能充分地展現林永清這種「內心的彷徨苦悶」及其達到的近於極限的程度，那麼，雖然與吳蓀甫性格有某些重複，但也可能比目前更有活力，然而，我們從劇本的描寫中卻看不到林永清「倔強」、「精明強幹」的性格側面，而只覺得他面對變幻莫測的社會和魔鬼般的對手，缺乏自尊、精明、果斷，落得名、財兩空。儘管吳蓀甫同樣受騙，同樣慘敗，可是，他在受騙、失敗的過程中始終顯示出「英雄」本色，從某

〔註4〕《茅盾中篇小說選》。

種意義上說，吳蓀甫敗得痛快，而林永清敗得窩囊。

如果以寫出人物性格複雜性的標尺來衡量，那麼，茅盾筆下時代女性形象遠勝於民族資產階級形象，當然，吳蓀甫除外。茅盾將自己創造的眾多時代女性形象分爲幾種類型，我與有些學者進而將作者原來所指對象作了延伸，一直包括四十年代趙惠明等所有與時代關係密切的女性，所取的仍然是作者的思路。人們之所以習慣於這種分類，就在於他們確實分屬於差異明顯的性格類別，這本身就顯示出時代女性形象性格的複雜性，她們不是某一形象的重複。那麼，爲什麼這種類型化的人物幾乎個個生動感人？這是因爲每一類中人物的性格又各具複雜性。無論是軟弱型還是剛毅型或者是特異型，都不是某一「型」的概念的簡單的體現。她們儘管以某一「型」爲主要表現形態，但又不乏其它「型」的某些品性，眞可謂軟弱中有剛毅，剛毅中不乏軟弱。爲什麼時代女性中孫舞陽、章秋柳、趙惠明等特異型更有藝術魅力？是因爲她們性格中剛毅與軟弱、聰明與糊塗、進取與退卻、崇高與醜惡、乃至人性與「鬼」氣等等，多種對立因素的交織與轉換，既「特異」得令人驚訝，又理所當然，讓人信服。她們雖然「特異」，但又確是生活中的活生生的人。

茅盾創造的那些出色的、有分量的人物形象，大多帶有善惡並舉、強弱並存等特點。老通寶善良、忠厚、勤奮，但又守舊、固執、愚昧。林老闆本分而自私，敢練而膽小。屠維岳狡猾、狠毒，心懷鬼胎，玩弄權術，然而，多智善謀，精明強幹，比之膿包莫幹丞和草包錢葆生等人，屠維岳確有不少「美」的才幹，儘管這種才幹往往轉化爲「醜」的惡果。

以上說的是人物性格中同時存在多種互相矛盾的因素，這是從橫向側面保證了人物性格的複雜性。此外，茅盾還注意從縱向發展的角度寫出人物性格的發展和變化，防止人物性格的單一化。而這種發展與變化又往往與性格中對立因素比重的轉移聯繫在一起。這方面最爲明顯的是梅行素和趙惠明。對梅行素，作者有意要寫出她性格發展史。「五四」前後，她在家中反抗封建包辦婚姻，果斷，好鬥，天眞，任性；到了瀘州師範，不屈服於庸俗無聊的男女教員的糾纏和好色之徒、軍閥惠師長的算計，我行我素，帶有某種變態的報復；到了上海，她固有的好鬥、反抗精神更爲理智，轉化爲革命精神。很顯然，梅行素性格中積極與消極兩種因素同時存在，隨著她閱歷的加深，積極因素越來越占上風，她從小養成的「認定了目標永不回頭」的「向前衝」

的精神不斷發展而趨於完善。趙惠明誤入魔窟，充當魔鬼而又人性未泯，渴
望光明。不過，這人與「鬼」兩種因素的較量並非一直不分勝負。趙惠明在
執行魔窟任務過程中，對這魔鬼世界本質的認識越來越深，尤其是她深愛的
丈夫小昭被害，更使她人性猛增，最後終於決心脫胎自新。趙惠明經歷了一
個痛苦的心靈歷程。其實，人物性格縱向發展與變化在其他許多人物身上也
有不同程度的表現。吳蓀甫儘管「強」與「弱」兩種性格因素始終同時存在，
直到慘敗仍不失英雄本色，然而在這短短的兩個月中卻也顯示出躊躇滿志到
心灰意懶的縱向發展趨勢。老通寶儘管保守，頑固，習慣性地排斥新思想、
新事物、新秩序，但是，他並非頑固不化，臨死前懷疑多多頭的說法也許是
對的便是證明。林老闆在社會惡勢力的逼迫下走投無路，內心的不滿與違抗
情緒也在滋長，最後竟然封閉店鋪，一逃了之，這種舉動對這個一向本分、
謹慎的商人來說似乎有點出格，不過又勢在必然。

　　由於茅盾刻意追求人物性格的多種側面，又注意寫出這種性格的縱向歷
程，所以，這些人物的性格不是單一的、直線的、平面的，而是豐富的、複
雜的、流動的、立體的，這樣的人物是活的。

二、「心理解析的精微眞確」

　　如果說，「世界事物最複雜因而最難懂的莫過於人」，那麼，這人「最複
雜因而最難懂」的莫過於人的內心活動。人的內心活動是人的全部特徵的最
眞實、最微妙的反映和秘密所在。所以，離開了人物內心世界的刻劃，將人
寫活，必然是句空話。難怪黑格爾說，人物性格的刻劃「必須滲透到最複雜的
人類心情裡去」。〔註 5〕中外許多小說作家都擅長於人物的心理描寫，我國現
代小說名家魯迅、巴金、郁達夫、丁玲、老舍、張愛玲、錢鍾書等無不具有
高超的心理描寫的才能，茅盾也不例外。不過，心理描寫對茅盾來說具有特
別重要的意義，並形成有別於他人的特點。

　　茅盾在創作之前，對小說文體已有精深的研究。他將「心理解析的精微
眞確」作爲近代小說的重要特點之一，〔註 6〕而且認爲心理描寫「屬於高度技
巧的範疇」。〔註 7〕茅盾堅信文學的構成全靠藝術，而且，一向具有極大的藝

〔註 5〕　《美學》第 1 卷。
〔註 6〕　《近代文學體系的研究》。
〔註 7〕　《關於〈新水滸〉》，《茅盾文藝雜論集》（下）。

術「野心」和很強的精品意識，因此，在他自己的創作實踐中決不會放棄對「高度技巧」的熟練把握。處女作《蝕》三部曲問世，就顯示了「描寫偏重於心理方面」的顯著特點，儘管人們對它的思想傾向褒貶不一，但是，卻毫無例外地充分肯定了心理描寫的才華，連那位竭力批評者錢杏邨也高度讚揚作者「很精細的如醫生診斷脈案解剖屍體般的解析青年的心理。尤其是兩性的戀愛心理，作者表現的極其深刻」，〔註8〕還有人稱茅盾「是現代中國女子底心理底最好的描寫者」。〔註9〕而後，茅盾堅持把揭示人物複雜、微妙的內心世界作爲自己刻劃人物的主要目標。「心理解析的精微眞確」是他刻劃「立體的複雜性的活人」最得心應手、最具特色的藝術手段。

茅盾小說中有些次要人物，除了微妙的心理活動以外，很少其他外在的行動，然而，就憑這些心靈的活動已活現在讀者的眼前。比如，吳蓀甫太太林佩瑤，作者主要描寫她整天捧著雷鳴生死離別般的委託她保管的夾著枯萎玫瑰花的《少年維特之煩惱》而遐想，丈夫多次當場目擊而未能覺察其中奧妙。這個多次出現的典型細節傳遞出吳少奶奶難言的心靈信息：對充滿理想的青春年華的追戀，對當年志同道合的戀人經久不衰的深情，與丈夫心靈隔膜同床異夢的感情隱痛等等。再如四小姐蕙芳，作者每次落筆也總是洞察她最深層的心理活動，所以，儘管著墨不多卻頗有特色，令人難以忘懷。

茅盾不僅時時處處不放過一切機會剖析人物的內心活動，而且習慣於在關鍵時刻用較長的文字集中筆力揭示人物的內心活動，從而強化人物最具特色的性格。比如，這個四小姐蕙芳從墳墓般的鄉下封建家庭來到花花世界上海，很快失去了陪伴多年的僵屍般的父親這個精神伴侶，置身於時髦青年男女頻繁交往之間，很快，心理失去了平衡。對外界新的氣息，她想拒絕而不能，想接受而不敢，於是無所適從，心煩意亂，幾乎失去常態。這種心境經作者幾次點染逐步明朗。至十八章，作者不惜用二分之一以上的文字集中描寫蕙芳這種心境惡性膨脹，繼承父親遺教苦讀《太上感應篇》靜修，出現與單相思中的范博文在公園作愛失去寶貴處女紅的惡夢，埋怨家人將自己遺忘，巧妙「幽禁」，最後，經新女性張素素一番苦心開導、鼓勵、慫恿，終於懷著既好奇又忐忑的心情，被拉進了神秘的麗娃妲村的摩登男女群。通過這大段的心理描寫，終於出色地完成了蕙芳形象的昇華。又如經濟教授李玉亭

〔註8〕 錢杏邨《茅盾與現實》，莊鍾慶《茅盾研究論集》。
〔註9〕 楊昌溪《西人眼中的茅盾》，志英《茅盾評傳》。

奔走於吳蓀甫與趙伯韜之間，見風使舵，兩面討好，既擔憂失去一方，又伺機選定穩當主子。隨著情節的發展，讀者心目中這一印象逐步形成。至第十章，作者又用較長的一段文字描寫李玉亭在吳蓀甫客廳的複雜心理活動。那天，李玉亭來到吳公館，因一時無人接待，自疑遭到吳府冷落，於是想一溜了之，然而覺得這樣不辭而去恐怕欠妥。忽然大廳裡傳出一陣笑聲，在李玉亭聽來彷彿是說：「關在那裡了，一個奸細！」他心跳得卜卜的響，手指冰冷。於是產生一種變態心理：「既然疑心我是偵探，我就做一回！」正當他湊近大客廳門鑰匙孔去偷聽時，忽然又轉了念頭：「何苦呢！我以老趙的走狗自待，而老趙未必以走狗待我！」於是，頹然落在椅子裡。這般較長的心理剖析，對刻劃李玉亭的微妙性格有著畫龍點睛的作用。至於對那些主要人物，作者更是習慣於精心安排一系列較長的文字，有時甚至是完整的章節，一次又一次地揭示他們的內心秘密，或展示不同側面，或顯示不同進程，或揭示大處，或顯示了細部，這樣綜合起來就顯示出人物的全部心靈。

心理活動是人物主觀的、秘密的內心活動，從這個角度講，主觀性是其重要特點。但是，這種主觀的內心活動如果完全脫離外在的客觀世界，成為絕對的主觀的東西，那麼在文學作品中便失去了意義。優秀文學作品中的人物心理總是紮根於現實，反映客觀世界，「個別人物心靈中發生的過程乃是歷史運動的反映」。〔註10〕不過，不同作家的作品由於題材、主題、人物不同，由於反映現實表現時代的方式有直接與間接之分，所以，作品中人物心理的客觀性的強弱不等。茅盾堅信「文學是時代的反映」。他將這一基本觀念滲透到文學的方方面面，包括對人物心理的描寫。他認為，廣大讀者所渴求瞭解的是「此一時代社會各方面動態的心理」。〔註11〕在談及文學時代性的著名論文《讀〈倪煥之〉》中，曾批評「五四」以來一些作品描寫青年戀愛心理未能寫出這種心理的時代特點。茅盾在他自己的創作實踐中，由於熱衷於描寫直接反映時代的政治、經濟題材，提煉充分體現時代特點的主題，由於他集中精力描寫「時代舞臺的主角」，表現他們的時代命運，這必然使他那些全力描寫的人物心理具有特別強烈的社會性和時代性。

這些人物的心理，既不是遠離社會、超越時代的個人情思，也不是社會矛盾在人物心靈上間接的、曲折的、微弱的投影，而是特定時代重大社會矛

〔註10〕 普列漢諾夫《俄國批評的命運》。
〔註11〕 《對於文壇的一種風氣的看法》，《茅盾論創作》。

盾在人物心靈中直接的、強烈的反響，是個人的理想、願望、事業、命運與社會發生尖銳矛盾衝突所引起的激烈的心理活動，是他們所屬階級、階層共同的時代心理。茅盾之所以特別傾心於時代女性，就在於她們與時代結下了不解之緣，她們心繫時代。茅盾曾說《蝕》三部曲「要寫現代青年在革命壯潮中所經過的三個時期：（1）革命前夕的亢昂興奮和革命既到面前時的幻滅；（2）革命鬥爭劇烈時的動搖；（3）幻滅動搖後不甘寂寞尚思作最後之追求。」〔註12〕由於心理描寫是作者刻劃人物主要的藝術手段，人物鮮明而獨特的思想性格主要通過微妙的心理來體現，所以，從某種角度說，整個作品所展現的正是青年知識分子在大革命中複雜的心靈歷程，無論是亢昂、興奮還是幻滅、動搖，或者是變態的追求，都與大革命時代三個階段的政治鬥爭形勢息息相關，沒有這些鬥爭便沒有她們這些變幻多端的心緒。時代女性是如此，民族資產階級和農民也是這樣。吳蓀甫、林老闆、老通寶等人，都密切關注著外界事態的發展，他們時而興奮，時而懊喪，時而熱烈，時而冷寂，時而舒坦，時而緊張，這一切都隨著國內外的政治、經濟、軍事的動盪而變化，離開了時代的動盪，他們的心靈便成了一片空白，他們便不成其為活生生的人。

正由於茅盾筆下這些人物心理活動的動力全部來自時代，一刻也不離開時代，所以，人物的心理活動不僅是時代風雲在人物心靈所引起的反響，而且也真實地再現著時代風貌。時代的動盪是人物心靈活動的源泉，而人物變幻不定的心靈是照見時代面影的一面鏡子。我們從《蝕》、《虹》、《子夜》、《林家鋪子》、「農村三部曲」等作品中主要人物的心理活動，可以得到大量的時代信息。如果說，為全面把握這些作品所反映的時代面貌和動向，除了通過人物的心理活動以外，還需要借助於其他事態、人物動作描寫的話，那麼，人們通過趙惠明的心靈變化便能洞察《腐蝕》所反映的時代的全部真相。因為這是一部日記體心理小說，作品所寫的一切，包括事件、人物行動、環境、氣氛等等已統統化為日記主人最秘密的內心活動，離開了人物的心理活動，作品便不復存在，作品所反映的時代全在人物心靈之中。由於《腐蝕》以具有鮮明強烈的時代特徵和政治色彩的皖南事變為背景，由於主人公趙惠明處在尖銳複雜的政治鬥爭和民族矛盾之中，由於趙惠明又是個頭腦精明、思維精細的女強人，對自己所處的環境感受特別真切和深刻，所以，我們從趙惠明複雜、細膩、起伏、多變的心理活動可以真切地感受到皖南事變前後國統

─────────────────────

〔註12〕 《從牯嶺到北京》，《茅盾論創作》。

區「塵海茫茫，狐鬼滿路」的罪惡環境，可以清晰地看到這裡尖銳的社會矛盾和重大的政治事件：這裡既有國民黨特務組織對革命者和進步群眾盯梢、殺害和心靈腐蝕，甚至蓄意製造震驚中外的反革命陰謀事件，又有蔣汪特務暗中勾結，聯合反共，這裡既有共產黨人「不淫不屈」，英勇犧牲，也有誤入歧途的失足青年力圖衝出魔窟，向人民走來。

茅盾小說中人物的心理活動儘管微妙複雜，變幻起伏，然而並非模糊不清，雜亂無序，與其他作家筆下人物的心理活動相比，呈現特別清晰、嚴格的心理軌跡和程序，具有鮮明的邏輯思辨色彩。這與這些人物的內心共性有關。由於茅盾所專心描寫而且取得成功的人物，大多是生活的強者，對生活都很理智、認真、執著，習慣思考，善於判斷，所以，他們的心理活動，既是內心情緒的波動，又是內心理智的推理和判斷，往往層次分明，逐層展開，表現出邏輯推理的嚴密性。趙惠明的心理活動，無時無刻不在對複雜的事態和人際關係作出敏銳、精細的判斷，尤其是與形形色色的對手一次又一次的正面交鋒，無不情緒緊張，煞費心計，反映敏捷，表現出女強人思辨的清晰度和靈活性。吳蓀甫與屠維岳異常冷靜、精明、敏捷，這一主一僕初次相見，一個居高臨下，一個不甘示弱，一個原本無心招賢，一個早已有心投靠。這一對精靈鬼各懷鬼胎，一進一退，一守一攻，或以攻爲守，或以守爲攻，兩顆心忽遠忽近，忽親忽疏，最後各有所得，心心相印，結成吳屠主僕同盟，一個無意中喜得千里馬，一個如願以償，終於遇上伯樂。在這個過程中，兩人都展開了一番十分複雜的心理活動，既有緊張、微妙的情緒起伏，又有嚴密、精細的推理、判斷。這次相見之所以如此拿人，就在於雙方心理活動的精彩。

這種人物心理活動強烈的思辨色彩和心理軌跡，不僅反映了矛盾尖銳、勾心鬥角的人際磨擦，而且表現於人們日常平淡的交往中，即便拉拉家常，也常常心靈程序清晰、嚴密，環環相扣，逐層展開，頗爲拿人。《霜葉紅似二月花》很大部分章節是寫兒女情、家務事，正是這些很不起眼之處恰恰成了全書最精彩的部分。這主要得力於作者絕妙的心理描寫。這裡我們不妨以婉小姐與弟媳恂少奶奶、弟弟恂如兩次交談爲例，以窺一斑。

婉小姐與恂少奶奶是一對有知識、有心眼、有經驗近於中年的女子。婉小姐在恂如心目中威信頗高，今天少奶奶決心向精明的姑子（她稱之爲姊姊）吐吐心裡的隱痛；而姊姊對弟弟夫妻之間的不愉快早已有所覺察，今天也有

意向這位精明的弟媳（她稱之為嫂嫂）探個明白。於是，別有心計的拉家常開始了。少奶奶先問姊姊提起家中店鋪經營不善，姊姊說，對此弟弟該知道吧。雙方都有意將話題引向恂如。經過一番迂迴，姊姊終於直言弟弟「近來他老是失魂落魄的，我看他是心裡有事。嫂嫂！……」姊姊點明弟弟有心事，但又停止，因為這類事情最好還是讓弟媳自己道出為妥。弟媳雖然希望趁早將此隱事告訴姊姊，但此事又畢竟難以直言。於是，她們之間展開了一場似進似退、半推半讓的心理戰。姊姊說：「老太太說他是想出碼頭去謀事，莫非他是為了這一點點不稱心麼？」這是試探。弟媳說：「哎，要是當真如此，倒也罷了，」半吞半吐說了一句又改口：「不過，婉姊，你猜他是什麼心事？」先否定姊姊的猜測，卻不亮自己的底牌，又請姊姊繼續猜測。姊姊密切注意弟媳的表情，不再正面猜測。於是，弟媳主動點出心事的範圍：「我知道他這樣左也不是右也不是，整天沒精打采是為了一個女的！」姊姊半信半疑分析，故意表示如果弟弟與一些不三不四的女人相好，自己作為姊姊不會不知道。弟媳：說：「嗨！如果是不三不四的女人，」斟字酌句後慘然笑道：「我也犯不著放在心上！」這是欲進先退，倘若丈夫與不三不四的女人相好，作為妻子不可能不放在心上，這裡故作大量，一定另有文章。姊姊見弟媳態度閃爍，估計內中必有講究，於是，體貼地小聲問：「難道恂如弟在外邊勾搭上什麼人家人，什麼好人家的姑娘麼？」弟媳歎息說：「如果是不相干的人家呵……」顯然是相干的親友家的女子。接著弟媳苦笑，請姊姊「你自去問他罷！」經過這幾個回合，這場心理戰告一段落。這裡一個似乎無意試探，一個佯裝防守，其實雙方都在揣摩、迎合對方心理，表現出清醒的邏輯推理的能力，不約而同地運用「排除法」，順順當當地沿著同一方向靠攏，終於使恂如「失魂落魄」的原因基本明朗。

　　姊姊精明過人，弟弟也不糊塗。一日，恂如向姊姊借一百塊錢，姊姊決意趁機徹底摸清弟弟「失魂落魄」的真相。姊姊問：「你要那一百塊錢去幹什麼？」這是單刀直入。弟弟答：「不過是應付一些零零碎碎的開銷。」他含糊其詞，小心防守。姊姊問：「是不是還賭帳？」這是假意進攻。弟弟答：「正是！」這是假意投降。姊姊又問：「莫非是三朋四友向你借，你不好意思說沒有罷？」這是再次假意進攻。弟弟搶答：「這可猜對了！」這是再次假意投降。姊姊再問：「恐怕倒是什麼女的罷？」這一問直逼要害。弟弟說：「將來，將來我再告訴你……噯，將來我還要請姊姊出主意呢！」這是請求休戰，並且

企圖以對姊姊的信任取得同情與諒解。可是姊姊並不休戰，緊追不放，問這錢是不是花在善堂後邊那個名聲不好的郭家女子身上，這一問似乎擊中要害。與郭家女子勾搭畢竟很不光彩，所以弟弟不能輕易假意招認，只得如實否認。姊姊對弟弟的否認不予理睬，故意漫不經心地談這郭家女子的家世、為人，權且把她作為弟弟的相好，而弟弟一再否認。於是，姊姊表示暫時不逼弟弟交底，如數給他一百元，並體貼地問「夠不夠」。對此，弟弟大為感動，終於自願交底：「我是打算送給靜妹的！」但又試圖以眼下靜妹經濟困難來掩蓋真情，尋求退路。姊姊列舉理由對靜妹經濟困難之說表示不信。弟弟說：「你總該明白我這番舉動一點也沒有別的意思，一點也沒有……」這是此地無銀的表白。姊姊故意把話題扯開，談自己為姑媽辦一件事，並要弟弟猜是什麼事。對此，弟弟全無興趣。姊姊趁其不備說：「姑媽要給良材取個填房，老太太做媒，定的就是靜英妹妹！」由於弟弟毫無思想準備，此消息如當頭澆瓢冷水，不禁「哦──」的一聲，但又自覺聲音異常，立刻調整情緒，強作笑態問姊姊，良材「他樂意不？」這似乎是通常訊問，其實是他最關切的要害。弟弟異常神色全在姊姊的密切注視之中。這一場心理戰與前番不同。這裡一個是真攻，一個是真守，一進一退，時緊時鬆，虛虛實實，雙方都很冷靜、細心，一旦出現露餡或卡殼局面，便立即調動自己的思辨能力，調整戰法，爭取主動。由於畢竟弟弟與靜英之間不是「沒有別的意思」，畢竟姊姊已掌握了相當確鑿的內情，畢竟這位姊姊在弟弟心目中威信極高，弟弟在這位姊姊面前不願過於昧心說話，所以，這場攻心戰的結果是弟弟節節失利，隱情暴露。

總之，茅盾筆下這些人物的心理活動不僅是情緒的起伏，而且是嚴謹的理性思維活動，心靈程序清晰可見，倘若是心靈交鋒，還體現出明顯的幾個回合。由於這些人物精明、善思，由於作者洞察他們心靈的細微末節，又善於將這種心理化為生活的動作、語言、神情、細節，巧妙而又極有分寸，所以，這些人物的心理活動特別耐人尋味，頗具戲劇中的「潛臺詞」。

心理描寫，從具體方法上說大體可以分為直接心理描寫與間接心理描寫。前者包括作者夾敘夾議的剖析，人物的自由聯想回憶以及幻覺、夢境等下意識活動；後者包括透視心理動向的人物行動、語言、神態，對外界人、事、景物、氣氛的感觸和反映等等。一般來說，托爾斯泰等外國文學大師更

多地採用直接的心理描寫，我國古典小說更多地採用間接的心描寫。我國現代小說作家在心理描寫的方法上各有所長。由於茅盾在創作之前已博覽古今中外小說，並對小說理論早就頗有研究，由於他觀念開放，取精用弘，所以，他在刻劃人物心理的具體方法上不是單打一，而是多面手，既取法於托爾斯泰等文學大師的直接描寫，又繼承了我國傳統小說的間接描寫，多種手法靈活交替，將人物的內心世界剖示得十分深入、細緻，呈現多層次、多側面、多色彩，富有立體感。儘管茅盾心理描寫手法運用有個發展變化過程，然而，這一特點在他早期創作中已經有所透露，到了三、四十年代的作品，尤其是《子夜》、《林家鋪子》、「農村三部曲」、《霜葉紅似二月花》、《腐蝕》等優秀作品達到了純熟、自如的地步。吳蓀甫之所以被人們稱為浮雕式的人物，很重要的原因就在於作者運用心理描寫的「十八般武藝」一次又一次地剖示其複雜心理，使他活現在讀者面前。這方面的成就和特點早為人們公論。這裡我們不妨從地主馮雲卿指使女兒向趙伯韜施展美人計過程中複雜難言的心理，看看作者心理描寫手法靈活多變的特色。

首先，作者正面分析馮雲卿面臨的經濟形勢，由遠而近，越寫越緊迫。這是交代馮雲卿的心理背景。然後，作者將馮雲卿擺在人物關係中逐層展現他的心理活動。這裡的關係人，其一是姨太太，其二是嬌小姐，她們開支驚人，從一個側面把馮雲卿的經濟危機形勢繃緊。第三個關係人是朋友何慎庵，他登門與馮雲卿商量如何翻本，並授之「鑽狗洞」法寶——美人計，與此同時一再讚美馮家閨女漂亮。此刻，馮雲卿一會兒臉色死白，一會兒細眼骨碌一轉，暗下決心。而後，作者讓馮雲卿自個兒將何慎庵所授之計在腦子裡過濾一番，作者交替使用人物的自我剖析、動作、幻覺等手法寫人物的矛盾心態。他時而自笑，時而落淚，時而出現幻覺，眼前的杜鵑花化為女兒的笑靨，而且還有一缸大元寶，時而似乎聽到天崩地裂的轟炸聲，時而腦子裡滾來滾去的是三樣東西：女兒漂亮、金錢可愛、老趙容易上鉤，時而自打嘴巴，自罵「老烏龜」。儘管他心情矛盾得無以復加，然而嚮往美人計的意向隱藏其間，占主導地位。接著，作者又安排第四個關係人李壯飛登門推波逐瀾，進一步慫恿他在公債上翻本，又讓姨太太正式出面要錢，而且揭露其女兒其實早已不是黃花閨女，這一著不僅將馮雲卿的經濟形勢繃得更緊，而且為馮雲卿的骯髒決策提供了藉口。到這時，馮雲卿已初具頭緒，便運用他蹩腳的思辨能力進行一番分析歸納：情況既如此，那就該抱怨女兒不善於利用千金之體，「既

然她自己下賤，不明不白就破了身，那麼就照何愼庵的計策一辦，我做老子的也算沒有什麼對她不起，也沒有什麼對不起她已死的娘，也沒有什麼對不起我的祖宗！」美人計終於醞釀就緒，然後親自出馬與女兒談判。他既要擺出父親尊嚴，又急乎乎拋出骯髒方案，人物心理複雜，作者手法多樣靈活。人物語言有時表裡不一，有時赤裸裸；人物表情有時驚奇而暗喜，有時似有所失；人物感觸往往來自女兒的體態，有時從她隆起的乳房證明已是婦人身，有時從女兒微笑的亮晶晶的眼睛和波動的胸脯立刻想到極不體面的一幕，忍不住打一個冷噤，心直跳，險些掉下眼淚。當他提到「大塊頭」趙伯韜，女兒那種嬌媚的神態，還有那吃吃地豔笑，用小手指絞弄小手帕的動作，使他在美人計方案面前原先進進退退的步伐得到調整，不再猶豫後退，終於向女兒交底，只待女兒點頭還是搖頭的表態，馮雲卿的心情緊張、矛盾到了極點。此刻，作者非用正面剖析不可，他寫道：「一方面是唯恐女兒搖頭，一方面卻又怕看見女兒點頭答應。」女兒終於點頭了，「馮雲卿心就一跳，然而這一跳後，他渾身就異常輕鬆。」任務已經下達，大局已定。然而，作者仍未過癮，最後，又運用一個精巧的細節，讓馮雲卿發現大門旁牆壁上用木炭畫的一隻烏龜以及「參加五卅示威！」、「擁護蘇維埃」標語，引起他無窮的怨恨。此刻，木炭畫的諷刺意味他雖能明白，但顧不得、也不情願細想，他的心理中心是標語，再次運用自己蹩腳的思辨能力自我解脫：「他恨極了那些農民和共匪！他覺得都是因爲這班人騷擾，使得他不得不躲到上海來，不得不放任姨太太每夜的荒唐放浪；也因是在上海，他不得不做公債投機，不得不教唆女兒去幹美人計。」我們從這美人計醞釀、下達的過程可以看到茅盾剖示人物內心活動手法何等多樣而靈活。渲染人物心理背景，作者對人物心理的直接剖析議論，人物自身的語言、動作、神態、回憶、幻覺，關係人的推波助瀾等等，而且這些手法不是前後逐個運用，而是交錯穿插，運用自如。人物心理也不是直線發展而是忽進忽退，反反覆覆，而且多種因素、色彩交織在一起，有時連人物自己也難以鑑別。最後細節的妙用，更暴露了馮雲卿這個醜惡地主的反動性。馮雲卿這個人物在作品中用筆不多，但令人難忘，就在於作者熟練地運用多種手法，入木三分地展示了他的醜惡、反動的心靈。

茅盾筆下那些成功的人物之所以成爲「立體的複雜性的活人」，很大程度上得力於獨具特色的心理描寫。心理描寫必須以深刻的思想和紮實的生活爲基礎，人物爛熟於心，否則無法深入人物心靈。茅盾的《三人行》、《路》、《第

一階段的故事》，乃至《虹》的後半部分以及《子夜》中對工人群眾的描寫，由於作者對這些人物並不熟悉，理解不深，就難以展示他們眞實、細緻的內心世界，其面貌必然是蒼白的、平面的、死板的。

三、「從側面來寫幾筆」

刻劃「立體的複雜性的活人」，主要靠正面落筆，直接描寫人物的所作所爲所思所想。不過，除此以外，作者還可以利用人物與外界聯繫中形成的比較、對照、映襯、烘托等微妙關係，從側面間接地強化人物的性格，使人物更富立體感，更爲可感可信。由於茅盾特別重視人物與外界的聯繫，所以，他十分強調刻劃人物切忌死心眼的正面落筆，除了正面描寫以外，還應當「從側面來寫幾筆」。〔註13〕他認爲，這種側面描寫有時看似很不起眼的「閒筆」，其實閒筆不閒，可以彌補正面描寫的不足。

茅盾這種側面描寫的理論在他自己的創作中運用得十分廣泛，其中最爲引人注目的是利用人物與人物之間的對應關係。由於茅盾熱衷於描寫重大的政治鬥爭和社會經濟題材，由於他不滿足於描寫少數幾個人物，而決意刻劃成群結隊的人物，這就使他的小說出現了特別豐富而複雜的人與人的關係，形成了相互對應的效應。茅盾十分擅於利用這種關係對人物作側面烘托和映襯。這大體有以下幾種情況：

其一，異類反襯，相反相成。

茅盾在介紹自己創作經驗時曾說，對自己創造的人物要「謹防他們混雜不清」。〔註14〕這就是說，要拉開人物的性格距離，茅盾的小說活躍著一大批主導性格對立的人物，比如說，剛毅與軟弱、矜持與浪漫、正派與無賴、開放與守舊、精明與粗俗、幹練與窩囊等等，在反襯中雙方性格更爲突出鮮明。靜女士與慧女士，一個對生活充滿幻想，天眞爛漫，在她的心靈中兩性關係是那麼莊嚴、聖潔，保持明顯的中國舊式女子的溫柔，另一個看破紅塵，飲足了兩性關係的苦酒，對待異性，只有玩弄沒有愛。儘管她們的性格都是獨立的客觀存在，然而，兩人同時存在卻強化了對方。老通寶與多多頭，兩代人兩種人生態度，顯示了兩種社會意義，在對比中更爲發人深思。《水藻行》中侄兒秀生體弱多病，萎萎縮縮，一副可憐相，然而叔叔財喜身強力壯，樂

〔註13〕 《創作的準備》，《茅盾論創作》。
〔註14〕 《創作的準備》，《茅盾論創作》。

觀開朗，充滿活力，在對應中，這「兩個性格、體魄、思想、情感截然不同的農民」，〔註15〕令人難忘。吳蓀甫一心撲在事業上，嚴肅認真，一絲不苟，而對手趙伯韜甘當掮客，狂笑著，一副流氓相。吳蓀甫乾脆果斷，敢於冒險，講究信用，而他的合作者、親姐夫杜竹齋卻多疑自私、不守信用。屠維岳精明、幹練、狡猾，莫幹丞如老弱殘兵，錢葆生是草包流氓，這三條走狗之間互相反襯，效果顯著，尤其是屠維岳有鶴立雞群之勢。《鍛鍊》中潑辣、調皮、幹練的嚴潔修，與溫柔、內向、稚嫩的蘇辛佳結成一對朋友，在對比中一言一行一舉一動，更有特色，不易混同。茅盾小說中這些性格對立的人物，儘管不乏失誤之例，比如《三人行》中，作者對許、惠、雲，本「想用兩個否定人物來陪襯一個肯定的正面人物」，〔註16〕由於藝術上未能精雕細琢而缺乏感人力量，但是，絕大多數是成功的，一定程度上得力於這種側面反襯。

其二，同類補充，相輔相成。

茅盾提出謹防人物混雜不清的同時，又指出不能「各人的嘴臉完全不同，竟沒有相似的」，因為「活人社會決沒有那麼巧」。〔註17〕茅盾常常設置一些性格相似的人物發揮相輔相成的互補作用。這方面吳蓀甫與屠維岳主僕相配最為成功。作者給「鐵鑄般的人兒」吳蓀甫配上一條強有力的走狗屠維岳，真可謂「強將手下無弱兵」，他們之間，尤其是屠維岳對吳蓀甫具有強有力的輔助補充效應。吳蓀甫之所以急乎乎破格提拔屠維岳，是因為他眼下處境危難，急需高級參謀；吳蓀甫之所以敢於這樣做，說明他有魄力，敢於冒險；吳蓀甫之所以沒有失誤，是因為他是伯樂，相當精明，頗有眼力。只有屠維岳這樣的強兵才有可能被吳蓀甫重用，也只有吳蓀甫這樣的強將才有可能發現、重用、並指揮得了屠維岳這樣的強兵。再說，吳蓀甫儘管精力充沛，但是，由於戰線太長，以致沒有太多的精力直接投向工廠。那麼，吳蓀甫是如何控制工廠這條戰線的呢？吳蓀甫作為資本家，他與工人的矛盾是如何體現的呢？是屠維岳充當了吳蓀甫與工人之間的紐帶，幾乎成了吳蓀甫在工廠的代理人。在吳蓀甫的事業活動中，屠維岳是個得力的助手，在作者刻劃吳蓀甫形象的藝術活動中，屠維岳形象也是一名得力的「助手」。茅盾小說中人物的同類互補作用不僅存在於性格之間，而且出現在總體命運上，儘管人物性

〔註15〕《我走過的道路》（中）。
〔註16〕《〈茅盾選集〉自序》，《茅盾論創作》。
〔註17〕《創作的準備》，《茅盾論創作》。

格不同，然而命運相似，同樣具有同類補充效應。火柴廠老闆周仲偉總是油頭滑腦，就性格而言，與嚴肅認眞、一絲不苟的吳蓀甫形成異類反襯的效應，然而就命運結局來說，卻是吳蓀甫極好的同類補充，說明民族資產階級失敗命運的共同性、注定性。地主馮雲卿發揮「水磨功夫」連同親生女兒孤注一擲投入公債交易，結果人財兩空，一敗塗地，在敗於公債這一點與吳蓀甫是同類補充，說明人們都鬥不過公債老手趙伯韜。所以，作者在吳蓀甫徹底失敗之前，先安排次要人物周仲偉、馮雲卿慘敗，無疑是預報主角吳蓀甫的結局。趙惠明與梅行素雖然性格各異，然而，她們同屬於不明大義誤入魔窟的小特務，而且都深懷隱痛，渴求光明，在命運與思想趨勢上屬同類互補。如前所說，茅盾有意塑造系列人物形象。在同一系列中形象的性格常常各有特色，顯得同中有異，然而，他們的命運往往是共同的，在本系列中，不管是對整體還是對個別，都是補充，顯得異中有同。茅盾之所以如此熱衷於塑造系列形象，決不是以數壓人，人多勢眾，而是爲了在系列中發揮互補作用，顯示人物命運的共同性、注定性和規律性。

其三，無類可比，從旁映襯。

茅盾小說中有些人物很難用異類還是同類來概括，作者用墨不多，有的只是一些點綴人物，但是，他們的動向、態度卻從旁映襯出相關人物、尤其是主人公性格的某些方面。林佩瑤身爲華貴的吳少奶奶，豪華的物質填補不了感情空虛的心靈，整天捧著夾有枯萎玫瑰花的《少年維持之煩惱》而煩惱；蕙芳與阿萱從閉塞的鄉村來到花花世界上海，一個芳心萌動，陷入愛的煩悶，一個沾染了公子哥兒的流氣，熱衷於玩嫖，對他們，吳蓀甫作爲丈夫和長兄，或茫然無知，麻木不解，或動輒訓斥，即便難得地關心體貼，也與對方心思相去十萬八千里，令人哭笑不得，妻子弟妹對他一一畏而遠之。這些人物無不從旁映襯吳蓀甫在家族中感情生活的冷漠、枯燥、孤立，家庭中的眾叛親離映襯了他事業上的眾叛親離，加重了他的悲劇性。還有些人物，作者無意刻劃他們的性格，從情節發展和主要人物的行動上說去之無妨，然而，有了他們卻對主要人物產生十分生動的映襯作用。比如，吳公館的管家、僕人在吳蓀甫面前總是小心翼翼，屏息側立。有一次吳蓀甫事業上很不順心回到公館大發無名火，發現身邊無一當差，便跳到客廳前石級上吼道：「來一個人！混蛋！」不料石級下竟有兩個僕人同時應答：「有——老爺！」這些描寫對反

襯吳蓀甫平日的威嚴、專橫，此刻的心情煩躁，有著奇妙的效果。有時作者還會「無中生有」巧設無關人物映襯主人公。比如，吳蓀甫爲了刺探趙伯韜的公債情報，收買趙的姘婦劉玉英，兩人躲進房間密談，漸趨成熟之機，忽然，吳蓀甫發覺窗外有兩個人影晃動，便立即緊張地推窗而望，發現是兩個小癟三打架，他才安下心來與劉玉英繼續密談交易。然而，窗外兩個癟三忽然對罵，似乎也是爲了錢，有兩句話吳蓀甫聽得很清楚：「不怕你去拆壁腳！老子把顏色你看！」吳蓀甫聽後眉頭皺得緊緊的。倘若刪去這個小小的插曲，對吳、劉密談絕無實質性的影響，然而有了它，卻使吳、劉交易更有生氣，有波有瀾。顯然，作者的眞正用意不在正面描寫小癟三打架爭錢，而是巧妙地從旁映襯吳蓀甫的做賊心虛。

其四，異性之間，感應「肉感的力量」。

性感是人類的本能，是異性之間普遍存在而且十分敏感的心理活動，可以說，對性的敏感是絕大多數人、尤其是青年人作爲有血有肉的人的重要標誌。對此，有的作家不很注意，或者描寫不夠大膽。茅盾早年就深入研究過中國文學中性欲描寫的得失，撰寫過長篇專題論文，後來在他自己的創作實踐中十分擅長表現異性之間微妙的性關係，其中包括顯示女性特有的體態以及由此激起的性心理，這就是茅盾自己所稱的「肉感的力量」。這種兩性關係，在他某些作品中已構成具體的情節，作爲人物重要的性格方面，從正面入手加以描寫，這不屬於我們這裡所要討論的側面描寫的範圍，而且，這種正面描寫兩性關係的作品並不少見。由於異性之間的性心理在許多情況下表現爲潛意識，在未及兩性問題的情況下也常常閃現，茅盾就抓住這種特點，在那些非兩性問題的情節中，總是習慣性地忙裡偷閒，見縫插針，用極簡短的文字，表現女性肉感的魔力，從而豐富女性自身或與她對應異性的性格。這就是我們這裡所要討論的側面描寫的手法。這一寫法雖不能說是其他作家所沒有，但起碼可說爲茅盾特別喜愛、特別擅長。在茅盾看來，能顯示女性「肉感的力量」的範圍很廣。比如：隆起、波動的胸脯，鮮嫩、緋紅的嘴唇，苗條、柔軟的腰枝，豐腴、白潤的大腿，輕柔、飄逸的秀髮，還有與之相關的粉紅色的內衣內褲，發自肌膚的暖香等等。在茅盾心目中，顯示這種女性「肉感的力量」的機會也十分頻繁。比如，睡前或煩悶時解衣自感胸脯有變，給孩子餵奶半露乳房，陣風吹來掀起衣裙下擺露出小腿、大腿以至臀部，淋雨

後薄薄的單衣緊貼肉體胸前曲線畢露，更衣換衫徹底顯露玉體等等。茅盾如此專心、留意於這種女性「肉感的力量」，決不是單純地利用讀者的性心理，調動他們從性感出發的閱讀興趣，而是爲了將人物寫活，寫出他們有血有肉有性有情。這種作用是多方面的。有時表現女性人物的外部體態，顯得眞切可感；有時顯示女性人物的身份、教養以及道德、行爲規範；有時讓女性人物由此觸發對自己地位、處境、人際關係乃至人生、命運的遐想，或者對同性的妒嫉；有時出於某種目的，故意向男性微微顯露自己肉體的誘惑力，以調動對方對自己的性感；當然，更多的是表現男性面對女性的品德、修養，或純潔、友善，或卑劣、下流等等。凡此種種，在茅盾筆下時時出現，靈活得體，往往順手拈來，不作鋪陳，用筆簡練，然而，情、性具現，活現了人物。

以上所說的是利用人物與人物之間的對應關係的側面描寫，除此以外，另一令人注目的方法是描寫氛圍。茅盾曾說，除了寫好社會環境以外，「一篇作品也少不了許多助成『氛圍』的描寫，例如『故事』所在地的風景，『故事』發展時的自然現象（月夜，雪朝，晴，雨，大風，陰霾等等），乃至家畜，飛蟲，室內外的裝置，『人物』的服裝……」，茅盾進一步指出，這一切都必須「以『人物動作』爲中心」，都必須使「人物動作」「更富於特定的色彩和情調」。〔註18〕「『人』——是我寫小說的第一目標」，這一小說觀念，滲透到茅盾小說創作的每一角落，他的氛圍描寫的顯著特點便是嚴格地「以『人物動作』爲中心」。翻遍茅盾的小說，很難找到對人物可有可無、與人物扣得不緊的氛圍，他總是把氛圍所及的一景一物一蟲一草一聲一色一光等等當作人物外在動作與內心動作的依託或誘發對象。茅盾是絕對地爲人物而展示氛圍。對此，茅盾有高度的自覺性。他在構思一生中頭號巨著《子夜》時，《提要》中最後特別注明：「色彩與聲浪應在此書中占重要地位，且與全書之心理過程相應合。」茅盾還具體標明，作品中人物衣飾、房屋建築、室中布置等等的色彩應當先後有變，先鮮明，後陰暗，以此來襯托主人公心情由高揚趨向沒落；「插入之音樂，亦復如此」。）〔註19〕儘管《子夜》並非嚴格按照《提要》寫成，然而，作品的「色彩與聲浪」確實引起廣大讀者和研究者濃烈的興趣。

景物描寫是茅盾製造氛圍的重要手段之一。應當說，茅盾小說中景物描

〔註18〕《創作的準備》，《茅盾論創作》。
〔註19〕《我走過的道路》（中）。

寫並不多,然而,一旦出現總十分醒目,氣氛濃烈。《子夜》洋洋三十多萬言,劈頭就精心地描繪了上海外灘五月傍晚富有立體感的情景,有景有聲有色,構成了鮮明濃烈的東方半封建半殖民地大都會的氣氛與情調。接著故事的主人公吳蓀甫坐著雪鐵籠轎車威風凜凜地來了。吳蓀甫的全部「故事」就從這兒開始,他的全部「動作」就發生在這特定時代的特定地點。我們可以毫不誇張地說,這外灘傍晚景色是主人公所在社會環境的象徵和縮影,畫面獨特,色彩濃烈,筆力強勁,寓意深刻。其實,開篇通過景物描寫為全篇故事從總體上定下特定的氣氛與情調是茅盾的習慣之筆。比如,「《虹》開頭就寫三峽之險,也有暗喻梅女士身世之意,非為寫風景而風景。」〔註20〕《春蠶》開頭通過老通寶看桑,不僅顯示了春天河邊嫩桑喜人的自然景色,而且展現了「一‧二八」戰爭導致繭廠關門的嚴峻的政治經濟形勢,這正預示著老通寶必將經受「豐收」而「成災」的悲劇。《殘冬》開頭描寫兩幅對立的景色,一邊是活人的村莊,樹枝枯禿,衰草灰黃,破衣爛衫,全無活的影蹤,一片死一樣的灰白;一邊是財主家死人的墳地,松柏又多又大,蔥籠翠綠,充滿生機。這兩種情景,象徵著作品所表現的尖銳的階級對立。《水藻行》開頭是:西北風勁吹,天色灰黃,折傷的樹枝在寒風中掙扎,河面浮萍與水草早已被吹得精光,留下黑色的河面,全村連狗吠也不大聽到。這種蕭條、壓抑的氛圍象徵著秀生夫婦與財喜三人苦難的人生。類似情況還有《創造》、《大澤鄉》、《色盲》等等。眾所周知,在我國現代作家中,茅盾特別強調小說環境描寫的重要性,而這環境中居首要地位的是社會環境。這裡所說的篇首通過景物所顯示的氛圍,大多通向社會環境,能及早顯示人物面臨的總體形勢,提供人物特定的氣氛與情調,便於讀者一進入故事,就能正確把握人物的性格與命運。

通過日、月、風、雨、雷、電等自然現象以及音樂、燈光等富有情調的人為現象來製造氛圍,是茅盾的常用的又一手法。這在《子夜》中尤為成功。前邊所說的上海外灘傍晚景中,公館傳出的炒爆豆似的銅鼓樂,顯示光、熱、力的霓紅燈綠焰就佔有極為醒目的位置。吳公館為吳老太爺辦喪事,朱吟秋、陳君宜等人深感民族絲織業處境艱難,不禁一陣悲涼掠過心頭,沉默無語。此刻,「風吹來外面『鼓樂手』的鎖吶和笛子的聲音,也顯得異常悲涼,像是替中國的絲織業奏哀樂」,以聲襯情,越發悲涼。到了第七章,吳蓀甫

〔註20〕《我走過的道路》(中)。

三條戰線形勢嚴峻，其心情隨著三條戰線形勢的變化而變化，忽而沉重如鉛，忽而萌生希望，忽而飄浮不定，忽而暴躁如雷，忽而豁然開朗。作者為了從側面襯托吳蓀甫起伏多變的心情，調動了多種氛圍因素，極其精細地配置周圍環境氣氛、情調的變化，先是天空擠滿灰色雲塊，呆滯不動，偶然露出黃色的陽光；繼而屋子陰沉，黃色的電燈光照得吳蓀甫臉色紫裡帶青；忽而，窗外掠過閃電，傳來轟轟的響雷，豪雨瓢潑；忽而，天空從雲隙中射出一道陽光；繼而又是濃霧般的細雨，使高樓模糊昏暈，窗口慘黃的燈光閃閃爍爍；忽而一場暴雨，天色陰暗如黃昏，林佩珊彈奏的鋼琴聲異樣的悲涼，黃色燈光照在她穿著深藍色綢旗袍的頎長身體上，也顯得陰慘沉悶，還伴隨著少奶奶帶淚的歡息，杜新籜幽幽然的「人生如朝露」的感歎；最後，竟是雨過天晴，金黃色的陽光照到書房西窗室外，樹葉綠得可愛，空氣從未有過的清晰。這裡，景、物、聲、光、色，無不與主人公心情同步而變，真可謂以景襯情，情移景換，觸景生情，情景交融。景、物、聲、光、色的瞬息變幻，使得環境氛圍濃烈多變，而人物複雜微妙的心境被映襯得更為清晰，「更富有特定的色彩和情調」。

如果說，上述兩種製造氛圍的手法，儘管在具體運用時不乏特色，但畢竟並非茅盾所獨有，那麼，通過頻繁眾多的動物描寫來渲染氛圍，則在我國現代作家中卻並不多見。茅盾小說中有一個品類繁多的動物世界：貓、狗、鳥、蟲、魚，應有盡有，此外還有「凸出一對揶揄的眼睛」的癩蛤蟆，「嚶嚶地叫」的蒼蠅，猶如一對恩愛夫妻的猴子，「浩然長吟」的老蚯蚓等等。如果我們對這群動物的出沒略作統計便會進一步發現，幾乎所有動物都隨人而出。茅盾惜墨如金，嚴格地為寫人而寫動物。具體用意不一。

其一，借助動物描寫襯托人物的心理和情緒。這大致又有兩種情況。

一種情況是，人物與動物有直接的接觸，通過人物對動物的外在動作，反映人物「表現在外面的內心活動」。〔註21〕《林家鋪子》中的林小姐在抵制日貨的浪潮中因沒有國產衣料的衣服可穿而嘔氣，作者不厭其煩地寫一隻小花貓三次挨近林小姐身邊，林小姐先是本能地伸手摸了一下便不與理睬，而後是「一手推開」，最後竟是「一腳踢開」。小花貓來自主人的遭遇越來越糟，正是林小姐委屈、煩躁心情不斷上昇的真實反映。同樣是貓，在《霜葉紅似二月花》中婉小姐那裡處境就大不一樣。婉小姐因丈夫身患隱疾失去生育能

〔註21〕《關於人物描寫問題》，《茅盾文藝評論集》（上）。

力，夫妻倆猶如分處兩個世界，心中懷著悲涼，現在將要抱養一個女孩，心裡好不高興，一隻玳瑁貓久久繞於她的身邊，受到她的寬恕和親愛，當她向丈夫說起抱養孩子一事時，「忽然把那玳瑁貓抱了起來，熨在胸前，就像抱一個嬰兒。」婉小姐求子心切，不僅出於對孩子的愛，而且深藏著求子不得的隱痛，這下意識的一抱正是她內心隱痛下意識的微微一現。

另一種情況是，人物與動物不發生接觸，通過人物對動物的內心感應，反映人物「沒表現出來的內心活動」。〔註22〕《子夜》中動物園裡一對夫妻般猴子的親熱情景勾起了剛出閨房的大家閨秀蕙芳一番複雜微妙的初戀心理。《霜葉紅似二月花》中，用一匹老蚯蚓的「浩然長吟」製造了一種淒清哀婉的氣氛，感染著半殘廢人黃和光悲涼的情緒，使他不禁以老蚯蚓自比。後來「不知躲在何處的幾頭油葫蘆也來伴奏。這一個悲壯而一個是纏綿淒婉的兩部合唱，吸引了和光和婉卿都悄悄地傾耳靜聽」。婉小姐因夫妻關係失調，內心有說不完的煩惱，然而卻打起精神，強作歡笑，以寬慰丈夫。此刻，夫妻各懷心曲進行一番貌似暢快其實悲愴的談心，不正是一個悲壯一個淒婉的「兩部合唱」？這裡的動物描寫構成了濃烈的氣氛，將人物微妙難言的心理、情緒烘托得生動而感人。

其二，取用動物的象徵意味，喻示人物的遭際和命運。《動搖》的結尾便是出色的一例。方羅蘭夫婦為叛軍所迫逃到城外尼姑庵，狼狽不堪，茫茫然不知所從。這時，「從梁上墜落一隻小蜘蛛，懸掛在半空，正當方太太的頭前。這小東西努力掙扎，想縮回梁上去，但暫時無效，只在空中搖曳。」在那動亂時刻，方氏夫婦的命運由不得自己支配，他們竭力試圖從政治鬥爭的漩渦中掙脫出來。他們的處境豈不正如眼前這蜘蛛一般？《虹》的主人公梅女士「是認定了目標永不回頭的那一類的人」，父親為她包辦的婚事打亂了她人生的陣腳，她擺脫了丈夫柳遇春的束縛，躲在重慶同學家裡。有一天她來到河邊乘涼，「斜靠在樹幹子上看水裡的游魚」。茅盾這樣寫道：「近岸處有一群魚團排得整整齊齊地，像是參加閱兵式軍隊的行列浮在水面，蠕蠕地動著。驀地從河中央竄過一條柳葉魚來，沖散了這魚陣；但剎那間它們又集合了，差不多和先前同樣地整整齊齊。」「梅女士很有味地看著」。這裡恐怕不至於是單純寫景而已，是不是與梅女士的意志、處境、命運有某些相似意味呢？不宜說得過實，還是讓讀者自己悉心體會更有意味。

〔註22〕《關於人物描寫問題》，《茅盾文藝評論集》（上）。

其三，在岑寂中，或人物忘形之時，巧妙地讓某一動物發出聲響，刺激人物的注意，觸發人的思緒，同時接續情節的進行。《子夜》中鸚鵡以「有客」的叫聲，「將吳少奶奶從惘想中驚醒」，看見了昔日情人雷參謀。當這對情人重溫舊情忘情地擁抱接吻時，鸚鵡又發出「哥哥喲」的叫聲，「偎抱著的兩個人都一跳。吳少奶奶像從夢裡醒過來似的猛推開了雷參謀」，「飛步跑出了客廳」。同樣一隻鸚鵡，在《多角關係》中「哈囉！阿哥！上海去！」那嬌滴滴的聲音活像女方月娥口中發出，使唐慎卿虛驚一場。

其四，借助動物描寫，以調侃的筆調，創造喜劇性氣氛，以達到諷刺的效果。短篇小說《一個夠程度的人》，作者為了諷刺一位欺軟怕硬的「非凡人物」，以工筆且誇張的手法描寫「一匹精壯的紅頭綠袍的蒼蠅」對這人戀戀不捨。此人口口聲聲罵別人「不衛生」，然而蒼蠅卻一直在他鼻子上逍遙散步，且多次探視鼻孔。這種精緻的描寫，表現出一種滑稽情調和諷刺的色彩，使這位「非凡人物」形象更為鮮明，令人難忘。

生活錯綜紛繁，人更複雜難測，人的思想性格不僅有其主導方面，而且還有許多次要側面，不僅正面直接表露，而且常常與外界的聯繫中的多種方式隱現。茅盾頗有大家風度，面對生活，觀察人物，不僅全局在胸，把握主導方面，而且「眼觀六路，耳聽八方」，下筆時在以主要筆力正面落筆的同時，還能充分利用人與外界的對應關係，從側面加以映襯，哪怕在緊鑼密鼓之時也能順手拈來悠閒之筆。茅盾的作品總體上局面恢宏，但又不失縝密精細，他的筆下那些成功的人物，既頗有思想容量，又血肉豐滿，有情有性，離開了精細的側面描寫恐怕難以想像。

「人是時代舞臺的主角」。茅盾把文學表現時代的總任務幾乎全部由人物擔負。他把人物推到小說絕對中心的位置，然後，從直接關係人物塑造成敗的幾個主要方面下手，調動得力的藝術手段，使他筆下的人物，既最大限度地體現了時代特徵，又是具有豐富內涵的鮮明生動的藝術形象，不至於「變成時代精神的單純的傳聲筒」。〔註23〕這正是茅盾的小說與革命文學初期蔣光慈等人的「革命小說」的主要區別所在。

〔註23〕馬克思《致斐·拉薩爾》〈1859年4月19日〉，《馬克思恩格斯選集》第4卷。

第七章 「促成這總目的之有機的結構」

　　結構是文學作品形式的重要因素，組織作品的結構是表現主題、刻劃人物的重要藝術手段。任何作家，當他選定創作題材，確定創作意圖之後，都要精心選擇相應的藝術結構。一個作家的結構藝術，固然因每個作品內容的不同而千變萬化，但是，在他長期的藝術實踐過程中，隨著自己創作風格的成熟，必然形成某種相對穩定的結構藝術，成為他整個創作個性的有機部分。

　　茅盾思維縝密嚴謹，又篤信作品形式服務於內容。在談到《幻滅》、《動搖》創作過程時說，當他確定作品題旨以後，「時時注意不要離開了題旨，時時顧到要使篇中每一動作都朝著一個方向，都為促成這總目的之有機的結構」。〔註1〕其實，這種促成「總目的之有機的結構」的創作思想，不只表現於具體作品，而且體現在茅盾整個小說創作之中。

　　文學作品的結構，儘管有其共同的規律，然而，小說、散文、戲劇、詩歌幾大文體的結構又各有自身的特點，即使同一文體的小說，因為篇幅、規模的差異，其結構藝術又有其特殊性。由於茅盾一生中在創作上主要偏重於長篇小說，他那獨特的創作個性在作品的結構藝術上主要體現在長篇小說之中，所以，我們探討茅盾創作個性在作品結構上的表現時，主要研究他的長篇小說是如何促成「大規模地描寫中國社會現象」這個「總目的」而形成怎樣的「有機的結構」的。

一、波瀾壯闊的總體格局

　　茅盾在《漫談文學創作》中說：「結構指全篇的架子。既然是架子，總得

〔註1〕　《從牯嶺到東京》，《茅盾論創作》。

前、後、上、下都是匀稱的，平衡的，而且是有機性的。」〔註2〕他對「匀稱」、「平衡」、「有機性」作了精彩的論述。這番結構理論，在茅盾的文藝論文中不時論及，在他各類文體的作品中常有體現，而且，在其他作家的文藝論文和作品中也不少見。如果孤立地討論茅盾某一作品的結構如何「匀稱」、「平衡」、「有機」，顯然難以揭示茅盾長篇小說的結構與創作「總目的」有機協調的總體特點。那麼，茅盾的長篇小說結構理論和長篇創作結構藝術的總體追求是什麼呢？最獨特的個性何在？

關於長篇小說的結構，茅盾反覆指出，既要有「小節目」的「細針密縷」，又要有「大關節」的「波瀾壯闊」，不過，論述更多的是後者。這一方面是因爲結構諸因素中「大關節」對長篇小說結構的成敗關係最大，另一方面由於「大關節」唯大手筆才能駕馭，許多作家往往善於巧設「小節目」，卻未必精於把握「大關節」。比如，他認爲楊沫的《青春之歌》，由於「只著眼一枝一節而未能統觀全局、大處落墨」，導致結構上某些凌亂，某些插曲與林道靜主線扣得不緊。〔註3〕又如姚雪垠的《春暖花開的時候》，「最大的失算在於未曾精密計劃了全書的總結構」。他指出，作者構思時，只有全局在胸，才能「渾然一氣，規模開展，氣象雄偉」，「本書既有這麼多的人物，長達三四十萬言，倘沒有個大開大闔，波瀾壯闊的結構，畢竟是撐不住的」。〔註4〕再如艾明之的《火種》，「在結構方面，作者很注意小節目的前後呼應」，「但是，在若干大關節上，作者又往往有來龍去脈交代不清，轉變過程一筆帶過等等毛病，這就造成了全書大結構的支離脫節，大大影響了這部作品作爲中國工人運動史詩的氣魄。」〔註5〕可見，茅盾認爲長篇小說的結構必須做到「大關節」、「小節目」有機統一，而「大關節」的嚴整、恢宏是長篇小說尤其是史詩般的長篇巨著結構成功的關鍵。這便是茅盾長篇小說結構理論和實踐經驗的精華所在。

茅盾對長篇小說結構總體特點的追求，來源於他對文學本質、任務的認識，來源於他文學活動總的目標和「野心」。他創作伊始就要表現時代，處女作《蝕》就是「時代的描寫」。三十年代初期，他進而確立了「大規模地描寫中國社會現象」的藝術野心。他一生中始終鳥瞰時代，集中精力描寫重大的

〔註2〕　《茅盾論創作》。
〔註3〕　《怎樣評價〈青春之歌〉》，《茅盾文藝評論集》（上）。
〔註4〕　《讀書雜記》，《茅盾文藝雜論集》（下）。
〔註5〕　《讀了〈火種〉以後的點滴感想》，《茅盾文藝評論集》（下）。

政治事件和社會經濟題材,從中開掘出具有強烈時代氣息的主題,在他筆下,活躍著成群結隊的「時代舞臺的主角」。這種特殊的創作選材和描寫對象,決定了他畢生以長篇小說爲自己的主要文體,其結構,在保證大、小「關節」有機統一的前提下,尤其追求「大關節」「總結構」的「大開大闔,波瀾壯闊」,「規模開展,氣象雄偉」。茅盾對許多長篇小說結構的批評標準,是他長期研究中外小說理論,考察眾多中外長篇小說得出的重要規律,也是他自己小說創作實踐積累的寶貴經驗。如果擺在世界文學中衡量,比如與巴爾扎克、托爾斯泰等文學大師相比,茅盾不免遜色,然而,倘若放在中國現代小說家中比較,據此茅盾便足以有別於其他作家。這是茅盾小說的獨創之一。

二、紛繁複雜的故事線索

故事線索是長篇小說結構的關鍵,是「大關節」中的「大關節」。茅盾所說的「統觀全局,大處落墨」,主要是指故事線索的設置與組合。對此,茅盾決不肯輕意放過。

茅盾有幾部長篇小說,故事情節沿著主人公的腳跡,單線縱向發展,單純,明朗,比如《幻滅》、《虹》、《路》。這無疑是茅盾長篇小說結構方式之一。不過,這類小說在他作品中爲數不多,並不代表他長篇小說結構總的傾向,而且集中在他創作的前期。後來,隨著他「大規模地描寫中國社會現象」宏大規劃的確立,基本上拋棄了這種結構形式。茅盾絕大多數長篇小說的結構線索不是單線,而是複線,而且大都是雙線以上,顯得頭緒紛繁,關係複雜。當然,這眾多紛繁的線索聚集在一起,不是雜亂無章的堆積與湊合,而是「有機地圍繞於一個中心軸」,〔註6〕形成相互協調的有機體,顯示著生活的有機性與整體性。

茅盾根據題材、主題、人物的特點,將複雜的線索,按不同的方式組合,呈現不同的運動形態。

其一,縱向交錯。這類作品常常有個中心事件,事件的發生、發展過程比較完整,呈現明顯的縱向型。線索的複雜性不僅在於頭緒多,而且在於互相交錯與融合。幾條線索中以一主要線索(茅盾曾稱爲「主脈」)爲「中心軸」。這種結構以《動搖》爲起點,以《腐蝕》爲極致;《多角關係》、《霜葉紅似二月花》也屬於這種類型。

〔註6〕 《渴望早早排演》,《茅盾文藝雜論集》(上)。

　　《動搖》屬雙線結構。作品描寫大革命時期武漢政府蛻變前夕附近一個縣城的事變。這是動盪的時刻，又是動盪的地域，作者著眼於這複雜生活的兩個側面，即革命者的動搖，如方羅蘭；反革命勢力的投機破壞，如胡國光。而這兩者又互爲因果。由此出發，形成了作品的兩條結構線索，同時發生，交錯縱向發展，相輔相成，但又突出了方羅蘭們的動搖助長了胡國光們的反動氣焰，導致了革命的大失敗。小說命名《動搖》正標明了結構主線所在。

　　《腐蝕》描寫失足青年趙惠明的悔恨與自新。倘若著眼於日記體，其結構線索便是主人公趙惠明的心理活動過程。不過，這僅僅是表層結構。事實上，並非所有心理活動線索清晰的日記都是結構嚴謹的小說。只要我們透過小說日記體形式，著眼於趙惠明心理活動的實際內容，便不難發現，它是由許多矛盾關係巧妙配置而成，線索頭緒及交錯關係遠遠超過了雙線型《動搖》。這裡有：失足迷途但又不甘墮落的蔣幫特務趙惠明與她所在特務組織的矛盾；尚有一定民族氣節的趙惠明與汪僞漢奸的矛盾；曾經傾向革命但已淪爲特務的趙惠明與革命者的糾葛；作爲青年女性的趙惠明與前後丈夫的情愛瓜葛；渴望自新的趙惠明與同命運者N的牽連。趙惠明一身多「職」，與這個世界構成了複雜的矛盾統一體。由於作者的主要用意是揭露蔣介石特務統治的罪惡，尤其是對失足青年的坑害與精神折磨，所以把誤入特務組織的趙惠明與N的矛盾作爲全書的主線，讓其他所有副線都緊緊圍繞這一「中心軸」運行。除趙惠明與特務的關係出現於後以外，其他副線都在第一則日記同時露頭，而後，伴隨主線同時展開，而且紛紛納入主線。先看趙惠明與汪僞漢奸、第二個丈夫的關係。由於趙惠明自信「還不至於無恥到漢奸手下去討生活」，所以她仇視汪僞漢奸，而那裡正有她卑鄙無恥的第二個丈夫希強，而且眼下正是他企圖拉她下水當漢奸。希強與漢奸，相互映襯著醜惡。而她所屬所恨的蔣幫特務又與汪僞漢奸暗中勾結策劃賣國，所以，這樣的前夫，這樣的漢奸，又都映襯著蔣幫特務的可惡，令趙惠明生厭。再看趙惠明與革命者、第一個丈夫的關係。趙惠明以前與革命者的瓜葛，牽制著她與特務組織的關係，而且當前她奉命軟化、終於被害的革命者不是別人，偏偏是她雖已分手但卻時時思念的第一個丈夫小昭，被監視、陷害的革命者K、萍又是小昭的同志和朋友。小昭的革命氣節，小昭對她靈魂深處「人」的因素的理解，以及在此基礎上的愛，小昭的犧牲，都深深地教育、感化著她，有力地推動她進一步認清特務統治的罪惡，更悔恨自己的政治墮落。而趙惠明未能遵命完

成軟化小昭的任務,又加深了上司對她的不信任,拉開了她與特務組織的距離。我們不妨設想,如果汪僑與趙惠明所屬所恨的特務組織不存在骯髒的勾結關係,如果來拉她下水的汪僑漢奸與她恨之深深的希強無關,如果她心愛的小昭不是革命者,或雖然是革命者但並不是軟化、被害的對象,那麼這些副線就不可能如此緊緊地「咬」住主線,產生這麼直接的深刻的影響。最後,趙惠明從小特務N身上更清楚地照見自己人生道路的失誤,認識到特務統治對青年的腐蝕,這條副線成了推動趙惠明棄暗投明的又一股力量。可惜作者構思當初尚無這一內容,如果它與其他線索同時出現,那麼與主線之間,與其他副線之間,將會出現另一種奇妙而複雜的關係,那麼小說的結構更為巧妙而完整。比之《動搖》,《腐蝕》不僅線索頭緒更多,而且內在聯繫更緊密,條條副線化入主線,副線之間又大都相互化入,線線相融,不可分割,副線是這麼紛繁,而主線又如此分明,全書結構複雜,精巧,很有「戲」的味道,《腐蝕》所以「拿人」,與此有關。這樣的結構,有效地再現了皖南事變前後,以蔣介石特務統治為中心的我國政治鬥爭的變幻莫測,尤其是這「塵海茫茫,狐鬼滿路」的罪惡環境導致部分青年失足迷途,給他們帶來莫大的精神痛苦。這正是作者的用意所在。一部日記體小說,要展現這般複雜的社會矛盾,如果沒有這種眾多的交錯的故事線索,那是不可思議的。

人們常說《多角關係》的結構線索是唐子嘉的債務糾紛,其實這僅是主線,此外還有副線唐慎卿與月娥、李桂英的桃色糾紛。這條副線幾乎貫穿始末。唐慎卿約月娥赴上海、遊西湖,就得向父親要錢;李桂英纏住唐慎卿解決她五個月身孕的難題,招來了李惠康抓住唐慎卿作人質,向唐子嘉索回他太太的存款。這兩對桃色關係都加劇了唐子嘉的經濟危機,使他的債務糾紛更富有「多角」性。

《霜葉紅似二月花》有四條線索:新興資產階級王伯申與地主趙守義的矛盾;地主階級中分化出來的資產階級改良主義者錢良材與王伯申、趙守義的矛盾;農民與王伯申、趙守義的矛盾;地主家庭幾對夫妻、男女之間的情愛關係。四條線索關係如何?主線是誰?有的評論者說,全書是以王伯申與趙守義的爭鬥為主線的有機體。此說恐怕未必。因為作者對這條線索很少正面落筆,相反用於錢良材的活動和幾對夫妻愛情的筆墨卻遠遠超過了這條線索。再說幾條線索間的內在關係也不甚明確。人們對小說主題的理解存在分歧,原因恐怕就在這裡。文學結構巨匠茅盾難免也有失誤之處,或者也許由

於全書未完而全貌不清。

其二，橫向輻射。它不求全書故事的嚴密與完整，甚至沒有一個完整的主體事件，也沒有絕對的主人公，眾多人物的活動結成眾多的故事線索，不分明顯的主次，每條線索自成一格，相對獨立，似滿天星斗，各自生輝。那麼以什麼爲「中心軸」呢？茅盾說過，小說不論有無主人公，都應當從人物與環境的關係上達到「動作的統一」。〔註7〕他又多次說，《水滸》靠「官逼民反」的「母題」將各個小故事連成一體。茅盾所謂「母題」實際上就是人物與環境統一的關係。茅盾這類小說的結構與《水滸》有些類似，就是靠這樣的「母題」，即人物與環境同一的關係保證了作品結構的統一。

《追求》是這種結構的最初嘗試。這群小資產階級知識青年形形色色的追求，構成了小說眾多的結構線索，雖然有的線索之間發生聯繫，如章秋柳與史循，然而大都基本上平行獨立。不過他們的追求並非風馬牛不相及。首先，都出於對大革命失敗的失望，但又不甘墮落；其次，都毫無例外地失去方向，或不切實際，或步步退讓，或放蕩不羈，或頹廢厭世等等，因此也毫無例外地以失敗告終。小說就靠這「母題」──種種追求與時代關係本質上的相通，作爲內在的「中心軸」，將各個相對獨立的小故事粘成一個完整的藝術整體。

這種結構，自《追求》取得初步經驗以後，在《三人行》、《走上崗位》、《第一階段的故事》中作了類似的探索，但不甚成功，到了《鍛鍊》則臻於完善。《鍛鍊》是五部長篇巨著之一，全書未完，難以知曉全書結構總貌。不過，這第一部顯然屬於橫向輻射型，其規模、氣勢遠遠勝於他同類結構的作品。小說以上海「八‧一三」抗戰爲背景，表現了以上海爲中心的許多階級階層的動向。其線索有：青年知識分子蘇辛佳、嚴潔修的抗日宣傳活動；民族資本家嚴仲平與以周爲新爲首的愛國工人技術人員在遷廠過程中的矛盾；南京政府「簡任官」嚴伯謙與漢奸胡清泉的賣國投敵交易；左翼文化人陳克明、嚴季眞與崔道生圍繞《團結報》的方向、前途的意見分歧；國民黨軍隊在抗日前線混亂、失利的情況；抗日戰火在鄉鎮兩代人身上引起的不同反響；還有青年知識分子羅求知的變節投敵。凡此種種都不是圍繞同一主體事件展開，即使有某些聯繫也是局部的，甚至各個事件自身也不求過程的連貫與完整，讀後不免有「散」的感覺。然而總體上又總覺得有什麼力量把這些「散

〔註7〕 《創作的準備》，《茅盾論創作》。

亂」的「部件」裝配在一起,「散而不散」。有學者指出,國華機器廠內遷是全書的主線。其實內遷事件所佔篇幅雖長,但無法帶動其他事件,無法充當「中心軸」。那麼是什麼神奇的力量把這些「部件」粘在一起的呢?是「母題」——每個中國人都在接受嚴峻的抗日戰火的鍛鍊與考驗。

其三,縱橫並舉。前邊說的縱向交錯,並非全無橫向獨立因素;橫向幅射,也不是毫無縱向演進過程。應當說,茅盾這兩類作品都具有不同程度的縱橫並舉的特點,不過就其主導運動形態,或縱、或橫。這裡說的縱橫並舉,不是一般意義上縱橫因素的同時存在,而是兩種因素都佔有相當重的分量,形成「條條」、「塊塊」並舉的雙重結構。《子夜》便是這種結構藝術的精品。

先說縱向交錯。主人公吳蓀甫紐結了錯綜複雜的矛盾,主要的就有與買辦金融資本家趙伯韜的矛盾,與裕華絲廠工人的矛盾,與家鄉雙橋鎮農民的矛盾,與朱吟秋等弱小民族資本家的矛盾,與妻子林佩瑤等家族的矛盾。這些矛盾關係形成小說多線縱向交錯運行的總趨勢。主線無疑是吳、趙之爭。對此,作者不僅在篇幅文字上加重,而且在線索內在聯繫中強調。如果我們把益中、工廠、農村、交易所比作吳蓀甫事業活動的四大戰場,那麼,隨著事態的發展,交易所的位置逐步上昇,終於成為吳蓀甫的中心戰場,牽動著其他三個戰場。至於吳蓀甫與家族、親友的關係也襯托或暗示著吳、趙之爭的總形勢。小說以吳、趙之爭開場,以吳、趙之爭告終。

再說橫向幅射。這些主要線索縱向發展過程中,往往派生出許多人與事,形成許多「塊塊」。比如,吳蓀甫的公債活動引出了李壯飛、韓孟翔、劉玉英、馮雲卿父女等,構成了相當複雜的獨立的世界;裕華絲廠又有工人、黨的地下工作者、工賊走狗等,開闢了相當豐富而完整的生活天地;至於雙橋鎮農民暴動更是遠離吳蓀甫的獨立事件;還有張素素、范博文等新儒林的活動,與吳蓀甫的事業活動並無直接聯繫。這些「塊塊」相對獨立,自成一體。不過,又非絕對「各自為政」。一方面,它們本來就由「條條」所派生,另一方面,它們之間還存在一個「母題」——它們以獨特的方式,從不同的角度顯示了共同的時代特點:中國更加殖民地化了,或者說,它們都是半殖民地舊中國的形形色色。所以《子夜》不僅縱向「條條」中有「主脈」,而且橫向「塊塊」間有「母題」,一縱一橫,從某種意義上說是一表一裡。雙重「中心軸」,把龐大、繁雜的生活事件組合成一個嚴嚴密密的藝術體,既撒得很開,又收得很緊,既局面恢宏,氣勢龐大,又精巧、嚴密。一般來說,故事線索縱橫

並舉的結構，頭緒更紛繁，關係更複雜，局面更恢宏，更具有史詩性，更便於反映豐富、廣闊的生活。《子夜》是茅盾「大規模地描寫中國社會現象」宏大規劃中的主體工程，它的成功得力於這種結構藝術。日本漢學家竹內說得好，《子夜》「是一部具有雄大的小說骨架的作品，是中國現代文學中無可比擬的別具一格的作品。」〔註8〕

儘管茅盾在處置線索的方法上，或縱向交錯，或橫向幅射，或縱橫並舉，然而都具有很大的複雜性，具有相當大的規模與氣勢。還有個現象值得注意，茅盾的長篇小說，雖然線索頭緒紛繁，然而故事經歷的時間卻不長，多則幾個月，少則幾小時。可見，茅盾著意描寫的，不是漫長時間裡生活的曲折多變，而是同一時間裡生活的千頭萬緒，瞬息巨變。小說眾多的複雜的線索就是這千頭萬緒的反映。因此，在顯示線索的程序上，不是由某一線索逐步引出其他線索，而往往是「把好幾個線索的頭，同時提出」。〔註9〕因此，稱茅盾多線型長篇小說的結構為「一樹千枝」型並不妥貼。正由於茅盾這些長篇小說有好幾條線索，而且同時撒開，所以，儘管篇幅不長，但總能攝下令人眼花繚亂的全景式的時代鏡頭，具有傾盆大雨、波瀾壯闊的勢頭。

三、環境・場面・形象體系

由於故事線索是長篇小說結構「大關節」中的「大關節」，所以，茅盾對故事線索複雜性的刻意追求，有力地帶動了其他結構因素的規模與氣勢，進一步保證了他長篇小說結構的宏偉性。

環境是小說結構的重要組成部分。茅盾特別重視小說的環境描寫，並反覆指出，環境主要是指「故事發生的社會背景，這可稱為大環境」，〔註10〕而「在構思過程中，我們平常所說的『結構』，就是意味著大環境的安排」。〔註11〕茅盾長篇小說故事線索的複雜性，贏得了作品社會背景的廣闊性。在同一部作品裡，不是局限於社會的某一角落，而是通過多頭緒的線索伸向社會的四面八方，寫城市顧及農村，寫農村顧及城市；有的作品忽而城市，忽而農村，忽而集鎮，忽而戰場；特別是寫城市，常常忽而上層，忽而下層，

〔註8〕 轉引松井博光《黎明的文學》。
〔註9〕 《〈子夜〉是怎樣寫成的》，《茅盾論創作》。
〔註10〕 《漫談文學創作》，《茅盾論創作》。
〔註11〕 《關於藝術的技巧》，《茅盾論創作》。

忽而工廠，忽而學校，忽而報社，忽而家庭，忽而交際場所。社會環境轉換靈活，跳躍性強，就如在小小的萬花筒裡顯現著廣闊的奇妙的世界。由於線索間存在「中心軸」，是個有機體，所以，環境的更迭，跳躍而不突兀，顯得自然而合理。難怪，茅盾的長篇小說往往帶有不同程度的時代交響曲的特點。

場面的設置與穿插，是小說結構藝術的重要環節。茅盾指出：「古典作家既善於表現熱鬧緊張的場面，也善於表現幽雅恬靜的場面。大作家總是能表現各種各樣的場面和人物。」〔註12〕茅盾本人無疑就是這樣的多面手。因為茅盾長篇小說故事線索繁多而複雜，這就為引進不同規模不同情調的場面提供了極為有利的前提與條件。在各類場面中，茅盾尤其醉心於熱鬧的場面。他之所以在眾多外國作家中特別推崇托爾斯泰，原因之一托翁是擅長描寫熱鬧場面的高手。比如《戰爭與和平》和《安娜‧卡列尼娜》這兩部巨著，「一些大場面——如宴會、打獵、跳舞會、打仗、賽馬，都是五色繽紛，在錯綜中見整齊，而又寫得多麼自然，竟不見吃力。」〔註13〕茅盾評論我國現當代小說的結構，也常常注意考察熱鬧場面描寫的得與失。在他自己創作小說時自然不會怠慢與雄偉結構關係特別密切的熱鬧場面。由於茅盾長篇小說的故事線索習慣於直接通向重要的社會矛盾乃至政治事件，而且人群密集，成員複雜，所以，隨著故事線索的推移，總能展現一個個熱鬧、緊張、複雜的大場面。這在單線結構《幻滅》中已有成功之筆，在後來許多複線結構的小說中更為精彩。這方面《動搖》、《子夜》早為人們所稱道。其實《鍛鍊》中熱鬧場面的描寫也有許多精彩之筆。小說開頭描寫大都會上海某三叉路口，交通阻塞，各種車輛卡得水泄不通，各種聲音混雜難以分辨，一片混亂，而此時最觸目驚心的是成群的難民和卡車上橫七豎八的男女老小屍體。小說落筆不凡，一下子把讀者帶到了戰亂中的上海，在時代氣氛、作品格調等方面為全書定下了基調，為下邊在廣闊的戰亂背景下展開情節、刻劃人物開了很好的頭。隨著情節的發展，這種場面一個又一個，如國華機器廠工人技術人員連夜搶卸機器，龐大的難民收容所混亂不堪，敵機轟炸後內遷船上人們奮力排難等，這些整章整節的熱鬧場面描寫，戰時氣息濃烈，氣勢規模非凡。茅盾描寫熱鬧場面體會頗深，經驗獨到。他說：「既要寫得錯綜，又要條理分明，

〔註12〕 《關於短篇小說的談話》，《茅盾文藝評論集》（下）。
〔註13〕 《愛讀的書》，《茅盾文藝雜論集》（下）。

既要有全場的鳥瞰圖，又要有個別角落及人物的『特寫』。〔註 14〕試以《子夜》第二章為例。這是為吳老太爺辦喪事。作者從人員、聲音、氣味等方面鳥瞰全局：主人、當差、賓客多達三、四十人，熙熙攘攘，各有所忙；汽車喇叭聲，鼓樂手的笛子、嗩吶、鑼鼓聲，當差的呼喊聲，發車飯錢處的爭吵聲，還有大門口巡捕驅趕閒雜人的吆喝聲，伴以煙捲的辣味、人體的汗臭，匯成一氣，游漫了吳公館的各廳各室以及佔地八、九畝的園子。然後，作者主要展示了五個角落和人物的「特寫」。第一是靈堂右首大餐廳前半間，軍人雷參謀與情人吳少奶奶相遇。第二是大餐室後半間，先後以雷參謀、交易所經紀人韓孟翔、朱吟秋等民族資本家、交際花徐曼麗為中心，分別談戰事，說公債，論民族工業暗淡的前景，並戲謔交際花取樂解悶。第三是六角亭，買辦資本家趙伯韜向杜竹齋拋出組織秘密公債多頭公司的計劃。第四是魚池邊柳樹蔭下的草地，一群新儒林高談闊論。第五是書房，終於出現了主人公吳蓀甫，別人各有所伴，唯他獨坐書房，緊鎖眉頭，這不為喪事，而為工、農鬧事，杜竹齋為他帶來趙伯韜的發展計劃，他終於精神大振，步出書房，全章就此結束。五個「特寫」作者一一寫來，轉移自然，其間常常忙裡偷閒，用極經濟的筆墨點染氣氛，鳥瞰全局。全章有面有點，主次分明，步步深入，層層推進，場面熱鬧，頭緒紛繁，然而寫得從從容容，井井有條，不愧為大家手筆。茅盾如此醉心於熱鬧的大場面描寫，源於他描繪時代畫卷的最高目的。因為熱鬧的場面，人物多而雜，事態緊張而複雜，因此也最能表現強烈的時代氣息，在現代作家中如此重視並擅長描寫熱鬧場面者不多。從這方面說，茅盾的長篇小說結構特別龐大、宏偉也不是偶然的。

如前所說，茅盾是場面描寫的多面手，他不僅是描寫熱鬧場面的高手，而且是描寫其他各類場面的能工巧匠。在他眾多故事線索中，往往不僅伸向社會矛盾、政治事件，而且也習慣於通向人們日常生活，特別是男女情意之間。在強勁有力的情節發展過程中，常常有很多日常生活的情景。既有豐富的生活含義，而又充滿生活興味，情意濃密。《動搖》在緊張激烈的政治搏鬥中穿插了方羅蘭與陸梅麗分居風波，別有一番意味，含義深刻，顯示了人物心靈的細部，而又通向全局。吳蓀甫與趙伯韜緊張較量的時刻，吳少奶奶與他同床異夢，與情人雷參謀情意綿綿，陷入深深的煩惱；四小姐蕙芳初戀抹上淡淡的哀愁。即便在殘酷的敵人監獄裡，在特務趙惠明與革命者小昭之

〔註14〕《讀〈新事新辦〉等三篇小說》，《茅盾文藝評論集》（上）。

間，那種從不信任到信任再到深深愛戀的情景，也處理得合情合理，感人肺腑。至於《霜葉紅似二月花》，由於青年男女感情線索是小說結構的重要組成部分，所以幾對夫妻生活描寫得更爲完整，精細，充滿詩情畫意。

茅盾是一位嚴肅冷靜的作家，然而其藝術趣味是豐富的，爲我們提供了不少有趣的諷刺的、風趣的場面。馮雲卿、曾滄海、周仲偉近於喜劇人物，小說有些章節專門描寫他們的醜惡行徑，可鄙可笑，與吳蓀甫嚴肅認眞的舉動相映成趣。《鍛鍊》中蘇辛佳因宣傳抗日被反動當局無理拘留，翌日，好友嚴潔修去探望她，雙方心情理應沉重，然而作者卻把這場不幸中的見面處理得風趣橫生。特別是淘氣的嚴潔修爲了嬉弄好友，假意爲蘇辛佳尋找身上有無蟲咬疤斑，企圖解其衣扣露其胸脯，由於蘇辛佳未能及時識破對方用心，險些受她嬉弄。這種情調似乎與人物處境不符，然而卻別開生面，這對青年女友，對反動當局的蔑視，對自己正義行爲的樂觀，兩人關係之親密，嚴潔修的調皮淘氣，蘇辛佳的忠厚羞澀，都表露於這場戲謔之中。細膩的日常生活情景，濃烈的諷刺、風趣性場面，與「重型」的熱鬧非凡的大場面配合穿插，大小均勻，鬆緊合度，莊諧有致，反映了生活的多變性與節奏感，增強了小說情節的起伏與開闊。

故事線索決定著作品結構的骨架，而牽動線索的動力是人物，所以，人物是結構的生命。從這個意義上說，人物決定著故事線索。然而，線索骨架一旦支撐起來以後，又反過來保證了人物形象體系的合理配置和人物性格的刻畫。特別是茅盾，由於他決意通過複雜的故事線索反映廣闊的世界，這就必然要有意識、有目的地組織進數量眾多、層次齊全的人物，並形成更完整的複雜的關係。事實上，茅盾不滿足於刻劃爲數有限的人物，而是要竭盡全力刻劃成群結隊的人物，而且要在「力所能及的廣闊的畫面上把一些最典型的人物事態組織進去」。〔註15〕《子夜》幾乎包括了大都會上海各個階級階層的人群，《鍛鍊》人物的社會面也很廣，有資本家、工人、工頭、技術人員、青年學生、醫務工作者、成分複雜的難民、軍人、國民黨高級官僚、親日漢奸、鄉鎮地方勢力等，茅盾其他長篇小說也往往活動著眾多的人物群體。作者借助於複雜的故事線索將這浩浩蕩蕩的人群，梳理、配置成龐大、嚴密的形象體系，使它清晰地反映著當時階級的、民族的矛盾，而且顯示出同一階層的人們在這些矛盾中的差異性。民族資本家、知識階層、沒落地主、工賊

〔註15〕《〈第一階段的故事〉新版的後記》，《茅盾論創作》。

走狗、工人、地下工作者、上層女性等等無不如此。茅盾那些有占絕對優勢的主人公的長篇小說，如《子夜》、《腐蝕》，乃至於分量重的優秀短篇，如《林家鋪子》、《春蠶》，其結構線索正是主人公廣泛社會關係的反映，表現爲以主人公爲中心的嚴密的社會關係網。這「網」體現著社會關係的總和。社會的矛盾，時代的風雲，社會各階層的動向，無不在此「網」中得到顯現。一個中心人物，反映全社會，表現全時代。而主人公複雜的、立雕式的性格，得以多側面、多層次的揭示，正得力於這種結構藝術。所以，理清了以主人公爲中心的社會關係網，即作品的故事線索，就掌握了打開複雜藝術體的鑰匙。

由於茅盾作品人物密集，體系完整，所以人物之間便出現更多的比較、對照關係。性格的同類與異類之間，閒散人物與主要人物之間，女性與男性之間等等，形成龐大複雜的人際體系，全面而生動地體現著生活中本來的人際面貌。成群結隊的人物還提供了更多的線索和橋樑人物。比如，屠維岳接通了吳蓀甫與裕華絲廠的關係，費小鬍子溝通了吳蓀甫與雙橋鎮的聯繫，劉玉英、李玉亭等使吳、趙關係更爲微妙，舜英給趙惠明引來了汪僞漢奸和希強的線索，嚴伯謙通向南京政府，趙克久聯繫著遠離上海的鄉鎮等等。這些結構因素大量存在和巧妙運用，使茅盾長篇小說所反映的社會生活更爲眞實而豐厚。

紛繁的故事線索，廣闊的社會環境，各式的場面情景，眾多的人物群體，形成了茅盾長篇小說結構的龐大、宏偉與壯闊。在這樣的結構框架中展現的，不是社會的一角、一翼，而是社會的全部，社會的總和；不是時代的一溪、一池，而是時代的洪流，所以它往往能匯聚出時代的焦點，顯示出時代的本質，它保證了茅盾長篇小說反映生活的廣闊性、整體性，贏來了作品的史詩性。這種結構，有效地反映了激蕩著「狂瀾伏流」的社會的結構，或者說本來就是這樣的社會結構在茅盾筆下的藝術再現。

第八章 「句調的精神卻一絲不得放過」

　　悉心閱讀茅盾的文藝論文，發現他對小說的語言，往往醉心於風格，總是言簡意賅，令人叫絕，表現出他對小說語言具有非凡的見解和獨到的感受。讀茅盾的小說，覺得語言別有風采。「別」在何處？倘若用準確、鮮明、生動，用形象、妥貼、新穎，用長於敘述事態、描摹景物、刻劃心理、富有愛憎等等路子來衡量，那麼精彩之處一定目不暇接，舉不勝舉。但是，這不過是優秀小說語言（有的還只是優秀文學語言）的共性，不管茅盾的功夫多深，仍然只是程度上的差異，不足以區別他人。茅盾小說語言最顯著的、足以區別其他作家的特色究竟是什麼？作家的創作個性，不僅表現在對作品內容的選擇和結構的確定，而且還表現在如何掌握和運用文學創作的語言材料，形成與內容相協調、和諧的風格，以達到最佳的表達效果和藝術境界。茅盾曾說，每個作家用字造句都有自己的癖性，形成獨特的「句調的精神」。因此，翻譯的時候，雖然對原句的組織法不必勉強求其處處相似，但是，「句調的精神卻一毫不得放過」。〔註1〕茅盾的小說，既局面恢宏，又細針密縷，那麼，與此相應的「句調精神」呈何特點呢？「作家自己的語言依作家的氣質而不同」，〔註2〕那麼，茅盾的文學語言與他的心理素質有何關係呢？這也是茅盾創作個性研究的重要方面。

一、冷峻

　　文學作品都是作家主觀感受與客觀生活的統一，但是，在這「主」、「客」

〔註1〕　《譯文學書方法的討論》，《茅盾文藝雜論集》（上）。
〔註2〕　郭沫若《怎樣運用文學語言》，《郭沫若文集》第13卷。

體的統一中，作者主觀感受的表現形態卻有「隱」、「顯」之分。這就導致了敘述語言情感色彩上冷峻與熱切的不同風格。因此，我們探索某一作家敘述語言情感問題，不應當立足於情感的有無，而應當比較情感呈何種色彩、取何種表現形態。茅盾敘述語言的情感，儘管不乏熱烈、明朗之例，但其基本特點是冷峻，而非熱切。

　　這與茅盾的心理素質和美學觀念有關。茅盾說過：「我素來不善於痛哭流涕劍拔弩張」。〔註3〕這當然不意味著他無動於衷，但說明他情感受理智的控制處在隱蔽狀態。這種偏向於理性的心理素質，使茅盾的美感心理傾向於嚴格的現實主義，竭力主張嚴格地再現客觀生活，作者主體則盡可能隱藏起來。他把對生活的評判權交給讀者。這就決定了他的敘述原則是通過冷靜的如實的描繪再現客體，敘述文字多客觀直陳，少主觀感歎，突出對象的主要特徵，不作過多的修飾，多寫真，少寫意。我國另一位現實主義小說大家巴金，由於感情外露，在描繪生活時總是情不自禁，這就決定了他的敘述語言是熱切的。我們不妨舉這兩位大家的代表作《子夜》和《家》開頭景物描寫為例：

　　　　太陽剛剛下了地平線。軟風一陣陣地吹上人面，怪癢癢的，蘇州河的濁水幻成了金綠色，輕輕地，悄悄地，向西流，流。黃浦的夕潮不知怎樣的已經漲上了，現在沿這蘇州河兩岸的各色船隻都浮得高高地，艙面比碼頭還高了約莫半尺。風吹來外灘公園裡的音樂，卻只有那炒爆豆似的銅鼓聲最分明，也最叫人心興奮。暮靄挾著薄霧籠罩了外白渡橋的高聳的鋼架，電車駛過時，這鋼架下橫空架掛的電車線時時爆發出幾朵碧綠的火花。從橋上向東望，可以看見浦東的洋棧像巨大的怪獸，蹲在暝色中，閃著千百隻小眼睛似的燈火。向西望，叫人猛一驚的，是高高地裝在一所洋房頂上而且異常龐大的 Neon 電管廣告，射出火一樣的赤光和青燐似的綠焰：Light, Heat, Power！

　　　　風刮得很緊，雪片像扯破了的棉絮一樣在空中飛舞，沒有目的地四處飄落。……
　　　　……雪片愈落愈多，白茫茫地布滿在天空中，向四處落下，落在傘上，落在轎頂上，落在轎夫的笠上，落在行人的臉上。

〔註3〕　《從牯嶺到東京》，《茅盾論創作》。

> 風玩弄著傘……風在空中怒吼，聲音淒厲，跟雪地上的腳步
> 聲混合在一起，成了一種古怪的音樂，這音樂刺痛行人的耳朵，
> 好像在警告他們：風雪會長久地管治著世界，明媚的春天不會回
> 來了。

無疑，兩位作者都既寫景，又抒懷，然而抒懷的比重和外露度卻大不一樣。茅盾重在交代蘇州河口外灘夜景，對軟風、河水、夕潮、船隻、音樂、橋架、洋棧、霓虹燈等等對象作客觀的描繪，其色彩、聲音、遠近、方向、大小等等都從實寫真。當然，為什麼寫這些對象而不寫別的，這些描寫對象又為什麼給作者這種感覺、呈現出這種特點，無疑有作者帶上主觀感情色彩的選擇和寓意。但是，這些對象及其特點一經選定，就嚴格地讓其再現，作者不再採用其他方式外加感情成分。文字多正面陳述，可是巴金不同。他對這風雪情景感觸強烈，而且不加控制讓其傾瀉。他所寫的風雪情景，有的不宜過於往實處落實，但是，它提供了風雪本身以外的東西，這就是作者竭力製造的一種氛圍，這氛圍正是主觀感受的最強點。這裡頗有寫意的意味。幾個「落在……」，構成排比句，關於古怪音樂象徵性的表達，都是明顯的抒情句式。

不僅寫景是這樣，寫人、寫事等等也無不如此。比如《子夜》寫吳蓀甫亮相：

> 老關忙即跳下車去，摸摸腰間的勃朗寧，又向四下裡瞥了一眼，
> 就過去開了車門，威風凜凜地站在旁邊。車廂裡先探出一個頭來，
> 紫醬色的一張方臉，濃眉毛，圓眼睛，臉上有許多小疱。

這是寫人。敘述角度顯然是再現老關和吳蓀甫的主要特徵，一個是保鏢的幹練和威風，一個是一張剛勁的臉。再現完，敘述畢，至於是美是醜，或者還給人其他什麼感覺，作者除了在再現中滲透的，別無其他。

由於文學作品都是主、客體的統一，所以敘述語言都有不同程度的作者議論的成分。不過，這「議論」，有分明與隱晦的差別。茅盾盡量避免議論成分，尤其切忌明顯的、直接的議論，他對事對人的評價和感觸，盡量滲於形象之中。這也大大降低了敘述語言中作者主觀情感的熱度。

茅盾的小說大多以嚴肅的筆調寫嚴肅的題材，開掘嚴肅的主題，風格嚴正。這就增強了敘述語言的冷峻性。茅盾的敘述，多用正正經經的文筆，忌誇張俏皮，不冷嘲熱諷。因為，這些手法是「放大鏡」，作者的感情一經放大色彩便過於濃烈。茅盾考慮的是，作者的意思盡量通過形象表達，「而且應當

巧妙地保留一二分，以引起讀者的思考」。〔註4〕對這類嚴肅的題材和嚴肅的人物，「保留」都不及，豈能「放大」？

茅盾小說的理性色彩是個複雜的課題，起碼與敘述語言的冷峻關係很大。有的讀者覺得，茅盾在小說中未亮出自己的是非道德標準，有些青年讀者對巴金小說的興趣遠勝於茅盾，這裡有讀者的藝術趣味問題，也因為茅盾小說確有某些不足，不過，未能從茅盾不動聲色的敘述語言中體會其味也是原因之一。前邊說過，「不善於痛哭涕流劍拔弩張」，不是態度曖昧，愛憎不分，只是感情受制於理，隱於形象之中。從某種意義上說，「露而不藏，便淺而薄」，〔註5〕「隱」是存在的高級形態。

二、簡勁

簡勁，即簡潔而勁健。簡潔，是優秀文學語言的共性，不過，不同作家的簡潔，不僅有程度上的差異，而且有風格上的不同。簡潔未必勁健，但勁健必須高度簡潔。茅盾思維明晰，思想精闢，注重實際，而且古今中外文學根底紮實，因此，落筆無虛言，字字掂分量，不含糊晦澀，不拖泥帶水，明快，利索，乾淨，言未盡而意無窮。

這與冷峻有關。既然是多正面陳述，少主觀抒懷，既然要「節制」情感，「保留」意思，那麼文字就勢必留有餘地，更要斟字酌句，必然促進文字的簡練和表現力。

老舍曾說：「欲求文字簡潔，須找到最合適的字和詞」。〔註6〕茅盾敘述語言的簡勁，在於它對事物觀察敏銳細密，文辭華贍機敏，能抓住描寫對象的特點，在他豐富的語言府庫中，「找到最合適的字和詞」，達到最佳表達效果。《子夜》開頭外灘夜景描寫便是精彩一例。作者寫了這麼多遠遠近近、高高低低繁雜的景物，每一景物寥寥數字，各顯特色，合起來構成一幅完整的構圖複雜、色彩濃烈、層次分明、又不乏寓意的夜景圖，一字一句，語意明確，錚錚有聲，最後，把讀者的視線引向夜景的至高至耀點——「Light, Heat, Power!」嘎然而止。全文乾淨緊湊，一氣呵成。前邊引的關於老關和吳蓀甫亮相的文字，也屬精彩的簡勁之筆。語言短促，短短兩句，突現了他們的主要特徵，文字就如他們的性格，利索、強勁，毫不含糊。這種肖像畫，不是輕

〔註4〕　《創作的準備》，《茅盾論創作》。
〔註5〕　〔明〕唐志契《繪事微言》，《文學名言錄》。
〔註6〕　《談簡練》，《出口成章》。

描細繪的工筆，而是刀法明快、鋒利的木刻。再如短篇小說《水藻行》，單身
壯年農民財喜，身強力壯，樂觀機靈。今天他估計人們都將抓緊時機爭相打
蘆草積肥，他略施小計，與侄兒秀生超近路搶先趕向蘆草最多的河段，他奮
力揮篙撐船：

> 西北風戲弄著財喜身上那藍布腰帶的散頭，常常攪住了那支
> 篙。財喜隨手抓那腰帶頭，往臉上抹一把汗，又刷的一聲，篙子打
> 在河邊的凍土上，船唇潑剌剌地激起了很白的浪花來。哦——呵！
> 從財喜的厚實的胸膛來了一聲雄壯的長嘯，竹篙子飛速地伶俐地使
> 轉來，在船上的另一邊打入水裡，財喜雙手按住篙梢一送，這才又
> 一拖，將水淋淋的丈二長的竹篙子從頭頂上又使轉來。

這裡的詞彙並不華麗，但卻豐富，作者調遣機靈而得法，生動地描敘了財喜
一連串伶俐的動作。我們不僅可以看到他的一舉一動，聽到他的一呵一嘯，
甚至似乎感到他身上散發的熱氣與汗味，聲、色、情、境，一一俱全。每一
用語，都很有分量和氣勢。這種簡樸而耐人尋味的語言在《水藻行》中比比
皆是。

　　文字的簡潔，必須依賴於內容的精鍊。茅盾頑強的理性，加上他「保留」
情感的美學主張，決定了他對敘述內容作嚴格的篩選，把有限的文字用於刀
口。這方面巴金遜於茅盾。就說寫男女談情說愛吧，《家》描寫覺慧與鳴鳳在
梅園折梅傳情，作者非常注意交待過程。比如，「她又伸手去把那根枝子折斷
了，拿在手裡看了看」；「鳴鳳……便伸手去折，但是，她的身子短了一點夠
不著。她踮著腳再去折，還是抓不到那枝子」；「鳴鳳就側開身子，站在一邊，
真的讓覺慧去替她折」；「他把花枝折下來，交給鳴鳳」，「她看見他把花枝折
了下來，便伸手去接」等等。並非不能寫過程，問題是要有選擇，要有深意，
否則，就平，就淡，就淺。茅盾則不然。他對談情說愛的過程嚴加篩選，區
別對待，或用簡潔的短語概述，或不惜筆墨，寫出深意。《子夜》中林佩瑤與
雷鳴的隱情，著墨不多，但頗拿人，與這種篩選與筆法有關。茅盾不滿足於
單純的動作神態說明，而是寫出驅使這動作神態的心靈，就在動作神態和心
靈活動的結合中把情感推向制高點。這種時刻，茅盾特別好用「半響的沉默」
這一類文字，扣人心弦。嚴格提煉敘述內容，使茅盾的敘述很少有不痛不癢、
可有可無的文字，字字「到位」，句不虛設。

　　茅盾有自己特殊的遣詞造句的習慣與功夫。他喜歡把人們常用的通俗文

字濃縮爲精緻的句子，並常常構成並列的句式，作精闢的概括敘述。比如，「一切舊事都奔湊到發脹的腦殼裡來了：巴黎的繁華，自己的風流逸宕，幾個朋友的豪情勝概，哥哥的頑固，嫂嫂的嘲笑，母親的愛非其道，都一頁一頁地錯亂不連貫地移過」。又如「胡國光覺得這客廳的布置也像方太太：玲瓏，文雅，端莊」；「忽然天崩地塌價一聲響亮，這古舊的建築物齊根倒下來了！黃塵直衝高空，斷磚、碎瓦、折棟、破椽，還有混亂的帶著丹青的泥土」；一會兒，他覺得屠維岳這人本來就不容易駕馭：「倔強、陰沉、膽子忒大」。這些並列的短句或詞語，準確，精闢，簡練，文氣緊湊，筆勢遒勁。

在如何處理文字的通俗與冷僻、文言與白話的關係上，茅盾特有獨到的看法，早在二十年代初，談到翻譯外國文學作品的方法問題時他就指出：「著作家的本領有時全在用字的，就妙在處處能避去濫的熟的手頭拾來即是的單字，而用了個生的冷僻的新鮮的百思始得的字。」〔註7〕七十年代末《光明日報》刊登一篇文章，指責「陰晦的天氣」、「蕭索的山」是半文半白、生搬硬套。茅盾大不以爲然。〔註8〕在他自己創作中，他習慣於採用某些文言詞彙和表達方式，使文字特別精練略具文言色彩。他不說「衣服的下擺長到腳根」，而說「裾長到踝」，不說「一個人坐在靜悄悄的房裡」，而說「靜室獨坐」等。更有甚者，他還好用較爲冷僻的文言用語，打開茅盾的小說（甚至包括文藝論文），「伏辯」，「欸乃」，「悼亡」、「敬業敬樂」、「趑趄」、「眉眊」等等冷僻的文乎乎的詞彙不時出現。愛用文言詞彙是茅盾的語言癖好，利弊如何？這些詞語一般讀者比較陌生，對順暢把握語意帶來一定困難，產生某些艱深阻塞感。但是，擺在特定的語言環境中，特別是對古典文學造詣較深的讀者，這種困難並不大。而且，這種含意深奧的文言詞彙和短語，不僅沒有破壞茅盾敘述語言簡勁的總體風格，反而增強了簡潔度和遒勁力，還增添了別具一格的古奧味。

茅盾小說的敘述語言，沒有魯迅的樸素、凝練和幽默，沒有巴金的坦白、流暢，如訴衷情，沒有老舍的京腔京調和故意俏皮，也沒有趙樹理的通俗、風趣和泥土氣息，但有自己獨到的結實和老辣。它與大眾口語有一定距離，似乎更適合知識分子的口味；它不易討得追求暢快的青年讀者的喜愛，而更符合趨於沉靜的中年讀者的閱讀情趣。著名文藝評論家劉西渭打個比喻：「讀

〔註7〕　《譯文學書方法的討論》，《茅盾文藝雜論集》（上）。
〔註8〕　《致臧克家》（1978 年 9 月 21 日），《茅盾書簡》。

茅盾先生的文章，我們像上山，沿路有的是瑰麗的奇景，然而腳底下也有的是絆腳的石子；讀巴金先生的文章，我們像泛舟，順流而下，有時連你收帆停駛的工夫也不給。」〔註9〕茅盾小說之所以有如此的閱讀效果，敘述語言的冷峻、簡勁、老辣乃至古奧便是重要因素之一。茅盾的小說大多描寫社會政治和社會經濟題材，表現時代的「狂瀾伏流」，具有廣闊宏偉的氣勢和規模，這樣的敘述語言正適應了這種嚴肅、硬性題材的要求。

三、縝密

茅盾偏重於理性的心理素質，使他「有自己獨特的審視、闡述問題的方法——嚴謹、全面、一絲不苟」；〔註10〕他給葉聖陶第一印象之一是「精密」。〔註11〕這種特點反映在文學語言上，總是把對象描敘交代得清晰、精密、周密、滴水不漏。

生活現象是複雜的，或多側面，或多色調，或多程序，或有其他種種多面性，即使看似龐雜無章，其實也有邏輯層次可尋。文藝作品高於生活，作家描繪這種生活現象，既要是形象的，又要是嚴密的，只有充分注意到這種層次性，才能再現它的真相和特徵。何況茅盾面臨繁複的題材，如果沒有滴水不漏的文筆，後果則不堪設想。茅盾一向強調對事物周密的觀察和忠實的描寫，在敘述語言上刻意追求嚴格的層次性。

吳蓀甫舅舅曾滄海的長工阿二，向主子提及農民傳鑼開會，突然意識到主子不悅，作者寫道：

> 阿二突然縮住，撩起藍布短衫的衣襟來，又抹臉兒。在他的遮黑了的眼前，立即又湧現出那個幾千人的大會，無數的鋤頭紅旗，還有同樣紅的怕死人的幾千隻眼晴；在他耳邊，立刻又充滿了鍠鍠鍠的鑼聲，和暴風似的幾千條喉嚨裡放出來的咆哮怒吼。他的心像漲大了似的卜卜地跳得他全身發熱氣。

其簡潔與勁健姑且不說，這裡只說層次性。先是總寫阿二發現主子不悅這一剎那的神情動作，然後分別從「眼前」與「耳邊」兩個角度寫農民集會情景及阿二的心理感受，最後又總寫這以後阿二的心情與情緒。它不僅細緻地展

〔註9〕 《愛情三部曲》，《咀華集》。
〔註10〕 〔法〕蘇姍挪・貝爾納《回憶茅盾》，《憶茅公》。
〔註11〕 《略談沈雁冰兄的文學工作》，莊鍾慶編《茅盾紀實》。

示了阿二的神色、心理的變化過程，而且從人數、聲勢、色彩、群情、氣氛等方面透露了農民傳鑼集會的盛況。文字層次的嚴密，保證了人物心理、場面情景的清晰。

茅盾小說的敘述語言有大量分號，充分發揮分號「分」的功能，把所要表達的複雜的生活層次標得更為清楚，並不斷地提醒讀者注意這種層次性。

劉勰說：「辭忌失朋」。詞與詞、句與句不能散兵游勇，只有互相照應通力協作才筆力無窮。茅盾語言的嚴密在於他嚴格注意語言的「關係學」，配置得十分精細，以致連細微末節也不輕易放過。《春蠶》中老通寶一家都為「布子不轉綠而焦急。」翌日，四大娘終於發現「布子」轉綠了，好不高興。於是「四大娘立刻告訴了丈夫，告訴了老通寶，多多頭，也告訴了她的兒子小寶」。倘若換個作者，次序就未必如此，更可能將無關緊要的小寶忘了。其實這裡的次序是不容變更的。這樣的喜訊，四大娘首先急於告訴的當然是自己心痛的丈夫，然後才告訴公公與叔叔。至於小寶，雖是孩子無關緊要，然而近日來跟在大人屁股後邊也似懂非懂地關切著蠶事，所以，作為母親，把這令人快活的消息告訴兒子全在情理之中，何況多告訴一個人，自己便多享一次快活；不過，這不宜先於老通寶，多多頭，否則，四大娘便不是通情達理的兒媳和嫂子。

縝密，還表現在節與節間過渡的嚴謹。習慣性的過渡有幾種。一種是在用較長的文字敘述了複雜的事態之後，用一句話再提起開頭所引起的事，以便把因「打岔」而淡化的思緒再收回來。比如《鍛鍊》，劈頭說：「三叉路口突然擠住了。」接著便是長達一千多字寫了叉道口交通阻塞的場面，細剖了羅求知的心理活動。文思盪開了，於是，最後補上一句：「然而，真不湊巧，偏偏在這三叉路口擠住了。」這種補上一句的寫法，使讀者已經淡忘了的思路重新復活，不致產生理解上的脫節。另一種是開頭用一短句作總起，描寫某種情景或氣氛，對上一節內容作出反響，造成小小的停頓，然後讓事態繼續發展。比如：「回答是一次傷心的會晤」，「回答是長聲的蕩人心魄的冶笑」，「暫時沒有回答」，「長時間的沉默」，「雨暫時停止」，「梅女士的臉色全變了」等等。停頓，雖是某種空白，但反而增強了節奏感與層次性。還有一種是開頭用轉折關聯詞引起轉折，導致上一節內容的逆向趨勢。如《春蠶》，前邊說老通寶擔心蠶子不祥，下節開頭是「然而那『命運』的大蒜頭這次竟不靈驗」；前邊說荷花衝擊老通寶家蠶房寶寶意外地仍然健康，下一節開頭說「但是老

通寶他們滿心的歡喜卻被這件事打消了」。轉折，逆向趨勢，使上下關係銜接更緊。這三種過渡，都有承上啓下的作用，使節與節之間的關係一絲不苟，決無疏漏與脫落。

繽密，是簡勁的「戰友」。因爲簡潔、勁健最怕雜亂和模糊。只有精細周密了，才能以少而精的文字，把複雜的生活現象梳理、描繪得清楚明白。繽密，淨化了茅盾的敘述語言，強化了簡潔和勁健，或者說，它本來就是簡勁的一個方面。

四、跌宕

冷峻、簡勁、繽密，都內含著約束，處理不好，很可能呆滯，一副面孔，一種腔調。高明的作家，既有主調，又善變奏。茅盾說：「在什麼情況之下，用什麼樣的句子，長的或短的，構造單純的，或構造複雜的，這都是屬於造句方面的技巧。總而言之，句子的構造是和它所要表達的情緒有相互的關係，兩者必須一致，不能矛盾。」〔註12〕在評論《青春之歌》的語言時又指出，描寫不同場合的不同氣氛，應有不同的詞彙和句法，應有多種語言色彩和節奏。〔註13〕茅盾雖然嚴謹過人，但並非拘泥一端不善開闔伸曲。給葉聖陶第一印象，除了「精密」還有「廣博」。〔註14〕他胸襟開闊，視野遼遠，生活在他眼中，既廣闊宏偉，又細膩多彩；「狂瀾伏流」會濺出點點水珠，也許還匯成涓涓細流，緊張的夜行軍常有鳥飛狗吠。茅盾敘述語言的功力，表現在能根據不同描寫對象的不同情緒，變換筆調，顯得跌宕多姿，筆勢夭矯。

大凡寫到緊急之處，文字特別簡短、急迫，有時一言半語便描敘出富有特性的緊迫的情景和氣氛。舉個小小的例子。老通寶一家春蠶豐收成災只能吃南瓜糊口，小寶叫苦不絕，但老通寶還嫌四大娘把南瓜燒得太乾，準備加水沖稀，四大娘搶先將南瓜盛起，不一會，「嚓！嚓！嚓！四大娘手快，已經在那裡鏟南瓜鍋巴了。」文字猶如四大娘的動作，利索而急促。一日，老通寶朦朦朧朧，忽然覺得外邊人聲嘈雜，情況異常，「鍠鍠鍠！是鑼聲。」原來，人們在緊急鳴鑼集會。此種敲鑼，不同於鏟鍋巴，倘若是「鍠！鍠！鍠！」節奏就不夠緊急，文字的簡潔度和急迫感無以復加，要改變一字一個標點也

〔註12〕 《怎樣閱讀文藝作品》，《茅盾文藝評論集》（上）。
〔註13〕 《怎樣評價〈青春之歌〉》，《茅盾文藝評論集》（上）。
〔註14〕 《略談沈雁冰兄的文學工作》，莊鍾慶編《茅盾紀實》。

難奏效。

遇上大場面，茅盾特別注重粗線條的宏觀勾勒，往往從視覺、聽覺、嗅覺等角度，顯示場面、氣氛的熱烈和繁複，給讀者立體的感受，如身臨其境。但文筆又能隨不同的對象而變化。先看《幻滅》中南湖第二期北伐誓師典禮的描寫：

> 滿天是烏雲，異常陰森。軍事政治學校的學生隊伍中發出悲壯的歌聲，四面包圍的陰霾，也似乎動搖了。飄風不知從那一方吹來，萬千的旗幟，都獵獵作聲。忽然轟雷般的掌聲起來，軍樂動了，夾著許多高呼的口號，誓師委員到場了。靜和慧被擠住在人堆裡，一步也動不得。

> 軍樂聲，掌聲，口號聲，傳令聲，步伐聲，錯落地過去，一陣又一陣，誓師典禮按順序慢慢地過去。不知從什麼時候下起頭的雨，此刻忽然變大了。天上像開了大窟窿，盡情地傾瀉。許多小紙旗都被雨打壞了，只剩得一根光蘆柴桿兒，依舊高舉在人們手中，一動也不動。

如此壯觀的場面，這般濃烈的氣氛，寫上幾千字輕而易舉。然而這裡卻只有兩三百字，用詞妥貼，句子簡短，大體整齊，沒有過多的修飾，不作細膩的描敘，但色彩、聲響、情緒、動向，如在身邊，一句句，一聲聲，節奏急促，給人嚴整、威武、勢不可擋的感覺，這與莊嚴雄偉的戰鬥誓師大會的情緒多麼相似。

再看《子夜》爲吳老太爺辦喪事的吳公館：

> 汽車的喇叭叫；笛子，鎖吶，小班鑼，混合著的「哀樂」；當差們擠來擠去高呼著「某處倒茶，某處開汽水」的叫聲；發車飯前處的爭吵；大門口巡捕暗探趕走閒雜人們的吆喝；煙捲的辣味，人身上的汗臭：都結成一片，彌漫了吳公館的各廳各室以及那個佔地八九畝的園子。

作者從聲音和氣味兩方面入手，粗線條地渲染吳公館的氣氛，這「聲」與「味」都混雜多種成分，作者表達「聲」、「味」這同一對象，不斷更換不同的詞彙，交替使用長短不一、格式不一的句子，其效果與整齊句式全然不同，給人瑣碎繁雜之感。這與今天吳公館亂七八糟、烏煙瘴氣的情景和氣氛又何等吻合。

然而，寫到寧靜、細微之處，尤其是青年男女的柔情蜜意，茅盾的文筆卻細緻委婉。《子夜》中凡涉及男女情來意往，作者用筆就不再快起快落，乾

脆灑脫，而是以精微之筆敘寫他們的心曲。至於《霜葉紅似二月花》，由於幾對知識青年夫婦心曲複雜，乃至各有難言之處，文筆更是輕起輕落，精心入微，節奏舒緩，猶如纏綿淒婉的抒情曲。

如前所說，茅盾小說的敘述語言正字正句，基調嚴正，但是，並非只會板臉不會笑，遇上可笑的或具有諷刺意味的描寫對象，往往在嚴正的敘述中也不乏笑聲。有時故意改變詞語固定結構。比如《子夜》中曾滄海對國民黨黨證「恭而敬之」。有時以莊寫諧，大詞小用。比如，稱曾滄海對兒子厚顏無恥的開導爲「庭訓」。有時用誇張手法，嘲笑醜態。比如，讓曾滄海的小孫子在《三民主義》小冊子上撒尿，曾滄海與兒子驚恐萬狀。有時故意構造結構古怪的句子，在不協調中顯示諷刺意味。比如《一個夠程度的人》中，「現在，那些小販，——百分之五十的壯丁、百分之三十的小孩、百分之二十的老弱和婦女，賣大餅油條的、花生的、香煙和蛋糕的、期刊和閒書的、擦皮鞋的，都鼓起了最後的精力，老鼠一般鑽來鑽去，漲破了嗓子似的在叫賣。」結構古怪的句式，配以誇張、比喻等手法，寫盡了航船上的可厭可笑的雜亂相。儘管茅盾的幽默諷刺的才華無法與魯迅等幽默大師相比，儘管這種筆法偶而爲之，然而，與那正字正句的嚴肅筆調互相映襯，卻別有異彩。

所謂「情緒」，前邊著眼於事態，其實與人物的心境關係尤爲密切。茅盾的高明之處，在於能把人物在特定情況下的心理節奏，融化、滲透、體現爲敘述語言的節奏。《秋收》中老通寶聽到「鎗鎗鎗」的鑼聲，發現村民鬧事了，「而且多多頭也在內！而且是他敲鑼！而且他猛的搶前一步，跳到老通寶身前來了！」三個遞進關聯詞「而且」和感嘆號，層層推進，情緒激烈，這種文字節奏體現著老通寶驚恐、氣憤之情步步上昇的心理節奏。《虹》裡的梅女士新婚之夜關於「那件事」的計劃徹底失敗了，三天後回憶那情景：

可是，可是當一個熱烘烘的強壯的身體從背後來擁抱她時，她忍不住心跳了，隨後是使她的頸脖子感得麻癢的一陣密吻……

開頭兩個「可是」，引人注目。第一個「可是」接逗號，略作停頓，節奏放慢，增強了回味的意味；第二個「可是」不再停頓，以後是一連串較長的分句，引出一系列閃電式的性愛動作，梅女士的心情隨之陡轉，句子銜接緊湊，節奏急促。句子結構和節奏的變化完全體現了人物情緒的變化。

爲了使敘述語言與人物情緒相一致，茅盾常常採用摹擬法，捕捉人物的內心語言，將它糅合在敘述語言之中，成爲敘述語言的組成部分。這種摹擬

而來的人物內心語言，有時標以引號，作爲引語，並指明是人物所想；有時只標引號，不指明是人物內心語言；更多更精彩的是，既無引號，更不指明是人物所想。比如：

> 四大娘看自家的五張「布子」。不對！那黑芝麻似的一片細點子還是黑沉沉，不見綠影。(《春蠶》)

> 幸而再過了一天，四大娘再細心看那「布子」時，哈，有幾處轉成綠色了，而且綠的很有光彩。(《春蠶》)

> 交割下來他（按：馮雲卿）一算帳，虧折得眞不小呀！(《子夜》)

> 梅女士再也不能忍了。打破（按：打破舊禮教）！只高叫著打破，卻不替人想法怎樣打破！」(《虹》)

> 李先生渾身一震。什麼？倒是東洋兵打敗了麼？有點難以相信！」(《右第二章》)

> 然而討債的人卻川流不絕地在村坊裡跑，洶洶然，嚷著罵著。

> 請他們收米罷？好的！糙米兩元九角，白米三元六角！(《秋收》)

這些打點的文字都身兼兩「職」。一方面，是人物內心獨白，或驚恐，或驚喜，或驚疑，或感慨，或讚歎，或憤憤然，其清晰度無異於出口的有聲語言；另一方面，是敘述者借助於人物的眼睛、耳朵、心靈，去看、去聽、去感受外界，從而達到敘述事態介紹人物的目的，所以是敘述語言的特殊的形式。在這裡，人物內心語言和敘述語言已融爲一體，既是作者的敘述介紹，又是人物心靈與讀者直接的對話。前邊曾說，茅盾作爲創作主體，在作品中相當隱蔽。這種融合人物內心語言的敘述語言，作者的態度則藏得更深。他對人物不分褒貶，一視同仁，急人物所急，喜人物所喜，作者謹愼地控制著自己的態度，讓人物心靈自我亮相，按原樣交給讀者鑒別。

敘述文字隨情緒而變，而情緒乃千姿百態，變幻莫測，而且，茅盾十分注意避免藝術上單一的色調和節奏，講究相異場面氛圍和不同性格人物的巧妙穿插，所以，他的敘述語言既有貫串始終的基調主色，又有輔調和配色，長短、整散、快慢、剛柔、莊諧，調遣得法，配合協調。正如新文學運動的反對者吳宓盛讚《子夜》時所說的：「筆勢俱如火如荼之美，酣姿噴薄，不可空搏。而其微細處復能宛委多姿，殊爲難能而可貴。」〔註15〕

〔註15〕雲《茅盾著長篇小說〈子夜〉》，莊鍾慶編《茅盾研究論集》。

法捷耶夫說：「傳達情緒，是藝術最魅惑人的性質之一。但要掌握這個性質，作者也要經過一番苦練才行。必須培養自己善於尋找能夠引起讀者必要的情緒、必要的心境的節奏、詞彙、語句。」〔註 16〕茅盾練就了這番過硬功夫，對生活情緒——包括事態情緒和人物情緒——體察入微，而且文字功夫極深，善於使敘述文字的「節奏」、詞彙、語句，準確生動地體現這種情緒，從而調動讀者的情緒。這是茅盾小說「魅惑人」的奧秘之一。

五、「因人而異，因時而異」

茅盾讚賞《紅樓夢》「人物對白則或口角嘔香，或氣挾風霜，因人而異，因時而異，幾乎隔房可辨其為何人口吻。」〔註 17〕「因人而異，因時而異」，正是茅盾小說人物語言的特點。

「因人而異」，就是各人因社會地位、文化教養、性格脾氣的差異而語言各具特色，即通常所說的性格化。茅盾那些感受真切精心刻劃的人物都有自己的語言基調。吳蓀甫是剛愎自用的「鐵鑄人兒」，這就鑄定了鐵鑄般的語言。他出口斬釘截鐵，絕無商量的餘地，少長篇宏論，常三言兩言，句式短促，多命令式，即使關心體貼太太，與姘婦密談交易，也不失這說話的「基本功」。屠維岳決意用精明來迎合主子吳蓀甫，所以對主子也敢出言不遜，但言語之間又閃發著主子所欣賞的機警和狡猾。趙伯韜開口閉口「我老趙」，不時發出「哈哈」狂笑，一副蠻橫的流氓腔調。曾滄海是久住鄉間的「土皇帝」，所以滿口「老婆」、「畜生」、「什麼屁會」、「要你狗命」之類的粗言俗語。「紅頭火柴」周仲偉總是油嘴滑舌。老通寶和多多頭說話，一個質樸而固執，一個質樸而閃光，代表了兩代人兩種性格。趙惠明習慣於尖刻的冷嘲熱諷，洋溢憤激之情，反映了她心靈被扭曲以後對魔鬼世界的蔑視和「不是一個女人似的女人」的倔強。至於婉卿蘊含著悲涼的柔情細語，透露了她微妙的難言心曲。這一系列人物的語言，不僅在茅盾作品中絕不含糊和雷同，即使在整個現代文學中也放射著奪目的光彩。

「因人而異」不易，「因時而異」更難。「我們日常生活中說話一定有長短高低不同。不同的場合不同的心境下，一定會產生不同的說話口氣：有時沉重、有時激昂、有時快、有時慢。」〔註 18〕茅盾對「人」的深入研究，使

〔註 16〕 《論作家的勞動》，《蘇聯作家論創作》。
〔註 17〕 《關於曹雪芹》，《茅盾文藝評論集》（下）。
〔註 18〕 《關於文藝創作中一些問題的解答》，《茅盾文藝評論集》（上）。

他筆下的人物語言總能因場合和心境的不同而變化。

《虹》的主人公梅女士愛表兄韋玉，但父親卻偏把她許配給她所憎惡的表兄柳遇春。一次，她與女友徐綺君平靜地交談，徐想起見到那位被稱為「姑爺」的男子，便轉換話題，問「他是你的未婚夫麼？」梅女士的頭搖一下，似乎承認，又像否認。徐綺君追問，就是常說的「韋──韋玉罷？就是他麼？」「不是！」梅女士回答，將臉立刻轉向窗外。好個「不是！」它既是梅女士剛毅性格的表現，更是她此刻特殊心情的爆發。希望是韋玉，偏不是韋玉，然而徐綺君無意間卻偏一問再問，竟然直點韋玉其名，直捅她心頭之恨。懊惱、怨恨，煩躁，全爆發在這「不是！」之中。

這種發自心頭的語言並非總是自然而出，有時是人物精心權衡選擇的結果。《子夜》中地主馮雲卿，經過一番思想鬥爭，決定讓女兒對趙伯韜施展美人計，「作勢地咳了幾聲，便打定主意找女兒去談判。」儘管他無恥至極，但畢竟難以開口，所以要「忖量著怎麼開始第一句」。馮雲卿頗費一番心機。進門前，姨太太虛虛實實揭露女兒妣了男人；進門後，女兒的體態似乎暗示已不是黃花閨女。於是，他計上心來，變求援為庭訓，開始了談判的第一句話：「阿眉！你──你也不小了！──」這一句話，既不失「詩禮傳家」的嚴父身份，又便於沿著男女風流韻事路子向預定目標過渡。但是，當女兒帶著老子交代的重任與趙伯韜睡了一夜回家，馮雲卿從戰場一般的交易所回來向她打聽金子般的寶貝消息時，第一句話便大「異」了。一進家門，脫口而問的是：「大小姐回來了沒有？」一進女兒房門，衝口而出的是：「阿眉！那件事你打聽明白了麼？」彼一時，此一時，第一句話「因時而異」了，此刻，他再也沒有心思擺什麼嚴父臭架子，終於迫不及待一杆子到底。三句第一句話，不管是精心惦量，還是脫口而出，都是人物特定心境的產物。

有時因情況異常，人物語言會遠離原有基調，顯示出人物牲格的多面性。比如，吳蓀甫習慣於說「硬」話，但也有例外。有一次，他面臨重重矛盾，發展實業的狂熱已在他心中冷卻，正考慮投降趙伯韜；轉身發現妹妹蕙芳悶悶不樂，進而向他傾吐了胸中的鬱悶，潸然而淚。吳蓀甫竟然空前地溫和，慈母般地說：「哦──那麼，四妹……」；「那麼，你是太沒有事來消磨工夫吧？那麼，四妹你今天為什麼不跟嫂嫂一塊去散散心呢？」這是反常，但也正常，由於事業的失敗，吳蓀甫心灰意冷，恰好遇上妹妹向他傾訴心頭鬱悶，只有這時，他才產生共鳴，同病相憐，於是，奇跡般的溫和出現了。可是，溫和

是暫時的。他聽了妹妹又一番更使他不能理解的訴說，越聽越不耐煩，終於忍不住了，終於恢復了常態，說：「哎，哎！眞是奇怪！」吳蓀甫語言的「變調」，反映了他色屬內荏的矛盾性格和總崩潰前的脆弱心境。

第九章 一個引人矚目而又有爭議的 小說模式

　　當一個作家形成獨特的創作個性，成為文學大家以後，人們就習慣於審定他在風格流派、文體模式上屬哪種類型，並把他放在世界文學範圍內加以比較考察，尋找他與世界文學的聯繫。我們在本書的引言中說過，茅盾文學活動的實際效應表明，茅盾決不僅僅是茅盾個人，他是我國現代作家中的一個典型。人們隨著對茅盾創作個性認識的不斷深入，越來越發現茅盾的作品，以冷靜的社會分析的色彩，以巨大的規模和氣勢、在我國現代文學史上獨樹一幟，在同類作品中獨領風騷；人們還進一步發現，儘管茅盾受到世界許多文學大家的影響，然而在總體類別上，更相似於現實主義文學大師巴爾扎克和托爾斯泰。在這一方面，茅盾的文學活動給我們提供了寶貴的經驗，對現當代文學產生了深遠的影響，也給人們留下了不少問題，引人爭議，發人深思。

一、「趨向於政治的或社會的」

　　被恩格斯稱讚為「現實主義大師」的巴爾扎克，一生關心政治，研究政治，撰寫過許多論及重大現實問題的社會政治論文，甚至一直沒有放棄從政的念頭。這種社會學家的氣質決定了他作為文學家的時候，也抹上濃重的研究社會、研究政治的色彩，引導他專注於法國政治社會生活中的重大問題，涉及甚至描寫對社會變革舉足輕重的政治力量的代表人物，使他的《人間喜

劇》「匯集了法國社會的全部歷史」。〔註1〕俄國批判現實主義最傑出代表托爾斯泰的一生，也一直目光炯炯地注視著俄國的社會現實，他的《戰爭與和平》、《安娜‧卡列妮娜》、《復活》等作品，相當全面地展現了十九世紀俄羅斯社會、政治、經濟、軍事、宗教等等廣闊、複雜的社會畫面，被列寧稱為「俄國革命的鏡子」。〔註2〕無論是巴爾扎克還是托爾斯泰，他們的作品都以強烈的社會性和鮮明的政治色彩，贏得全世界讀者的關注和讚賞。

在文學與政治社會的關係問題上，茅盾走的是巴爾扎克、托爾斯泰之路。茅盾一踏上文壇就公開宣稱：「文學之趨於政治的和社會的，不是漫無原因的」。他反對「把凡帶些政治意味社會色彩的作品統統視為下品」。〔註3〕這幾乎是他的宣言。後來，他二十多年的創作實踐始終體現這一文學主張。他的作品以特別強烈的政治意味和社會色彩而有別於其他現代作家的作品，以致於有的讀者一提到茅盾的作品就與鮮明強烈的政治味、社會性聯繫在一起。

這種政治意味和社會色彩主要來自於茅盾慣用的政治、經濟層面的視角。他專心於從政治與經濟的角度來注視、理解、考察、剖析社會。大量政治、經濟題材湧向茅盾的筆端，展示出一系列重大社會問題：第一次大革命轟轟烈烈地展開而陡然慘敗，帝國主義勢力對中國政治、經濟的全面滲透和鉗制，最後以致發動瘋狂的軍事侵略，國內軍閥混戰，政治獨裁，民族資本主義苦苦掙扎，農村經濟急劇破產，農民革命從自發走向自覺，全國人民堅持民族革命解放戰爭等等。而這一切正是中國近代政治社會變革所經歷和面臨的重大向題。所以，茅盾的創作總是與中國近代政治社會的變革緊紫聯繫在一起。

我國現代小說大家、名家中，有的專注於從歷史的縱深處剖析我國人民的弱點，有的待別擅長從家庭範圍內揭露封建的、資產階級的倫理、道德的罪過，有的側重於抒寫知識青年有感於祖國落後、社會黑暗的心靈痛苦，也有的對遠離火熱社會與政治的人性美特別迷醉等等。他們所寫的，儘管與「階級」有關，但是，著眼點卻未必是「階級」。茅盾卻不同。他筆下各種社會、政治力量儘管複雜、交叉、多變，不像蔣光慈等早期革命小說那樣階級陣線壁壘分明，但是，在他作品中分明活躍著幾支階級隊伍。買辦資產階級、民

〔註1〕 《恩格斯致瑪‧哈克奈斯》，《馬克思恩格斯選集》第4卷。
〔註2〕 《列甫‧托爾斯泰是俄國革命的鏡子》，《列寧選集》第2卷（上）。
〔註3〕 《文學與政治社會》，《茅盾文藝雜論集》（上）。

族資產階級、封建地主階級、貧困農民，還有依附於相應階級尤其是小資產階級的各類知識分子等等。他們各有各的思想與追求，其處境、命運、結局也各不相同。他們儘管大多有自己獨特的個性，然而，又都是本階級在特定歷史條件下的「標本」，作者通過他們所要表現的正是他們所屬階級的屬性和共同的命運。這就增添了茅盾創作的政治味和社會性。

茅盾作品的政治味和社會性之所以特別強烈，還因為他常常涉及黨派鬥爭。在茅盾筆下，真可謂黨外有黨，黨內有派。國、共兩黨的較量貫串他創作始終，儘管有時以合作的形態出現。一方是對內獨裁，對外屈膝；一方是為民為國，展開艱苦卓絕的鬥爭。這是茅盾通過許多作品所要竭力表現的。不過，茅盾並沒有將這種政治鬥爭簡單化，他還清醒地看到政黨內部並非鐵板一塊，純而又純。共產黨內部忽「左」忽右，貽誤人民利益的錯誤傾向時有發生，不純分子也不乏其人，而國民黨領導的軍隊面對日本帝國主義的炮火，也與上海市民團結一致浴血奮戰，像《鍛鍊》中的孫排長這樣的基層官兵更是英勇殺敵，因上級抗戰不力而憤憤不平。

茅盾作品這種政治味和社會性還突出的表現為刻意探索中國社會的性質，回答一代人對「中國向何處去」的思考。這是研究近代中國社會所要回答的最根本的問題。《子夜》第一章特意通過人物的議論開宗明義：「我們這社會到底是怎樣的社會？」「你只要看看這兒的小客廳，就得到了解答。這裡面有一位金融界的大亨，又有一位工業界的巨頭；這小客廳就是中國社會的縮影。」《霜葉紅似二月花》結尾處，讓錢良材與張恂如對王伯申與趙守義經過一番鬥法終於犧牲農民利益而握手言歡大發感慨，實際上同樣是在揭示中國社會的性質。《林家鋪子》、「農村三部曲」等儘管未採取某種途徑直言，然而，故事本身清楚地顯示著社會和時代的特點。可以說，從《霜葉紅似二月花》中「霜葉」與「二月花」的比勢，到《腐蝕》所展現的人與魔鬼的較量，從時代女性、民族資產階級、農民這三組人物的人生追求及其結局，無不顯示出中國是個半封建半殖民地的社會，然而，中華民族經受了重重災難的鍛鍊，歷史將出現轉折，子夜的黑暗已臨盡頭，必將迎來黎明的朝陽。難怪日本漢學家松井博光總稱茅盾的作品為「黎明的文學」。〔註4〕

這種特別強烈的政治意味和社會色彩，使茅盾的作品抹上冷峻的嚴肅性。它沒有浪漫的情調，沒有歡快的氣氛，沒有朦朧的幻想，沒有玄乎的猜

─────────────────

〔註4〕　松井博光《黎明的文學》。

測，擺在你面前的是實實在在的嚴峻的現實問題。你可以因為對社會對政治的冷漠而不讀、不喜歡，然而，只要你認真讀了，只要你還有關心社會不避政治的良知，那麼，你就會有所得。當然，它不會迷你陶醉，但會令你冷靜地鎖眉深思，深思那些關於民族、關於社會、關於國家的前途和命運的重大問題。

二、「描寫廣闊氣魄深厚」

文學的外在形態決定於作品的內容。直接面向廣闊社會必然給作品帶來宏偉的氣勢。巴爾扎克由九十多部作品組成的《人間喜劇》，編年史格式，內容浩瀚，氣象萬千，一派史詩氣魄，即便單篇也大多故事複雜，線索紛繁，人物品類繁多。托爾斯泰同樣刻意追求作品的史詩性，《戰爭與和平》等氣魄宏偉之作，牢牢地確定了他在世界文學範圍內史詩型作家的地位。在這一方面茅盾走的也是巴爾扎克、托爾斯泰之路。

早在 1921 年，他在記述社會背景與創作關係時指出，新文學初創以來，雖然已取得了可喜的成就，然而深表遺憾的是「沒有描寫廣闊氣魄深厚的作品」。〔註5〕後來他又明確表示：「我喜歡規模宏大、文筆恣肆絢爛的作品。」〔註6〕我國新文學史上最能彌補這一缺憾的傑出代表不是別人，正是茅盾自己。

史詩性的現實主義創作，比之其他作品應當以更大的規模與氣勢，反映一個歷史時期更為廣闊、更為複雜的社會面貌，更能顯示這個時代的本質特徵。茅盾懷著「大規模地描寫中國社會現象」的藝術「野心」，集中主要精力描寫時代的重大題材，把最能體現這個時代動向的政治、經濟現象和事件直接引進自己的作品，這就為他的創作贏得史詩氣魄提供了較好的前提。

盧卡契指出：史詩應當具有「事物的整體性」，反映「屬於主題的各個重要的事物、事件和生活領域」，「用直接的、自然的、明顯的方式表現個人命運和周圍世界的密切聯繫」。〔註7〕茅盾作品的史詩性首先來自於他頑強的「整體」觀念。他幾十年如一日地強調，文學作品反映的不應當是社會的一角，而應當是「社會全般」。無論是事件還是人物，切忌孤立，而應當寫出其上下

〔註5〕 《社會背景與創作》，《茅盾文藝雜論集》（上）。
〔註6〕 《我閱讀的中外文學作品》，轉引莊鍾慶《茅盾史實發微》。
〔註7〕 《托爾斯泰和現實主義的發展》，《盧卡契文學論文集》（二）。

左右的廣闊聯繫。他那些分量重、成就高、影響大的作品都有一個廣闊的社
會背景，如果有佔優勢地位的主人公，則都處於複雜社會關係網的中心位置。
在茅盾心目中社會是個有機整體，城市、集鎮、農村、戰場、工廠、商界、
學校、機關等等，都是社會的某一方位。他許多作品儘管正面著筆於某一方
位，然並沒有將它置於整個社會之外，他總是想方設法引進全社會的信息，
有時甚至騰出部分篇幅，正面描寫與此方位密切相關的方位。所以，他的大
部分作品常常具有全社會、全方位的「交響曲」的特點。

茅盾「大規模地描寫中國社會現象」的藝術野心和對史詩氣魄的追求，
導致了他在文體上特別鍾愛於中長篇小說，因為一般來說，重大的題材與主
題，宏大的規模，要求較大的篇幅。他說過：「我覺得所有自己熟悉的題材都
恰配做長篇，無從剪短似的。」〔註8〕即使短篇，特別是那些名篇，也像壓縮
了的中篇。而且，茅盾還像巴爾扎克、托爾斯泰一樣，曾構思過幾部多卷本
的長篇小說，可見他藝術魄力與「野心」之大。

茅盾的「整體」觀念還表現在多種文體的互補，特別是把那些沒有寫進
中長篇小說但又是「全般社會」較為重要的方面寫進短篇小說和散文，以彌
補中長篇小說反映廣闊生活廣度上的某些空缺。儘管茅盾沒有像巴爾扎克那
樣有一個龐大、嚴密的通盤創作計劃，把自己所有的作品採用類似《人間喜
劇》那樣的統稱，但是，就全面反映一個歷史時期的社會總貌，表現這一歷
史時期時代女性、民族資產階級、貧困農民的不幸命運而言，茅盾所有的作
品是個有機的整體，是我國近現代的「人間悲劇」。

茅盾作品的史詩氣魄不僅來自於他頑強的「整體」觀念，而且來自於他
強烈的「編年」意識。無論是社會事態、政治沿革，還是三組人物的時代命
運，茅盾總是下決心要表現其歷史過程，既有其歷史的連續性，又有其發展
的階段性。許多學者將茅盾主要著作按反映生活的時間順序一一排列，指出
它們反映近代中國各個歷史時期社會面貌、歷史事件的完整性和連續性。很
有意思的是茅盾創作進入後期，創作了《霜葉紅似二月花》，作品正面描寫的
雖然是二十年代初期的社會現實，但是，作者卻巧妙地追溯了「五四」以前
的某些歷史情景，使他一生創作反映的年代又提前了一個歷史時期。

正是這種頑強的「整體」觀念和「編年」意識保證了茅盾作品宏大的史
詩氣魄。他的作品攝下社會的大鏡頭，留下時代的巨幅畫卷，把社會的潮流，

〔註8〕 《我的回顧》，《茅盾論創作》。

革命的風雲，歷史的經驗，各類人的命運，都納入他的藝術天地，而且大起大落，氣勢宏偉。茅盾的創作，不是小橋流水，而是江河湖海；不是世外桃源，而是十字街頭；不是小家碧玉，而是時代壯漢。對茅盾創作的史詩氣魄，王若飛同志早在 1945 年就作過十分精闢的論述。他說：

> 茅盾先生的創作事業，一直是聯繫著和反映著中國民族與中國人民大眾的解放事業的。在他的創作的年代中，也正是中國民族與中國人民解放事業的大變動時期，中國大時代的潮汐，都反映在茅盾先生的創作中，他的《蝕》，反映了 1925～27 年大革命前後中國知識分子在人民解放事業中的動態。他的《虹》，反映了五卅運動的側面。他的《子夜》，反映了內戰時期大都市的金融與民族工業的混亂。他的《春蠶》，反映了帝國主義經濟侵略和封建剝削下的農村破產和農民的痛苦。他的《第一階段的故事》，反映了「八一三」中國抗日民族戰爭初期的動向和情緒。他的《腐蝕》更反映了人民抗戰運動在 1941 年初春所遭遇的黑暗阻力。——從茅盾先生的創作過程中，我們可以看到中國社會的大變動，也可以看到中國人民解放運動的起落消長。茅盾先生的最大成功之處，正是他的創作反映了中國大時代的動態，而且更重要的是他創作的中心內容，與中國人民解放運動是相聯繫的。〔註9〕

就一個作家的創作與中國社會的大變動、與中國人民解放運動的關係來說，王若飛同志這一番評價在我國現代作家中，除了茅盾還能用於誰呢？恩格斯稱巴爾扎克的《人間喜劇》「匯集了法國社會的全部歷史」，列寧稱托爾斯泰為「俄國革命的鏡子」。如果我們套用這兩位無產階級革命導師的話，那麼，我們完全有理由稱讚茅盾的創作匯集了中國近現代社會的全部歷史，茅盾是中國革命的鏡子。

茅盾創作的史詩性，越來越引得海外學者的興趣和讚揚。法國作家蘇珊娜・貝爾納和前捷克斯洛伐克學者普實克等都異口同聲地稱茅盾的作品是「大幅壁畫」，日本松井博光稱茅盾的長篇是「長河式長篇」。香港出版的一本中國新文學論著說：「在茅盾之前，沒有一個小說家像他一樣對當代歷史能作如此深刻而客觀的研究分析，因此他的作品，不但以它文學價值見稱於當時，也因它為當代歷史文獻，有其歷史、政治及社會上的意義，而令人讚頌不已。

〔註9〕 莊鍾慶編《茅盾研究論集》。

同時也正如巴爾扎克的小說能將十九世紀法國社會詳細的反映在一個寬廣的大油畫布上一樣，茅盾也爲那時代勤奮不倦的史家以及有力的社會批判者。」〔註10〕

三、「決非憑一時之衝動」

嚴格意義上的藝術，都傳達作者的某種主張和思想，但又必須以情動人，都是作者理性與情感的統一和交融，不過，這兩者在統一交融過程中所起的作用及其表現形態卻又千姿百態。其主要形態大致是兩類，一類是主情，情感作用偏重，而且外露，如郁達夫、巴金，尤其是他們的前期；一類是主理，理性的主宰格外強烈，而感情隱蔽，茅盾最有代表性。

在文學作品情與理的關係上，茅盾在他半個多世紀的文學生涯中，儘管始終強調文學必須「感情的地去影響讀者」，〔註11〕但是，他講得更多、更系統的是文學作品這種情感表達必須以理性爲主導，接受理性的制約。他認爲，優秀的文學作品「決非憑一時之衝動」所能創造的。〔註12〕茅盾在他自己的創作中，理性的主導作用表現爲高度的自覺。理性在他的創作中無孔不入，滲透到他創作過程中的每個環節，作用於作品思想、藝術、技術的方方面面。

在下筆創作之前，這種理性作用表現爲明確的目的性和功利性。不管是他全部創作還是某一部作品的寫作，都是「盡時代所賦予的使命！」〔註13〕儘管這種目的性和功利性在他創作道路上呈前弱後強的發展趨勢，然而，用「一以貫之」來表述卻並不過分。他的處女作《幻滅》雖然是「經驗了動亂中國的最複雜的人生的一幕」，取得強烈的生活感受以後，在「文思洶湧」的情況下寫成的，〔註14〕雖然茅盾自己曾表白「不是爲了說明什麼來做小說的」，然而它同樣表明，先有人生感受而後寫作與懷有「說明什麼」的創作目的並不矛盾。事實上，茅盾一方面表白「不是爲了說明什麼」，但另一方面卻又說得十分明白：「想選擇自己熟悉的一些人物——小資產階級的青年知識分子，寫他們在大革命洪流中的沉浮，從一個側面來反映這個大時代」。〔註15〕

〔註10〕　葛浩文《漫談中國新文學》。
〔註11〕　《〈地泉〉讀後感》，《茅盾論中國現代作家作品》。
〔註12〕　《一般的傾向》，《茅盾文藝雜論集》（上）。
〔註13〕　《我們所必須創造的文藝作品》，《茅盾文藝雜論集》（上）。
〔註14〕　《從牯嶺到東京》，《茅盾論創作》。
〔註15〕　《我走過的道路》（中）。

包括《幻滅》在內的三部曲《蝕》，就是要表現現代青年在革命壯潮三個時期的幻滅、動搖和追求。如果說《蝕》三部曲是作者先經歷了複雜人生而後才寫作，那麼在這以後，尤其是從《子夜》開始，其主要傾向則表現爲「爲的要做小說，然後去經驗人生」，〔註16〕通過創作「盡時代所賦予的使命」的意識越發強烈。他所有的中長篇小說，《創造》、「農村三部曲」、《林家鋪子》等優秀短篇，他那些「不忘社會」，「觀察的周到，分析的清楚」〔註17〕的散文，連同他唯一的話劇《清明前後》都毫無例外地爲表現時代「有意爲之」而作。

茅盾這種適應時代的遵命意識，甚至不惜表現爲明顯的應時性。三、四十年代幾部以抗戰爲背景的長篇作品都爲應時之作。這種應時性，不僅表現在內容、主題的確定上，而且表現在形式、手法的選擇上。《第一階段的故事》一方面取材於「八一三」上海抗戰生活，並以「你往哪裡跑」這樣的醒目題名，寓意當時「不但關係到我們國家民族的命運，也關係到每個中國人的命運」的「何去何從」的問題，另一方面特意採用了通俗形式，以適應當時香港文壇對通俗文藝的需要。〔註18〕更有意思的是，《清明前後》不僅在內容上緊密配合形勢，意在表明「政治不民主，工業沒有出路」，而且在文體上，「捨易求難」，破例採用話劇。因爲「寫成劇本而又能上演，它的影響將是直接的，集中的，爆發性的。而且，讓民族資產階級花二三小時看一場戲，他會願意，讓他坐下來啃完一部長篇小說，就很難」。〔註19〕

總之，茅盾從未爲個人的感傷恩怨而舞文弄墨，因一時的衝動而著筆，他一生爲時代而從文。從目的和社會效應來說，文學是茅盾用以表現時代、服務社會的特殊手段和工具。「盡時代所賦予的使命」，是茅盾全部文學活動的出發點和歸宿。唯其如此，茅盾的創作才一刻也未離開「這個大時代」，才有可能被人們譽之爲偉大時代的史詩。

既然文學創作是「盡時代賦予的使命」，那麼，進入創作階段以後就絕對馬虎不得。茅盾指出，創作需要靈感與衝動，但這並不等於說不要「銳利的觀察，冷靜的分析，縝密的構思」。〔註20〕他有句名言：「小說必須做『做』，有計劃去『做』！」〔註21〕茅盾創作中高度的理性自覺，在進入創作階段以

〔註16〕 《從牯嶺到東京》，《茅盾論創作》。
〔註17〕 郁達夫《中國新文學大系・散文二集・導言》，《郁達夫文集》第 6 卷。
〔註18〕 《〈第一階段的故事〉新版的後記》，《茅盾論創作》。
〔註19〕 《我走過的道路》（下）。
〔註20〕 《讀〈倪煥之〉》，《茅盾論創作》。
〔註21〕 《創作與題材》，《茅盾文藝雜論集》（上）。

後就表現爲緊緊扣住表現時代使命這一總目標，對作品的全局作「縝密的構思」，「有計劃地去『做』」。對題材先「貪多務得」，後「百般挑剔」，選取最具時代意義的題材，來一個「鳥瞰式地理解」，榨出其「精英」，然後「主題至上」，「小題大做」。他特別關注那些時代的典型人物，表現他們受時代壓抑、鉗制的不幸的命運，並採用得力的藝術手腕，寫出他們時代賦予的複雜的、富有立體感的性格特徵。在文體上，或小說，或散文，或話劇，或長篇，或「壓縮了的中篇」式的短篇等等，都要經過一番周密的思考和選擇。長篇小說的結構，隨著「大規模地描寫中國社會現象」龐大計劃的實施，從較爲明朗的單線型趨向於規模龐大、頭緒紛繁的複線型，以最大限度地體現「大時代」的錯綜複雜性。甚至文學語言的基調也與重大題材、嚴肅主題、生活強者的格調相吻合。總而言之，在茅盾的構思過程中，這是一個「一條龍」的系統工程。他胸懷時代，「縝密構思」，一絲不苟，嚴密配套，渾然一體，表現出非同尋常的自覺性和嚴密性。

這種「縝密的構思」，在創作的程序上還表現爲動筆前認眞「寫大綱」的習慣。值得注意的是，這不是左拉式的僅僅預定題旨和故事輪廓的「綱領」，而是巴爾扎克初稿式的大綱：「一個詳細的幾乎等於全部小說的『縮本』那樣的『大綱』，或者是一篇記錄著那小說的『人物性格』和『故事發展』的詳細的『提要』。而實際的寫作就是把這『縮本』似的『大綱』或『提要』加以大大的擴充和細描」。〔註22〕這不僅僅是寫作習慣問題，就茅盾來說而且是從總體上確保理性指導和滲透創作每個環節的重要措施。制訂大綱或提要的過程，實際上就是用科學的思想觀點和文學創作的原則、規律合理構想作品全局的過程，是創作過程中科學家與文學家結合的良好開端，它可以保證作品反映生活更加眞實、更加深刻、更加完美，而且有助於作家權衡自己完成這樣的寫作計劃是否力所能及。茅盾寫作《子夜》前擬訂了三部曲的提綱而又放棄了這個寫作計劃，後來爲改寫《子夜》而重擬了提要和提綱，並按此提綱又寫出若干冊詳細的分章大綱，而且把原擬描寫的紗廠改爲絲廠，使之更符合生活實際。〔註23〕儘管後來實際寫作過程中又因種種原因對計劃中的內容作了改動，但是，應該說，《子夜》的成功，這斟酌再三的提要和提綱的作用恐怕是不宜抹煞的。

〔註22〕《創作的準備》，《茅盾論創作》。
〔註23〕《我走過的道路》（中）。

　　文學作品不能沒有傾向，但是，傾向必須通過形象來表達，這是文學的基本特徵。不過，不同的文體，表達傾向的方式各不相同，比如詩歌可以直抒胸臆，而小說忌諱此法；即便同一文件因創作方法、風格、流派的不同而表達傾向的方式又有差異。比如，自我小說主觀傾向外露，而寫實小說主觀傾向隱蔽在客觀描寫之中。茅盾是嚴格寫實派。他反對將小說「詩」化，感情衝動，一向推崇左拉、巴爾扎克、佛羅貝爾等客觀寫實的作家。比如他說，《包法利夫人》的作者佛羅貝爾「在小說中表現出來的他的態度，是異常冷靜；他是這樣地努力克制著自己的主觀的情感，不使混進在他的作品中」。〔註 24〕茅盾創作中高度的理性自覺，在進入創作階段後，不僅表現在對作品全局作「縝密的構思」，而且體現在表達傾向的客觀性和隱蔽性。

　　一般情況下，茅盾不採用第一人稱，因為這種寫法雖然便於抒寫內心世界，但是，如果處理得不好，就不利於靈活地交換敘述角度，客觀地展現廣闊的背景，表現複雜的環境和事件，描述各種各樣的人物。茅盾奮力描寫的三組人物，均無自傳成分，與作者沒有直接的牽掛，他們既不是絕對的好人，也不是絕對的壞人，作者對他們真可謂「有好說好，有壞說壞」，如實寫來，不外加褒貶評價。在作品中茅盾忌諱說教、議論和感歎，不給故事留光明的尾巴。總之，茅盾似乎是不動聲色。茅盾是不是果真無動於衷、毫無傾向呢？不是的。那麼，茅盾的傾向究竟表現在哪裡呢？細心的讀者會發現，茅盾的傾向全滲入了他在理性指導下精心配置和設計的故事、情節、場面、人物命運、人物關係之中，蘊藏在他冷峻、簡勁、縝密、跌宕的敘述語言之中。他追求生活的本色，相信讀者有能力和眼光從本色的生活中感受到是非、曲直、明暗和美醜。

　　考察了茅盾小說情、理關係以後，我們不妨就此角度將魯迅、茅盾、巴金這三位小說大家作一個粗略的比較。茅盾的小說如冷峻的社會學家給讀者冷靜地、一絲不苟地敘述社會生活的情景和一樁樁重大事件，嚴肅地指示社會的重大問題、社會的性質、社會的前途。圖痛快的讀者，尤其是青年人不易進入他提供的藝術天地，精明的讀者讀後會陷入對社會問題的深深的思考，但是，不易引起感情上的波動。可謂理勝於情。巴金的小說猶如一個情緒衝動者向人們急切地、憤激地呼喊自己的憤懣和不平，由於過於激動和憤激，以致有時講述得不夠連貫嚴密，留下一些空缺和疏漏。讀者尤其是青年

〔註24〕《西洋文學通論》。

讀他的作品感到痛快，讀後心情不易平靜，然而不必思考更多的社會問題。可謂情勝於理。魯迅的小說如涉世很深的人向人們講述世態和人心，簡約而嚴謹，冷靜而深沉，讀後既感人肺腑，又發人深思。可謂理深情沉。二十年代曾有人稱魯迅的《吶喊》是發自地球深層的呼喊，那麼，巴金的小說是「立在地球邊上的放號」，茅盾的小說就如一位法官在莊嚴的法庭對有關問題作出判決。

四、引人矚目而又爭議不止

茅盾決非平庸之輩。他主見明朗，執著追求，敢於實踐，終於形成了不同尋常的創作個性，他的作品呈現出鮮明、獨特的品格，尤其是以《子夜》為起點「大規模地描寫中國社會現象」這個系統工程中的大部分作品，形成了相當穩定的創作模式。這種模式得到了一批作家的認同和讚賞，三、四十年代有一批作家的作品與茅盾小說的模式頗為相似。他們以極大的興趣關注社會現實，正面描寫社會的主要矛盾；他們十分注意社會經濟的衰敗及其對社會變革、社會觀念的影響；他們所寫的一切都試圖揭示中國社會的特點和性質；為此，他們習慣於著眼社會全貌，表現整體社會，追求反映生活的廣闊性、複雜性；他們的作品都是嚴肅的、冷靜的、客觀的，是文學家和社會學家相結合的精神產品，既有紮實的藝術功力，又有明顯的社會分析的色彩。所以，人們稱之為社會剖析小說。〔註25〕

吳組緗、沙汀、艾蕪便是這類作家中頗有成就的代表。吳組緗青年時曾就讀過清華大學經濟系，參加《中國社會》半月刊的編輯工作，表現出對社會問題的關注和興趣，也培養了他社會分析的眼光和習慣。他在自己的小說散文集《前記》中說，從學生時期起就「對當時劇烈變動的現實有許多感受」，「努力想瞭解這些變化的實質，認識它的趨向，慢慢從自己的小天地探頭出來，要看整個的時代與社會」。〔註26〕不過，開初的作品尚處在摸索階段。《子夜》出版不久，他就撰寫著名論文《評茅盾的〈子夜〉》，以文學家和社會學家的雙重素質，高度讚賞《子夜》出類拔萃的成就。他指出：「茅盾之所以被人重視，最大原故是在他能抓住巨大的題目來反映當時的時代與社會。」他還特別讚揚《子夜》的「氣魄偉大」。〔註27〕此後，吳組緗的創作

〔註25〕 這一說法由嚴家炎先生提出，我受到許多啟發。
〔註26〕 《吳組緗小說散文集》。
〔註27〕 莊鍾慶編《茅盾研究論集》。

題材開闊，主題嚴肅，態度穩定而明朗，表現出明顯的茅盾模式的社會分析的色彩。《一千八百擔》、《天下太平》、《樊家鋪》、《黃昏》等作品，以獨特的構思，圓熟的技巧，冷靜的筆觸，編寫著一個個故事，把讀者帶到農村，去看看那裡的經濟正在急劇衰敗的情景，以及由此帶來的人際關係、人的觀念驚人的變化。沙汀對茅盾也一向敬佩不已，對他的作品倍加讚賞，他明確表示自己是接受了茅盾的建議改變「印象式的寫法」而把注意力轉向熟悉的四川農村的。在這以後，特別擅長揭露國統區鄉鎮貪官污吏、土豪劣紳、社會惡棍的醜惡嘴臉，他們既為私利而爭鬥，又因根本利害一致而勾結，作品無情地暴露了國民黨基層政權的黑暗與腐敗。短篇《代理縣長》、《在其香居茶館裡》、長篇《淘金記》等都是這方面的代表作。艾蕪原先專心於描寫邊陲異域生活，抹上浪漫色彩，四十年代的作品抹去浪漫情調，專注於國統區農村。長篇小說《山野》描寫中國南方一個山寨日寇入侵的一天一夜裡發生的事。這個山寨矛盾錯綜複雜，民族矛盾以外，還有階級、宗教、愛情的種種糾葛，作者分明要寫出人們面對日寇的不同態度：青年人和煤礦工人竭力「主戰」，奮力抵抗；地主官紳和大院人們「主和」，妥協投降；而一村之長先積極組織抗日，中途卻畏懼退縮。這個小山寨是當時中國社會的縮影，作品表現出明顯的社會分析的特點。長篇小說《故鄉》通過一個大學生戰亂期間回故鄉——南方的小縣城所見所聞所感，反映了這戰亂年代各種社會力量的動向。吳組緗、沙汀、艾蕪是社會剖析小說作家群體的中堅。

　　其實當時受茅盾作品啓發、影響而有志於社會剖析小說寫作的不只是以上三位。有一個現象引人注目，那就是自茅盾的《春蠶》發表以後，竟有一批描寫「豐收成災」的作品相繼而出。對此，當時《現代》雜誌的編者就頗有趣味地指出：「近年以農村經濟破產為題材的創作，自從茅盾先生的《春蠶》發表以來，屢見不鮮，以去年豐收成災為描寫中心的，更特別的多，在許多文藝刊物上常見發表。本刊近來所收到的這方面的稿件，雖未經過精密的統計，但至少也有二三十篇。」〔註28〕當時發表的這類作品中，人們熟悉的有葉聖陶的《多收了三五斗》、葉紫的《豐收》、蔣牧良的《高定祥》、夏征農的《禾場上》等。這些作家面對同一題材，儘管視角各異，藝術上各有短長，但是，他們都不滿足於單純描寫農村破產的情景，而且著意揭示導致這種狀況的原因不是天災而是人禍，是帝國主義勢力的滲透，國內統治的腐敗，有

〔註28〕轉引嚴家炎《中國現代小說流派史》。

的還表現了農民的覺醒和抗爭。這些作品都具有強烈的社會性和時代性。在同一時期裡這麼多同題材、同主題、同品類的作品產生，一方面表明「豐收成災」是當時確鑿存在的嚴峻的現實問題，引起了富有正義感作家普遍的關注，另一方面也說明茅盾的社會剖析小說得到了許多作家的認同，產生了廣泛的影響。

其實，在我國現代文學史上最早致力於創作社會性強、政治味濃、理性色彩鮮明小說的不是茅盾，而是蔣光慈、洪靈菲、陽翰笙等一批早期革命作家。那麼，為什麼以茅盾的《子夜》等作品為標誌的社會剖析小說影響深遠，而以蔣光慈《短褲黨》等作品為標誌的早期革命小說卻未能「茁壯成長」呢？這主要是因為蔣光慈他們儘管試圖運用馬克思主義來分析社會、理解社會，然而，他們往往把理性當教條，將活生生的生活簡化為死板的公式，此其一。其二，他們沒有充分重視文學是藝術這一根本屬性，未能在藝術上精雕細琢，所以，他們這一類作品中活生生的生活往往停留在抽象的概念。對他們這類作品表現出來的公式化、概念化的不良傾向，茅盾曾尖銳而又不乏誠意地批評。在他自己下筆時，充分注意了生活的複雜性，尤其注意人及其關係的複雜性，又牢牢記住「文學的構成，卻全靠藝術」，而且，他具備了將複雜生活化為藝術的功力，所以，他的作品大多能以生動的形象真實、細緻地再現生活的動人情景。這正是他的作品在同一品類中之所以獨領風騷的主要原因。

然而，正如我們在本書引言中說，茅盾充滿著矛盾，對茅盾的評價存在嚴重分歧。當前，這種分歧集中反映在對他以《子夜》為標誌的社會剖析小說模式的評價上。有人認為，茅盾具有「雙重人格」，其靈魂深處是政治家與文學家各半的結合。在創作中，主題先行，一味追求作品政治傾向的明晰性，反映生活的整體性，結果褻瀆了文學的尊嚴。所以，他的作品思想大於藝術。有人把「《子夜》模式」概括為「主題的先行化創作原則」、「人物觀念化的塑造方法」、「鬥爭化的情節結構法」；〔註29〕有人稱《子夜》是「一分高級形式的社會文件」〔註30〕等等。很清楚，問題的要害是政治與藝術的關係。政治與藝術確實是一對矛盾，但並不是勢不兩立，不能統一。我認為，在茅盾的人生道路上，在他整個文學活動中，乃至在他的具體作品中，確實存在政治

〔註29〕 徐循華《對中國現當代長篇小說的一個形式考察》，《上海文論》1989 年第 3 期。

〔註30〕 藍棣之《一份高形式的社會文件》、《上海文論》1989 年第 3 期。

與藝術的矛盾。但是，我並不贊成因爲這些矛盾的存在，在論及他的作品時就感情用事，失去公允，更不主張因此而從根本上貶低以致否定茅盾的文學成就。對有關問題的評價在本書有關章節已有所論及。

這裡所要討論的是，茅盾處置這對矛盾是否時時處處妥貼？如果存在不妥之處，那麼，是否給他的創作帶來欠缺與弊端？我認爲，茅盾自知自己在人生道路上面臨從政還是從文的選擇，也深知文學創作存在思想與藝術這一對應當統一而又不易統一的難題。在不同情況下，他根據主客實際狀況，不斷調整，希望得到妥善處置。不過，有時得法有時失調。這種失調主要表現在以下幾個方面：

其一，在作品的社會功利與藝術質量好壞關係上：茅盾多次爲適應社會需要而不顧自己生活感受所不及，強行創作，結果是《路》、《三人行》、《第一階段的故事》、《走上崗位》等等爲數不少的作品，有的從內容到形式全面失敗，有的起碼是藝術上出現嚴重失誤。茅盾這種創作的應時性還表現在不考慮自己對文體特徵的陌生。他明明懂得：「小說家不一定就是大詩家或劇作家。」〔註31〕然而，1945 年面對重慶轟動一時的黃金洩密案，經不住話劇演出「爆發性」效應的誘惑，居然丟下自己使了多年得心應手的「槍」（小說）而拿起從未使過的「刀」（話劇），創作了話劇《清明前後》。〔註32〕儘管我們可以從許多角度肯定這一作品的成就和社會效應，然而，從話劇這一特殊的藝術而言，卻不能說是完美的。面對這些欠缺，我們不應當歸罪於文藝的社會功利觀，而應當指出茅盾在處理文藝質量與社會功利關係上的失誤。

其二，作品的氣勢、規模與作者生活積累、藝術功力的關係上：茅盾多次計劃創作多卷本長篇小說，大規模地描寫較長歷史時期的廣闊的社會生活，結果全部「虎頭蛇尾」，每次僅寫一部就不了了之。《虹》、《霜葉紅似二月花》、《鍛鍊》無不如此。《第一階段的故事》之所以獲得這個名稱，就因爲它未寫完，只寫了第一階段的故事。《子夜》之前，茅盾構思的是連續性的三卷本長篇，只是因爲自感力所不及而改寫《子夜》。《子夜》原擬寫成城市與農村的「交響曲」，中途仍感力所不及而放棄了農村一面，以致留下殘缺的痕跡。這創作計劃一收再收的過程，一方面避免了許多力不從心的後果，另一方面反映了茅盾創作計劃一向存在不自量力的毛病。瞿秋白曾建議茅盾在《子

〔註31〕 《說部、劇本、詩三者雜潭》、《茅盾全集》第 18 卷。
〔註32〕 《清明前後・後記》、《我走過的道路》（下）。

夜》中描寫紅軍的活動，所幸的是茅盾未予採納，否則，不知會糟到何種地步。面對這些缺遺，我們不能責怪茅盾對作品反映生活的規模、氣勢的追求，而應當指出他這種追求超越了他的生活積累和藝術才力。

其三，在作品理性與情感的關係上：儘管我們應當肯定理性的自覺給茅盾的創作帶來許多優勢，然而，文學畢竟應當以情動人，情被過於抑制，勢必有損於感人的力量。其實，茅盾所崇拜的巴爾扎克、托爾斯泰、魯迅等小說大家，他們的作品儘管感情並不外溢，然而卻都有深情在。茅盾的《蝕》、《腐蝕》之所以比之《子夜》擁有更多的讀者，他的《路》、《三人行》、《第一階段的故事》等作品的可讀性遠不如《子夜》，更不如《蝕》、《腐蝕》，恐怕就在於後者作者缺少更多的真情。

其四，在反映政治、經濟層面與反映文化、風俗、人性等等其他層面的關係上：我們承認茅盾習慣於從政治、經濟層面入手使作品的社會性、時代性為他人所不及。不過，社會與時代本身是十分豐富的。如果把政治、經濟比作「硬件」，那麼，還有文化、風俗、人性等等「軟件」。儘管茅盾有些作品對這些「軟件」已經作了出色的描寫，儘管我們也不能要求作家放棄自己的個性，對「硬」、「軟」件平均用力，甚至棄「硬」求「軟」，但是，茅盾是不是過於專心於這些「硬件」，一定程度上忽略了「軟件」？如果茅盾在集中精力於「硬件」的同時，對「軟件」給予更多的關注，那麼，作品在反映生活的豐富性、細微性上是不是更理想？是不是會有更多不同年齡、不同閱讀興趣的讀者投向茅盾呢？

文藝本就過於複雜，誰都難以絕對周全。「卓越的大師所寫的一切並非都是卓越的。」〔註33〕「文學的本質和精神不是表現在它的全部作品中而是僅僅表現在出類拔萃的作品中。」〔註34〕所以，我們論定某一作家的創作個性、成就、地位，既要顧及全面，更要著眼於他最具特色的、「出類拔萃」的作品，不能帶著精品意識苛求於他每一個作品。再說，文藝讀者本就眾口難調，誰都難以取悅於每個讀者。文藝本就應當是百花園，一方面反映生活百花園的豐富複雜、微妙莫測，另一方面便於各類讀者各取所需。從總體上說，文藝批評的標尺應當是統一的，但從文藝的「百花」性角度來說，文藝百花園中的批評標準不應當是劃一的，而應當在統一標準下靈活多變。我們不能用固

〔註33〕歌德《莎士比亞以及沒有他的止境》，《莎士比亞評論彙編》（上）。
〔註34〕《別林斯基選集》第三卷。

定不變的標準要求各種品類的作品，劃一求全，勢必僵化；我們也不能用風馬牛不相及的標準衡量風馬牛不相及的作品，否則，必將無所適從。如果前面對茅盾創作中一些關係處理失誤的批評，已經屬於這種導致僵化和無所適從的傾向，那也不是我的本意。

茅盾就是茅盾。在我國現代文學史上，他既非「高大全」，也非「侏儒」，他就是一位頗具創作個性的、引人矚目而又有爭議的作家。

第十章 茅盾創作個性形成的原因

　　就如文學作品是客觀生活與作家主觀感受相統一的結果一樣，作家的創作個性也是客觀與主觀多種因素融合、統一而形成的。作家的主觀因素越是獨特，與客觀因素中相應成分結合得越是充分，那麼，其創作個性就越發鮮明。茅盾便屬於這樣的作家。

一、「時代精神支配」

　　在我國現代作家中，茅盾比誰都更注重時代對文學的影響，很難想像，他自己的創作不首先受到這種文學觀念深深的影響。茅盾說：「時代精神支配著政治、哲學、文學、美術等等，猶影之與形。」〔註1〕作家「個人風格上，一定有時代精神的烙印」。〔註2〕這裡茅盾著眼的是「風格」，其實，也適用於創作個性。茅盾特別頑強的「時代精神支配」論，必然導致他本人的文學活動和創作個性更主動地接受時代精神的「支配」。

　　茅盾出生於 1896 年。從這時起，到他從事創作的年代呈現出鮮明的特點。

　　首先，民族災難深重，社會黑暗，世道多艱。不僅有民族歧視和掠奪，而且國內政權腐敗，從清王朝的愚昧無能，到蔣介石的專制獨裁，各行各業經濟日趨破產。中國人民頭頂帝國主義、官僚資產階級、封建主義這「三座大山」，暗無天日。

〔註1〕　《文學與人生》，《茅盾文藝雜論集》（上）。
〔註2〕　《反映社會主義躍進的時代，推動社會主義時代的躍進》，《人民文學》1960
　　　　年第 8 期。

其次，一些有識之士，不滿於這種現狀，肩負歷史使命，立志改革舊制。從資產階級領導的舊民主主義革命到無產階級領導的新民主主義革命，從推翻清王朝到趕走日本帝國主義直至推翻蔣介石獨裁政權，多少有識之士，廣大中華百姓，為民族的生存，頑強抗爭，浴血奮戰，終於換來了民族的解放和祖國的新生。

第三，鬥爭激烈，充滿「狂瀾伏流」。民族的侵略和反抗，階級的壓迫和革命鬥爭，此起彼伏，縱橫交錯，匯聚成一椿椿重大的歷史事件，推動著社會的巨變。

第四，西方各種思潮如潮水般地湧進中國，人們為人生、為社會而各取所需，為我所用。

第五，「變！」各種社會、政治、黨派的力量「方生方滅以及必興必廢」，〔註3〕各種思潮此起彼落，不斷更送。這一切逼得人們努力思考，準確鑒別，調整步伐。這便是茅盾面對的時代精神。

茅盾說過，時代精神必然給作家的創作個性和風格打上烙印，不過，打上什麼樣的烙印卻要看作家的世界觀與時代精神有沒有矛盾。只有作家成為時代的「弄潮兒」，世界觀與時代精神充分協調、一致，才能形成與時代精神合拍的創作個性和風格。〔註4〕現代許多作家接受時代精神的「支配」，具有強烈的歷史使命感，成為「弄潮兒」。這是偉大時代對一代作家的召喚，也是一代作家的共同選擇。魯迅當年「棄醫從文」，是要利用文藝「揭出病苦，引起療救的注意」，「五四」時期的創作是聽從反封建的「將令」。郭沫若投身新文學活動，是為了創造一個新生的中國。巴金創作小說為的是發出對舊社會的控訴等等。這種「支配」作用在茅盾身上表現得更為突出。他從小少年志大。取名德鴻，是借鴻鵠自訴抱負，少時讀了《莊子，寓言》，便作文《志在鴻鵠》。「五四」前後撰寫的社會論文表現出更為強烈的歷史使命意識。從二十年代開始，逐步接受和確立革命的人生觀，以中國人民和全人類的解放為自己的奮鬥目標。這種強烈的歷史使命感，不僅使他在社會生活和政治鬥爭中關心民族命運和勞苦大眾的解放，投身社會活動，持進步的、革命的立場和是非觀念，而且在沒有成為職業革命家而當了作家的情況下，仍然「覺悟

〔註3〕《談技巧、生活、思想及其他》，《茅盾文藝雜論集》（下）。
〔註4〕《反映社會主義躍進的時代，推動社會主義時代的躍進》，《人民文學》1960年第8期。

到自己對歷史、對同代人的作用和責任」，〔註5〕自覺地適應時代的審美需要。

首先，在文學流派、創作方法上，他堅定地選擇了直接面向現實的現實主義。他堅信「將文藝當作高興時的遊戲或失意時的消遣的時候，現在已經過去了」，〔註6〕反對「爲藝術而藝術」，大力提倡「爲人生」的藝術，提倡無產階級藝術。他主張同情被損害者和被侮辱者，讚美人民大眾和無產階級。文藝要「表現時代，解釋時代，而且推動時代」便是這種歷史使命意識的集中表現。於是，時代的大題材成了他主要的創作題材，反映時代的「狂瀾伏流」、揭示這特定時代的社會「個性」成爲他創作的中心主題，他作品中活躍著一批「時代舞臺的主角」。總之，這種強烈的歷史使命感，使茅盾的文學活動始終緊緊地聯繫和反映著中華民族和人民大眾的解放事業。

其次，鬥爭的尖銳複雜，時代的快速多變，使茅盾清醒地意識到作家保持高尚「人格」，獲得觀察社會分析事物的「眼光」、「頭腦」的緊迫性。他努力要求自己感受時代脈博，傾聽大眾呼聲，體會民族「美質」，並努力學習各種社會科學知識，掌握歷史唯物主義和辯證唯物主義。而且，他注意回顧反思。所以，他的創作，尤其是三十年代起，對複雜的社會和激烈的鬥爭，總能及時作出判斷和描寫，揭示出時代的精神。

再次，面對洶湧而來的各種思潮，茅盾「取精用宏」。開初他如同時代作家一樣，對這五花八門的思潮一時難以嚴格鑒別，只是根據自己的理解，有選擇地爲自己所用。進化論、人道主義等社會思潮，古典主義、浪漫主義、自然主義、寫實主義、新浪漫主義、現代主義、象徵主義等等文藝思潮，都曾經「支配」過茅盾，以致給今天研究者留下了許多複雜難解的課題。不過，就總的傾向和趨勢而言，茅盾是從中提取有關精神，爲增強文學的社會性、時代性而發揮作用。茅盾說過，當作家經歷了一個創作階段以後，重要的是要認清「到底何種是他自己的？或者，到底何種最適宜於他的發展」。〔註7〕茅盾經過一個階段的「取精用宏」以後，終於認準了馬克思主義和革命的現實主義，使得他的文學社會性、時代性的理論，不僅更爲堅定，而且更爲周全和辯證，使他在「大規模地描寫中國社會現象」的宏大文藝工程中未產生多大的失誤。

〔註5〕　蘇姍挪・貝爾挪《回憶茅盾》，《憶茅公》。
〔註6〕　《關於「文學研究會」》，《茅盾文藝雜論集》（上）。
〔註7〕　《彭家煌的〈喜訊〉》，《茅盾文藝雜論集》（上）。

再其次，文壇不正之風從反面觸發茅盾更堅定地走自己的路。作家的世界觀與時代精神既有合拍的，也有相違的，後者就給文壇帶來了複雜性，以致出現逆流。這種現象，有可能觸發與時代精神合拍的作家，選擇並強化自己與時代同步的創作個性。二十年代初期，茅盾就曾說過，文壇當然不必強求什麼主義，不過，面對文壇的不良傾向，「適可以某種主義來補救校正」。〔註8〕人們都知道，茅盾當時所說的自然主義，與寫實主義為一物。以「遊戲」、「消遣」為目的的鴛鴦糊蝶派橫行文壇，從反面觸發茅盾高舉起現實主義的文學大旗，一方面與這文學流派展開鬥爭，另一方面以自己出色的成果，顯示現實主義文學的生命力和社會功能。此外，新文學初期出現的排斥文學社會功能、「為藝術而藝術」的傾向，對「身邊瑣事」不加精心「製作」淡化作品社會性的現象，以及二十年代末開始出現的公式化、概念化傾向等等，這一切對茅盾既重功利、又重藝術的創作個性，都不乏反面強化作用。

當然，時代精神對茅盾的「支配」並非全是積極的。茅盾對新文學第二個十年間，左翼文壇片面追求文學的社會功利、將文學當作政治留聲機的錯誤傾向，曾努力反撥，立下了汗馬功勞，並引以為戒。然而，正如茅盾在批評公式主義的文藝批評時所說：「有些批評公式主義的論文，它本身也就是公式主義」，這說明「要不犯公式主義的錯誤其實不大容易」。〔註9〕茅盾也有意無意地受到上面所說的錯誤傾向的「支配」，在他生活積累和藝術功力所不及的情況下，為追求作品的時代性和社會效應而強行創作，便出現了思想說教和時代圖解，這是「時代精神」中消極面給他留下的烙印。

盧卡契曾說過：「文學史和藝術史是座廣袤的公墓，在那裡許許多多的藝術才子安息在理所當然的遺忘之中，這是因為他的才能沒有尋求和沒有找到與人類前進課題的聯繫，這是因為他們在人類處於健康和腐敗之間的生存鬥爭中沒有站到正確的這一方面上來。」〔註10〕茅盾的文學活動找到了「與人類前進課題的聯繫」，在「人類處於健康和腐敗之間的生存鬥爭中」，站到了正確的一邊。所以，隨著某些「藝術才子」被遺忘或貶值，茅盾會越發顯示出自己的價值。

〔註8〕　《一年來的感想與明年的計劃》，《茅盾文藝雜論集》（上）。
〔註9〕　《公式主義的克服》，《茅盾文藝雜論集》（下）。
〔註10〕　《健康的藝術還是病態的藝術》，《盧卡契論文集》。

二、「人生經歷」的「印象」

時代精神固然給作家的創作個性打上深深的烙印，但是，處於同時代的作家，他們的創作個性卻並非清一色，即便同一類型的作家，也是同中有異。這是因為作家創作個性的形成，除了受時代精神的「支配」，還與作家自身的方方面面有關，其中重要的一面就是生活經歷的影響。

茅盾初登文壇就指出：「創作須有個性」。不過，這種個性不是一朝一夕就能形成，而「必須經過若干時的人生經歷，印下了很深的印象，然後能表現得有生氣；也必須先有了獨立精神，然後作品能表見他的個性」。〔註11〕茅盾的「人生經歷」相當特殊，其中有些重要方面，在現代文學大家中絕無第二人，這是他形成獨特創作個性的重要原因。

首先，茅盾先是革命家，而後才當職業作家，但又從未放棄對革命的執著追求。

早在中國共產黨成立之前，茅盾就參加了上海的共產主義小組，是中共最早的黨員之一。而後，茅盾參加了黨領導的許多革命活動。他曾擔任直屬中央的聯絡員，負責外地各省黨組織與中央的聯絡。1923 年起，擔任中共上海地方兼區執行委員會的執行委員。不久，夫人孔德沚也參加革命活動，同許多女性黨的工作者交往。1926 年初，曾與惲代英等作為上海代表參加廣州召開的國民黨第二次全國代表大會，會後擔任國民黨中央宣傳部的秘書，代理部長毛澤東赴外地秘密考察期間，由他代理部務。1927 年 4 月，受中共中央委派任《漢口民國日報》主編。由於茅盾在黨內身處要位，使他有機會直接瞭解黨的精神，並據此撰寫文件、黨刊黨報社論，有機會接觸陳獨秀、毛澤東、董必武、惲代英、蔣介石、汪精衛等國共兩黨要人，從中瞭解兩黨以及與之有關的許多問題。總之，從黨的籌建、誕生到大革命失敗，茅盾以十分重要的革命家的身份活躍在中共歷史上。成為職業作家以後，仍多次希望重新加入共產黨，以表對共產主義理想的終身不渝。這種異常特殊的「人生經歷」對茅盾創作個性產生了極其重大的影響。其一，使茅盾成為職業作家以後，具有特別強烈的革命責任感，在接受「時代精神支配」時，表現出革命家高度的自覺。其二，使他具有政治家觀察問題的習慣和銳利目光，以及宏大的氣魄。朱自清日記寫道：「茅開口講社會問題，健吾開口講藝術（技

〔註11〕　《新文學研究者的責任與努力》，《茅盾文藝雜論集》（上）。

巧）。」﹝註12﹞這並非茅盾不注意作品的技巧，李健吾不重視作品的思想，而是說他們各自有習慣性的視角。茅盾對複雜的社會事態和政治風雲，興趣濃烈，感受特多，而且能及時作出正確判斷。在創作中追求宏大的規模和氣勢，大處著眼，大起大落，絕無小家子氣。其三，爲他提供了其他作家絕對陌生的政治題材和人物。特別是他的奠基作品《蝕》，正面描寫我國現代革命史上第一次革命風雲，描繪這麼多驚心動魄的歷史情景，把這場政治風浪中奮進、苦悶的青年知識分子作爲主要描寫對象，作者對他們瞭解得又是如此「精微眞確」，等等，倘若沒有親身的經歷和感受是決不可能的。

其次，茅盾先是文學理論家和評論家，而後才從事創作，但又堅持文學的理論研究與評論。

1927 年創作《幻滅》之前，茅盾已發表了文藝論文一百多篇，論及了古今中外極爲廣泛的文學現象。在文體上，茅盾對小說尤爲關注，文藝論文論及最多的是小說。1923 年他到黨創辦的上海大學講授「小說研究」，後來還撰了關於小說的長篇論著《小說研究ＡＢＣ》。總之，在創作《幻滅》之前，茅盾已經具有相當高的文藝理論修養和熟練的文學批評的能力。而且後來，這種研究與批評始終與創作同步進行。這在茅盾的創作個性上必然留下深刻的「印象」。第一，他的文藝論文涉及到文藝與時代、文藝與社會、文學作品的思想與藝術、作家的人格等一系列有關文藝本質的重大問題，涉及到古典主義、浪漫主義、自然主義、寫實主義、新浪漫主義、革命的現實主義等多種文藝思潮與流派，這就使茅盾的創作對時代性、藝術性、功利性的追求都具有十分明確的理論導向，更爲自覺和規範。第二，茅盾對小說文體的全面研究，使他創作的時候，理所當然地選擇了小說，由於他諳知小說、特別是現實主義小說的特徵，所以，下筆時總是嚴格地遵循這種小說的文體特徵認認眞眞地「做」，總是呈現出鮮明的現實主義小說的特徵。第三，茅盾創作前的文藝批評已屬宏觀研究，常常論及「五四」以來新文學的成就與弊端、主流與支流、經驗與教訓，這使他自己的創作有榜樣，有鑒戒，甚至還有明確的「補救校正」的目標。

再次，茅盾出身浙江鄉鎮，而後久居都市，但又與故鄉一直保持有形無形的聯繫。

茅盾出身在浙江擁有十萬人口的烏鎮。這裡向有「魚米之鄉」的美稱。

﹝註12﹞《朱自清日記》（1933 年 9 月 21 日），《新文學史料》1981 第 4 期。

鎮上，早在清朝光緒年間，商業、手工業就很繁榮。鎮的周圍是一片稻田和桑地，養蠶業特別興旺。茅盾祖母、母親都喜歡、熟悉養蠶，茅盾小時候，鎮上就有「葉市」、「繭行」，沈家有些親戚故舊就是那裡的要角，他從小耳聞目睹了他們一年一度的緊張悲樂。茅盾有位盧表叔頗有遠見卓識，後來是影響不小的銀行家，對茅盾的學習、就業都給以很大的幫助。茅盾家有過幾個來自農村的女傭及「丫姑爺」，經常給他家帶來農村的信息包括農民痛苦的狀況。茅盾十五歲離開家鄉，但並沒有終止與家鄉的聯繫，不僅自己多次返回故鄉，重溫鄉情，而且母親後來到上海與他同居一處，更割不斷他與家鄉的關係。茅盾從家鄉獲得了豐富的浙江農村和集鎮的知識，引起他對農民和集鎮商人命運的關注。那些優秀的農村題材的短篇小說和散文，長篇小說《霜葉紅似二月花》，以及《子夜》中關於「雙橋鎮」的描寫，無不得力於作者故鄉的「人生經歷」。茅盾故鄉生活對創作的影響還表現在對濃鬱的地方色彩的描寫。《春蠶》中散發著江南蠶鄉氣息的自然環境，從洗團扁到「收蠶」、「上山」、「望山頭」，採繭、賣繭這風俗化的春蠶「流水線」；《林家鋪子》、《霜葉紅似二月花》中的集鎮、縣城的市面，這裡有曲折的小街，石板的路面和小橋，風雅的茶社，幽靜的花園；還有《當鋪前》的農民爭先恐後典當衣物；《水藻行》中頂著嚴寒風雪搶打蘆草，等等，都是作者故鄉「人生經歷」留下的「印象」。茅盾十五歲離開故鄉以後，先去北京求學，而後到上海就業，以後便久居都市。這種都市生活，尤其是當時中國最具半殖民地都市特色的上海的日子，對茅盾的創作帶來的影響更為突出。茅盾曾說：「我在上海的社會關係，本來是很複雜的。朋友中間有實際工作的革命黨，也有自由主義者，同鄉故舊中間有企業家，有公務員，有商人，有銀行家，那時我既有閑，便和他們常常來往。從他們那裡，我聽了很多」。〔註13〕這一段生活，大大地拓開了茅盾的生活圈子和創作的取材範圍，以致成為我國現代文學史上傑出的都市文學的代表，特別是對民族資產階級的描寫為其他作家無法替代。茅盾家鄉烏鎮超前得到開發，工商經濟發達，他從小受到感染。後來他又受到上海大都會政治、經濟、社會、空氣的薰陶，而且他的人際交往帶有現代都市色彩。可以說，茅盾從小眼界開闊，觀念易於更新，給作品帶來明顯的現代性。茅盾的作品，沒有魯迅小說中那種「躲在暗陬裡的難得變動的中國鄉村的人生」，〔註14〕沒有巴金筆下高家圍牆裡封建大家庭的昏暗沉悶，也沒有沈從文

〔註13〕《〈子夜〉是怎樣寫成的》，《茅盾論創作》。
〔註14〕《讀〈倪煥之〉》，《茅盾文藝雜論集》（上）。

小說中遠離喧囂社會的湘西山區的寧靜；在茅盾作品中，處處可以感受到現代的生活氣息，現代人的心理，現代人的觀念和眼光，充滿現代色彩。

三、「必能將他的性格精細地透映出來」

不同作家，儘管處於同一時代，而且人生經歷也大致相似，但是，其創作個性卻仍然同中有異，甚至迥然有別。現代文學史上人所共知的「周氏兄弟」便是明證。這是因為，影響作家創作個性的種種主觀因素中，很重要的一面是作家的個性氣質。不同的個性氣質，會引導作家到氣象萬千的社會生活中去尋找與自己個性氣質相合拍的方面，使自己方方面面的才幹揚長避短，充分發揮自己的優勢，從而形成獨特的創作個性。

茅盾早年就說：「真正的作家必有他自己獨具的風格，在他的作品裡，必能將他的性格精細地透映出來。」〔註15〕

茅盾晚年，回顧自己漫長的人生，懷著「百感交集、又百無聊賴」的心情撰寫回憶錄《我走過的道路》，他在序言中以十分醒目的文字表述：「幼年稟承慈訓，謹言慎行」，而且「至今未敢怠忽」。〔註16〕「謹言慎行」是茅盾個性氣質的主要特徵，也是他一生行為包括文學創作的座右銘。

這種個性當然有其先天因素，就後天來說，確實得力於「慈訓」。茅盾母親是浙江地區一位名醫的獨女，讀過四書五經、《唐詩三百首》、《古文觀止》等等，通曉文史。她有主見，沒有舊社會女子常有的世俗偏見。她剛毅、果敢、精明，從嚴教子。她思想開明，中年守寡，獨自擔起教子重擔，支持孩子外出求學，走革命的道路。總之，她是個女強人。茅盾從小在這樣一位母親的管教下自然受到深深的影響，而且終身不怠。當然，我們也不應當忘記茅盾幼時的老師，學識淵博，獨具慧眼，嚴謹治學，在茅盾成才的道路上起過不能忽視的作用。

茅盾在這樣的母親與老師的教育、影響下，自小就頗有主見，心胸開闊。這從他小學老師對他作文的評語可見一斑。老師見到少年茅盾非凡的才華，按捺不住內心的喜悅寫道：「好筆力，好見地，讀史有眼，立論有識」；「褒貶悉當，斷制謹嚴」；「掃盡陳言，力關新穎，說理論情，兩者兼到」；「目光如炬，筆銳似劍，洋洋千字，宛若水銀瀉地，無孔不入」等等。〔註17〕茅盾一

〔註15〕《獨創與因襲》，《茅盾文藝雜論集》（上）。
〔註16〕《我走過的道路》（上）。
〔註17〕《茅盾少年時代作文》。

生中始終保持自己「獨特的審視、闡述問題的方法——嚴謹、全面、一絲不苟」。〔註18〕凡接觸過茅盾的人，無不爲他的作風嚴謹、禮貌周全、心胸謙遜而敬佩不已。

「謹言愼行」表現在心理素質上傾向於理性，情感受制於理。「在我尖銳的理性，總不肯讓我跌進了玄之又玄的國境，讓幻想的撫摸來安慰了現實的傷痕」，〔註19〕「我素來不善於痛哭流涕劍拔弩張的那一套志士氣概」。〔註20〕這是茅盾心理素質最好的自我剖白。他即便在談及自己心愛的女兒、女婿爲革命過早離開人世，也不讓極度傷痛的感情直接表露，而是讓它藏在文字的背後，曲曲折折而不乏深沉。〔註21〕這種心理素質，與「奔馬」型的郭沫若，與不時呼喊「我控訴」的巴金，成爲鮮明的對比，與冷峻、深沉的魯迅比較接近。

這種獨特性格決定著他的審美取向，在創作中其性格必然要「精細地透映出來」，「透映」在他創作的全過程和作品的每個環節。

這種心理素質使他在眾多文學流派中鍾情風格嚴謹的現實主義。他不欣賞浪漫情調，不主張朦朧晦澀，崇尚科學的觀察，忠實的描寫，對作品主題追求實在、明晰。

茅盾有主見、有魄力，不安於平淡而作，他有「野心」，追求個性和風格，追求反映生活的廣闊性、史詩性。他把興趣投向重大題材和生活的強者。在文學批評上常常表現出高層次的審美標準和精品意識。二十年代初他在談到《小說月報》辦刊方針時說：「《說報》現在發表創作，宜取極端的嚴格主義。差不多非可爲人模範者不登」。〔註22〕批評具體作品也常常表現出這傾向。

茅盾的沉靜，感情內向，導致了作品鮮明的客觀性。他習慣於把自己的意思和情感「盡力組織在藝術的形象之中，而且應當巧妙地保留一二分」，〔註23〕決不直接傾訴，更不呼天搶地，語言表述力求冷峻、簡潔。

茅盾思維嚴謹，創作中習慣於「縝密的構思」，寫下詳細的提要和大綱，

〔註18〕蘇姍挪‧貝爾挪《回憶茅盾》，《憶茅公》。
〔註19〕《嚴霜下的夢》，《茅盾散文速寫集》（上）。
〔註20〕《從牯嶺到東京》，《茅盾論創作》。
〔註21〕《〈呼蘭河傳〉序》，《茅盾論中國現代作家作品》；《致張帆》（1949 年 5 月 2日），《茅盾書簡》。
〔註22〕《致鄭振鐸》（1921 年 1 月 10 日），《茅盾書簡》。
〔註23〕《創作的準備》，《茅盾論創作》。

不管是情節結構的安排，人物選擇和形象體系的組合，人物性格的發展，一些細微末節的設置和交待，乃至敘述語言和人物語言的遣詞造句等等，都嚴嚴密密，極少疏漏。

茅盾這種嚴謹的性格，一旦與革命責任感相結合，就達到高度的自覺。

不過，茅盾的性格和心理並非絕對地平靜，也潛伏著深深的矛盾。二十年代末他曾「眞誠地自白：我對於文學並不是那樣的忠心不貳。那時候，我的職業使我接近文學，而我的內心的趣味和別的許多朋友……則引我接近社會運動。」〔註24〕七十年代對國際友人不無感慨地說：「因爲我沒有成爲一個職業革命家，所以就當了作家。」〔註25〕直到晚年回憶錄的序言中仍然直言，自己政治上「中年稍經憂患，雖有抱負，早成泡影。不得已而舞文弄墨」。〔註26〕可見，從政是茅盾「內心的趣味」所在，未實現這一目標而「不得已」從文是他終身遺憾。政治與藝術、理智與情感本來就是一對矛盾，任何人都難以絕對平衡，難免出現傾斜。茅盾懷著這種深深的內心矛盾從事文學活動，在處理這對矛盾時就難免不出偏差。儘管茅盾力圖在理論上闡述清楚，雖然在他自己的創作中試圖避免偏頗，然而，這種努力也未能盡如人意。這也說明作者性格的方方面面都會在創作中「精細地透映出來」的。

四、「愛讀的書」「不知不覺中發生作用」

文學離不開借鑒。作家創作個性的形成少不了從文學傳統中汲取營養。時代的審美要求，作家的「人生經歷」，作家的心理素質，都影響作家對前人傳統的興趣投向。作家「從前時代的文化遺產中提煉得來的精髓」便會推動他創作個性的選擇和成熟。茅盾把學習前人文學理論和巨匠名著，作爲創作準備中必不可少的方面；而且指出：作家所讀的文藝作品，特是愛讀的書，在他初期創作中會「不知不覺中發生作用」。〔註27〕其實，這種作用，往往不只表現於初期作品，也不止於「不知不覺」，很可能貫串始終，自覺接受，乃至日趨純熟。

茅盾一進商務印書館編譯所，高級編譯孫毓修老先生問他：讀過什麼書，他順口報來，老先生大爲驚訝，說：「你不過二十歲，你那有時間看這

〔註24〕 《從牯嶺到東京》，《茅盾論創作》。
〔註25〕 蘇姍挪・貝爾挪《回憶茅盾》，《憶茅公》。
〔註26〕 《我走過的道路》（上）。
〔註27〕 《創作的準備》，《茅盾論創作》。

些書？」〔註28〕六十年代，談到自己閱讀的中外文學作品時說：「青年時我的閱讀範圍相當廣泛，經史子集無所不讀」；「元、明戲曲，一般都喜歡」；「至於中國的舊小說，我幾乎全部讀過」；「對於外國文學，我也是涉獵的範圍相當廣」。〔註29〕他所開的書單還不包括大量中外文藝論著。茅盾博覽群書，取精用宏，打下了堅實的藝術功底。茅盾論及中外文論範圍之廣，作品之多，在我國現代作家中實屬罕見。他就憑藉這些知識、理論和經驗，或順手拈來，旁徵博引，或繼承借鑒，爲我所用。茅盾的文藝論著，高屋建瓴，善思巧辯，筆觸遒勁，總有立於不敗之地之勢。茅盾那些最能體現他創作個性的作品，不僅思想深遠，而且藝術精緻，既有宏大規模氣勢，又不乏精雕細琢，絕非那些「空肚子頂石板」式的「革命小說」所能相比。如果離開了他幾十年中對中外文藝的廣採博覽，恐怕茅盾的一切努力也只能是「空肚子頂石板」而已。

由於茅盾所借鑒的中外文學論著和作品極爲廣博，所以，我們研究茅盾文學活動和創作與這些讀物的繼承關係，可以從許多角度入手，比如，文學觀念、思維方式、道德觀念、結構藝術、刻劃人物的手法、敘事模式、藝術風格等等，凡此種種都將是研究不盡的課題，有的目前已經取得了可喜的成績。不過，茅盾在談到閱讀文學書籍接受影響時，一向特別重視「愛讀的書」對作家、對自己的宏觀影響。在我們考察茅盾創作個性形成原因的時候，尤其應當重視這一角度。

那麼，茅盾「愛讀的書」有哪些？

其一，關於世界各種文學流派和近代文學體系的論著；

其二，我國古典文學（尤其是明清小說）和魯迅等現代小說；

其三，法國、俄國、北歐古典主義、批判現實主義文學名著以及高爾基等蘇聯無產階級文學作品。

這裡還需指出的是：

一、就流派而言，特別愛讀現實主義的文學論著和作品；

二、就文體而言，特別愛讀小說；

三、就風格而言，特別愛讀「規模宏大、文筆恣肆絢爛的作品」。〔註30〕

〔註28〕《我走過的道路》（上）。

〔註29〕《我閱讀的中外文學作品》，轉引莊鍾慶《茅盾史實發微》。

〔註30〕《我閱讀的中外文學作品》，轉引莊鍾慶《茅盾史實發微》。

　　茅盾從這些「愛讀的書」中「提煉而得到」了哪些「精髓」並在創作時「不知不覺中發生作用」的呢？

　　首先，他從這些書籍中越來越感受到現實主義最符合時代的審美需要。不管是茅盾最初選定的批判現實主義（當然包括他認為與寫實主義為同一物的自然主義）還是後來認定的革命現實主義，都沒有把文學當作「遊戲」和「消遣」的工具，都懷著崇實求真的精神，通過對生活忠實的描寫，反映社會，表現時代，推動時代。這種現實主義的精神是時代所需的。同時，茅盾還越來越感受到這種現實主義的文學正投自己審美所好，與之結緣，如魚得水，便於充分發揚自己心理素質之長。所以，這些書，茅盾越讀越愛讀，越讀越信心百倍地高舉現實主義的大旗，至死未懈。不過，由於茅盾「愛讀的書」不僅僅是現實主義的，而且有浪漫主義、現代主義、象徵主義等等的，由於這些主義並非全無可取之處，它們有些特點為現實主義所不及，由於茅盾從小思想解放，樂於接納新事物、新思想，所以，在他認定現實主義作為自己終身文學旗幟的同時，還汲取了其他主義的「精髓」，這就使他的現實主義具有極大的寬泛性和包容性。

　　其次，茅盾從這些讀物中體會到「規模宏大、文筆恣肆絢爛」的作品在反映偉大時代這一點上具有極大的優勢。特別是巴爾扎克的《人間喜劇》反映社會的整體性和編年體，托爾斯泰《戰爭與和平》、《安娜‧卡列尼娜》等長篇巨著那種史詩的風格，使文學在反映社會、表現時代上取得了非凡的成就。時代需要茅盾「大規模地描寫」，茅盾本人企圖「大規模地描寫中國社會現象」，同時，他「愛讀的書」也引誘、指導他「大規模地描寫」時代。所以，茅盾選擇長篇小說作為自己一生中主要的創作文體，並且雄心勃勃地一再構思多卷本的長篇巨著。而且，從題材、主題、人物、結構等等方面，盡最大可能構成作品的史詩性，其成效顯著，早已舉世矚目。

　　再次，這些讀物使茅盾學到了全套的刻劃人物的手法。茅盾一再讚賞我國古典小說典型化的原則和手法。《水滸》、《紅樓夢》等作品中的人物，既有階級意識，「卻不是各有一個臉譜成了定型的；「從人物的行為中表現人物的性格，本來是中國古典文學優秀的傳統，《紅樓夢》則把它發展到更高峰」。〔註31〕茅盾取法於此，使他的小說在人物刻劃上具有鮮明的民族特色。西方小說在人物典型化方面，除了與中國古典小說有許多共同之處為茅盾效法以

〔註31〕《關於曹雪芹》，《茅盾文學評論集》（下）。

外，還有兩點茅盾特別引以爲鑒的。其一，重視社會環境的描寫，充分寫出人物活動的廣闊背景。這決不意味著中國古典小說不作社會環境的描寫，不過，這種描寫遠不及西方小說充分、廣闊，特別是巴爾扎克、托爾斯泰，一部作品通過人物所展現的往往是全社會、大時代。茅盾人物論中對環境描寫的強調，茅盾小說中人物複雜的社會關係網，由這種網帶來的反映生活的廣闊性、人物典型意義的豐富性和深遠性等等，都與這種借鑒有直接的關係。其二，「心理解析的精微眞確」。這也決不意味著我國古典小說不擅長於人物心理的刻劃。事實上，《水滸》、《紅樓夢》等心理描寫相當精彩。不過，比之西方小說，不僅在心理描寫的比重上，而且在具體手法的多樣性上，都有所不及（中國側重間接心理描寫）。茅盾的人物論中對心理描寫的分外重視，茅盾自己把心理描寫作爲寫活人物的首要途徑，而且，中、西方手法兼收並蓄，間接、直接手法左右開弓，靈活交替，寫出時代風雲在「時代舞臺的主角」心靈中劇烈而又微妙的反應，凡此種種，都得力於對中外文學遺產「精髓」的全面借鑒。

　　第四，這些讀物使茅盾在長篇小說的結構藝術上得益匪淺。茅盾常常讚歎我國古典小說結構完整而嚴密。《三國志演義》、《水滸》雖然總體上還稱不上嚴格的有機結構，但是，就某一人物故事卻相當嚴密。《金瓶梅》的結構又前進了一步。至於「《紅樓夢》結構上的完整與嚴密，不但超過了《水滸》，也超過了《金瓶梅》。」他寫道：

　　　　以賈府的盛極而衰爲中心，以寶、黛的婚姻問題爲關鍵，細針密縷地組織進許多大大小小的故事，全面反映了那個時代的封建與反封建的鬥爭，統治集團的腐化、無能及其內部矛盾。這樣的包舉萬象的佈局，旁敲側擊、前呼後應的技巧，使全書成爲巍然一整體，動一肢則傷全身。這是空前的高度成就！〔註32〕

我們雖然不能說《子夜》、《腐蝕》等作品的結構達到了《紅樓夢》這樣的「空前的高度成就」，但是，我們從茅盾對《紅樓夢》結構的這番評價不禁想到了《子夜》、《腐蝕》等結構的完整與嚴密。至於說《霜葉紅似二月花》通過家庭的日常生活，平凡的交談，從容地展開情節，委婉地交代矛盾，揭示人物性格，這與《紅樓夢》異曲同工。西方小說中最爲茅盾推崇的是那些現實主義巨著的結構，不僅完整、嚴密，而且規模宏大，氣勢雄偉，那些熱鬧的大

〔註32〕　《關於曹雪芹》，《茅盾文學評論集》（下）。

場面令人叫絕。這方面以托爾斯泰的《戰爭與和平》、《安娜·卡列尼娜》為最。茅盾寫道：

> 一些大場面——如宴會、打獵、跳舞會、打仗、賽馬，都是五色繽紛，在錯綜中見整齊，而又寫得多麼自然，毫不見吃力。這不但《水滸》望塵莫及，即大仲馬的椽筆比之亦有遜色，然而托翁作品結構之精密，尤可欽佩。以《戰爭與和平》而言，開卷第一章借一個茶會點出了全書主要人物和中心的故事，其後徐徐分頭展開，人物愈來愈多，背景則從聖彼德堡到莫斯科，到鄉下，到前線，迴旋開闔，縱橫自如，那樣大的篇幅，那樣多的人物，那樣紛紜的事故，始終無冗雜，無脫節。司各特的歷史小說寫場面，寫人物，都不能說不為卓傑，結構也極其謹嚴，然而終不及托翁的偉大和變化不居。〔註33〕

茅盾小說的結構當然並未達到這般藝術高度，不過，卻具有與此類似的特點：波瀾壯闊的總體格局；紛繁複雜的故事線索；城市、農村、前線多種背景因素的交替或引進，各種場面的巧妙安排，尤其是熱鬧的大場面一個又一個，既有全場的「鳥瞰圖」，又有個別人物和角落的「特寫」；人物品類繁多，成群結隊等等。《子夜》中通過吳公館為吳老太爺辦喪事，引出眾多人物，交代複雜矛盾，擺開全書陣勢，然後，分而合，合而分，始終圍繞吳、趙之爭，與《戰爭與和平》開篇何等相似。

總之，茅盾的創作個性表明：茅盾是時代的肖子，沿著他特殊的「人生經歷」而來，他那獨特的個性、氣質得到了合理張揚，他「愛讀的書」助了他一臂之力。

茅盾是一位引人矚目而又有爭議的作家，然而，茅盾永遠屬於他自己。

〔註33〕《愛讀的書》，《茅盾文藝雜論集》。

後 記

時下，現代文學研究的角度與題目呈求新之勢，茅盾研究也不例外。新的視角自能出現新的成果，新的題目有時也不乏新的效應。不過，我又常常覺得，不少新視角、新題目的研究，往往並未脫俗，所講的仍然是茅盾創作的基本方面。可見，萬變不離其宗。這正是我在討論茅盾創作個性時敢於以「老面孔」出現的原因。

打算寫這本書，是幾年前的事，只是因故而未及時寫出。這次，終於寫出來了。其目的，一不為名，因為這樣的小冊子無多大名譽可釣；二不為利，因為，行家都知道，當前寫這一類書無利可圖。我只是出於情義。因為，第一，茅盾研究著名學者莊鍾慶教授多次鼓勵和支持，不寫便深懷內疚；第二，如果這本書所講的不乏成理之處，也算對得起九泉之下我十分敬重的茅公；第三，倘若有人成了我這本書的讀者，甚至還掏錢買上一本，那麼，我與他或她之間也就有情有義了；第四，本人才疏學淺，這本書存在諸多疏漏和錯誤是肯定的，假如能得到前輩、同輩、後輩學者的批評和指教，由此而來的情與義可謂無價之寶。最後還得鄭重說明的是，這本小冊子今天之所以得以順利出版，全靠廈門大學出版社、江蘇省江陰文教印刷廠以及我不少弟子、朋友的大力幫助和支持，對此，我謹表深深的謝意，並銘記這份真誠的情義。

作者

1993.12.於南京師範大學西山